DEPOIS QUE VOCÊ ME DEIXOU

SAMANTHA YOUNG

DEPOIS QUE VOCÊ ME DEIXOU

Tradução por
Marcia Blasques

astral cultural

Este livro foi revisado segundo o Novo Acordo Ortográfico da Língua Portuguesa.

Editora responsável Tainã Bispo
Produção editorial Aline Santos, Bárbara Gatti, Fernanda Costa, José Cleto, Luiza Marcondes e Natália Ortega
Preparação de texto Alline Salles
Revisão de texto Livia Mendes
Fotos Mark Archibald Photography (autora); bondart/Shutterstock (capa)
Capa Marina Avila
Tratamento foto de capa Gisely Fernandes

Dados Internacionais de Catalogação na Publicação (CIP)
Angélica Ilacqua CRB-8/7057

Y67d Young, Samantha
Depois que você me deixou / Samantha Young ; tradução de Marcia Blasques. — Bauru, SP : Astral Cultural, 2019.
336 p.

ISBN: 978-85-8246-905-7
Título original: Into the deep

1. Ficção inglesa 2. Histórias de amor I. Título II. Blasques, Marcia

19-0794
CDD 823

Índice para catálogo sistemático:
1. Ficção inglesa 823

ASTRAL CULTURAL É A DIVISÃO LIVROS DO GRUPO ALTO ASTRAL.

BAURU
Rua Gustavo Maciel, 19-26
CEP 17012-110
Telefone: (14) 3235-3878
Fax: (14) 3235-3879

SÃO PAULO
Alameda Vicente Pinzon, 173
4° andar, Vila Olímpia
CEP 04547-130
Telefone: (11) 5694-4545

E-mail: contato@astralcultural.com.br

Para Whitney, Henny, Liza e Steph, minhas colegas de quarto norte-americanas. Vocês tornaram meu primeiro ano na Universidade de Edimburgo uma diversão e tanto. Foi um tempo maravilhoso com vocês, garotas. Obrigada pelas lembranças e fotos engraçadas. Sem dúvida alguma, são para serem guardadas...

1

Edimburgo, setembro de 2012

— Você já comprou comida? É cara? Você entende metade do que é isso?

Engulo o riso.

— Mãe, estou na Escócia.

— Eu sei, mas eles comem coisas das quais você nem deveria chegar perto.

Ela parecia tão horrorizada que não consegui evitar uma resposta seca.

— Não são canibais.

Um jato de refrigerante atravessou meu campo de visão e me virei para ver minha melhor amiga, Cláudia, engasgando com uma Coca Diet enquanto ouvia meu lado da conversa. Estávamos sentadas na cozinha da nossa república, nas confortáveis — ainda que estranhas — cadeiras de sala de espera que foram fornecidas para nossa cozinha/sala comum. Nossas costas estavam voltadas para a ampla janela que ia do chão ao teto e tinha vista para o pátio do prédio, e o sol atingia o vidro e pinicava nossa pele com seu calor. O aposento era claro, fresco e bem sólido. A acomodação era simples, mas acolhedora e segura — um milhão de vezes melhor do que eu fora levada a crer que seria.

— Você é tão dramática, Charley. Só estou dizendo que a comida é um pouco diferente — prosseguiu minha mãe. — Quero ter certeza de que está comendo direito.

Estivesse eu em Edimburgo ou em casa, em Indiana, minha mãe sempre queria ter certeza de que eu estava comendo direito. Isso porque eu não cozinhava. Delia Redford era excelente cozinheira e confeiteira, assim como sua filha mais velha, Andrea, então ela considerava uma falha pessoal da parte dela o fato de sua filha caçula (que, por acaso, sou eu) não conseguir cozinhar macarrão sem estragar toda a receita. Para minha sorte, eu conseguia ler e ligar o forno, de modo que os jantares congelados me impediam de morrer de fome.

— Mãe, eles comem basicamente o mesmo que nós, porque... você sabe... são pessoas.

— Exceto o chocolate deles, que é melhor — murmurou Cláudia, mordiscando uma barra de chocolate ao leite.

Franzi o cenho para ela.

— É questão de opinião.

— O que é questão de opinião? — quis saber minha mãe, curiosa. — Cláudia está aí? Ela está comendo direito?

Meus lábios se retorceram.

— Minha mãe quer saber se você está comendo direito.

Cláudia assentiu e murmurou com a boca cheia de chocolate.

— Nunca comi melhor. — Acenou com os dedos e engoliu. — Oi, mãe Delia!

Minha mãe deu uma gargalhada.

— Diga para ela que eu disse oi.

— Minha mãe disse oi.

— Seu pai me pediu para falar que vocês duas precisam dar notícias todos os dias.

Fiz uma careta.

— Você não fazia Andie dar notícias todos os dias quando ela estava em Dublin.

— Não tínhamos que *fazer* Andie dar notícias todos os dias. Você, no entanto, sempre tem tanta coisa para fazer que é uma maravilha quando temos alguma notícia sua.

— Bem, não é como se eu estivesse fumando crack, mãe. Estou estudando e organizando as mer... coisas.

O tom dela ficou áspero.

— Você ia dizer "merda"?

— Será que eu, uma mulher crescida de vinte anos, ousaria falar um palavrão na frente da minha mãe?

Ela deu uma gargalhada.

Eu suspirei.

— Mãe, não vamos ligar todos os dias. É muito caro, e não tenho tempo de chamá-la no Skype com tanta frequência. Vou mandar e-mails sempre que puder durante a semana e vamos bater papo no Skype uma vez por semana, ok?

— Você não tem que falar como se isso fosse uma obrigação pra você.

— Mamãe, amo você. Não é uma obrigação. Vou sentir saudade também... mas só faz dois dias que saí de casa. Por favor, me dê uma *chance* de sentir saudade de vocês.

Relaxei ao ouvir a risadinha dela.

— Só estou preocupada. Você é meu bebê, e Cláudia é meu bebê adotado.

— Ficaremos bem. Mas precisamos ir. É semana de calouros, e Cláudia e eu precisamos fazer algumas coisas antes do início das aulas. Em breve mando um e-mail.

— Mas você não respondeu à minha pergunta sobre a comida.

— Já compramos comida. A geladeira, o freezer e os armários estão lotados.

— Com o quê?

— Comida, mãe.

— Que tipo de comida?

Dei um olhar exasperado pedindo socorro para Cláudia, e ela imediatamente deu um grito, fingindo dor.

— O que foi isso?

— Tenho que ir, mãe. Cláudia está tendo um choque glicêmico. — Desliguei e sorri para minha amiga, que gargalhava. — Eu deveria desligar esse aparelho antes que ela ligue de novo.

Demos um pulo quando o telefone tocou novamente na minha mão, mas vi que a tela mostrava: "Andie ligando".

— Ninguém me dá um tempo. Alô — atendi.

— Alô para você também — disse Andie. — Você já se foi há dois dias. Não escreve, não liga...

— Acabei de falar com a mãe há dois segundos.

— Certo. Como foi? Ela deu a tabela de comida para você?

— Você também ganhou uma?

— Quando fui estudar no exterior? Claro. Acho que ela pensa que quem não é norte-americano não é do planeta Terra e, de algum modo, sobrevive com estranhas comidas alienígenas que nossos corpos não conseguem processar.

— Sim, já percebi.

— E então? Gostou de Edimburgo?

— Até agora, sim. É estranho estar longe de casa, mas é uma cidade linda.

— Como está Cláudia?

— Adorando os chocolates.

— Não são tão bons quanto os nossos.

— Foi o que eu disse!

— Vocês duas estão erradas — intrometeu-se Cláudia, enquanto jogava a embalagem do chocolate no lixo. — Agora você pode falar para sua irmã que liga mais tarde? Se ficarmos mais tempo aqui, vou quebrar seu celular.

— Eu ouvi isso — disse Andie. Eu praticamente podia "ouvi-la" revirando os olhos. — Também preciso ir para o trabalho. Aqui é bem cedo ainda, lembre-se. É cedo, e a primeira coisa que fiz foi ligar para minha irmãzinha para ver como ela está, e é uma ligação de longa distância cara, mas ela não se importa.

Dei uma gargalhada.

— Eu me importo. De verdade. Só não tive tempo ainda de apreciar isso completamente. Cláudia tem um ódio anormal por nosso apartamento perfeitamente agradável, e eu a trouxe para cá para almoçar. Tenho certeza de que ela vai ter brotoejas.

— Bem, não queremos isso. Logo nos falamos, Supergirl.

— Até mais tarde. — Desliguei o telefone e fulminei Cláudia com o olhar. — Isso foi rude.

— Isso — gesticulou ela, mostrando o apartamento — não é um apartamento. É uma sala comum com um corredor que leva a cinco quartos idênticos com portas corta-fogo que trancam.

— Também tem um banheiro que tranca. Eu chamaria isso de melhoria, quando comparado à maioria das acomodações estudantis.

— Você é engraçada.

— E você é mimada.

Cláudia apertou os olhos.

— Sinto falta do nosso apartamento. Era iluminado e ventilado. Tínhamos uma varanda. Além disso, éramos só nós duas morando ali.

Eu estava ouvindo aquilo desde que Cláudia colocou os olhos no apartamento novo, então ignorei e a levei para fora da cozinha, parando no quarto para verificar se estava trancado mesmo.

Quando estudávamos em Purdue, em Indianapolis, e já que os pais de Cláudia eram realmente ricos, morávamos em um belo apartamento em West Lafayette, a cerca de dez minutos de carro do *campus*, pois os pais de Cláudia estavam com a casa cheia. Eu jamais poderia me dar ao luxo de bancar algo assim se não fosse por Claud. Eu brincava dizendo que ela era mimada, mas só me referia ao aspecto material. Sim, ela estava acostumada às coisas boas, mas sua vida era o clichê da criança rica — pais ausentes que não davam a mínima para o que ela fazia.

Despejavam dinheiro nela em vez de amá-la e esperavam que fosse grata por isso. Em vez de deixar que isso a corroesse, Cláudia abraçava as pessoas que demonstravam afeto real por ela e, em troca, oferecia lealdade feroz.

Nos conhecemos no primeiro ano e nos demos bem. Eu gostava dela — não por causa do dinheiro —, e ela gostava de mim porque dizia que eu era a pessoa mais sincera que já conhecera. Quando levei Cláudia em casa, para passar o Dia de Ação de Graças, ela conheceu minha família e isso solidificou nossa amizade. Minha mãe e meu pai a tratavam como filha e cuidavam dela (o que, secretamente, ela adorava). Até Andie agia com ela com a condescendência de irmã mais velha (o que Cláudia também secretamente adorava).

Minha família não tinha dinheiro. Morávamos em uma cidade pequena, chamada Lanton, a menos de duas horas a noroeste de Indianápolis. Meu pai era dono do estacionamento local, e minha mãe tinha uma floricultura. Vivíamos modestamente. O único motivo pelo qual eles puderam se dar ao luxo de mandar as filhas para boas escolas, e até mesmo dar a elas a oportunidade de estudar no exterior, era por causa da tia da minha mãe, Cecília. Ela se casara com um cara muito rico do ramo farmacêutico e, quando ele morreu, Cecília ficou com todo o dinheiro. Agora, ela gostava de gastar esse dinheiro, para que, quando morresse, não tivesse muito sobrando. No entanto, como ela sempre gostou muito de Andie e de mim, colocou um pouco da herança em um fundo fiduciário para nossa educação.

Enquanto Cláudia reclamava do apartamento, eu pensava que aquilo era só um disfarce para o nervosismo. Estávamos animadas, mas um pouco assustadas por estar sozinhas em outro país durante todo o ano letivo. Eu tinha admitido estar assim e seguido em frente, e Cláudia encontrara algo do que se queixar para não ter que pensar na ansiedade.

Como éramos alunas mais velhas, mas estávamos frequentando algumas aulas com os calouros, estávamos hospedadas com três alunas inglesas que tinham nossa idade, mas haviam acabado de entrar na faculdade. Nossas colegas de quarto tinham se conhecido e criado laços um dia antes da nossa chegada, então Claud e eu teríamos que nos esforçar um pouco mais para fazer amizade com elas. Com sorte, daríamos um jeito nisso. Por enquanto, ainda estávamos tentando nos organizar antes do início das aulas, determinadas a conhecer a cidade o mais rápido possível.

— Vai ficar melhor depois que estivermos acomodadas e conhecermos mais pessoas — prometi para Cláudia quando saímos do apartamento. — Tem um pessoal de Purdue que mora do outro lado do pátio. Poderíamos ir conhecê-los.

— Se não os conhecíamos quando estávamos em Purdue, por que faríamos isso aqui?

— Bem, é uma atitude elegante.

— Elegante? Sério?

Ri para mim mesma enquanto descíamos a escada, mas a risada foi interrompida abruptamente quando chegamos ao segundo andar. Cláudia não me perguntou por que eu me calara. Na verdade, havia um completo silêncio atrás de mim, então imaginei que ela também estivesse babando.

No meio do corredor, prendendo um cartaz fotocopiado bem no alto da parede, estava um cara realmente muito gostoso. Sua camisa subiu um pouco quando ele ergueu os braços acima da cabeça, dando-nos um vislumbre de pele dourada e abdômen magnífico. A camisa cobria um torso em V perfeito, e o jeans surrado marcava uma bela bunda. Uma tatuagem tribal sexy envolvia um antebraço. Ele nos viu pelo canto do olho, enquanto eu suspirava mentalmente. Seu sorriso era incrível — um pouco de lado, definitivamente atraente e digno de agitar as entranhas. Era o par perfeito para os lindos olhos cinza-claros, a mandíbula cinzelada coberta com uma barba por fazer muito sexy e cabelos grossos e despenteados, loiro-escuros, prontos para dedos femininos se enroscarem neles.

— Ei, meninas — cumprimentou-nos, com uma voz rouca, o sotaque norte-americano acolhedor e familiar.

Cláudia passou gentilmente por mim e caminhou na direção dele com ar casual. Sorri ao ver o balanço de seus quadris quando ela se aproximou dele. Ele também notou, os olhos grudados no balanço.

Minha amiga era linda. Linda daquele jeito inacreditavelmente elegante. Linda daquele jeito de garota-que-estava-acostumada-com-as-boas--coisas-da-vida. Quando estávamos em casa, vários caras se sentiam intimidados por ela. Se não era assim, presumiam algo que ela não era e a tratavam como uma *socialite* insípida que ficaria mais impressionada com o tamanho do fundo fiduciário deles do que pelo fato de serem capazes de fazê-la rir. Então, infelizmente, apesar do fato de ser linda de um jeito excepcional, Cláudia estava solitária na área do romance.

Notei o sexy, tatuado, rebelde sem causa olhá-la com apreço. Cláudia tinha cabelos compridos e escuros, de uma cor exótica herdada de sua mãe portuguesa, assim como uma cintura fina, pernas compridas, seio e bunda. Era o tipo de garota que as outras garotas amavam odiar.

Ela usava jeans skinny de grife, tênis Lacoste e uma bela blusa branca Ralph Lauren, com manga raglan e cintura justa, e parecia que estava pronta para ir ao country club. Vi imediatamente que nosso gostoso pendurador de cartaz achou aquilo divertido.

Cláudia inclinou o queixo na direção do cartaz dele.

— Vai ter festa?

— Vai. — Ele sorriu para ela e seu sorriso se abriu ainda mais quando me aproximei. — Estou pendurando os cartazes para um amigo que mora aqui, no andar de cima. Vocês deviam ir. Sou Beck, a propósito.

— Cláudia. — Ela acenou com a cabeça na minha direção. — Essa é minha amiga, Charley.

— Oi, Charley.

O sorriso atraente de Beck permaneceu fixo em seu rosto enquanto me examinava dos pés à cabeça. Ao contrário de Cláudia, eu usava roupas que me fariam ser expulsa do country club — minha calça jeans skinny favorita, com um buraco no joelho e o tecido já macio de tanto ter sido lavado, e um colete gigante escrito "Library Nerd" no peito. Eu tingira meus longos cabelos loiros de platinado há três anos porque achava que o tom deixava meus olhos castanhos mais interessantes. Eles estavam presos em um rabo de cavalo feito de qualquer jeito, e eu usava meus acessórios de prata de sempre — dois colares compridos, três anéis em uma mão, dois na outra e, nos dois punhos, uma pulseira de couro e outra de prata entrelaçada.

Cláudia queria que meu visual fosse mais *clean*. Eu queria que o visual dela fosse mais poluído.

Eu o cumprimentei com um aceno de cabeça, minhas bochechas ardendo com o brilho apreciativo do olhar dele. O cara era gostoso demais, e eu tinha certeza de que, se lambesse o dedo e o pressionasse na pele dele, uma fumacinha se levantaria com um assobio satisfatório. Mesmo assim, eu já tivera minha cota de *bad boys* no colégio e, definitivamente, já tinha superado isso. Dei um olhar para Cláudia que mentalmente dizia que ela estava livre para ir para o abate.

Ela sorriu e se virou para o cartaz. Acompanhei seu olhar.

FESTA ESTA NOITE

13 de setembro, 21h

1º andar, Apartamento 3

BEBIDA GRÁTIS

e comis também!

— Hum — Cláudia se virou para Beck, franzindo o cenho —, seu amigo sabe que escreveu "comes" errado?

Beck bufou.

— Gata, o cartaz diz "bebida grátis", em letras maiúsculas. Acha que alguém vai ler a porra da linha de baixo?

— Ele te pegou— murmurei.

Ela me ignorou.

— Você não se incomoda? Está espalhando os cartazes por aí. Se as pessoas virem isso, vão pensar que você foi o idiota que escreveu errado.

Beck deu de ombros e se aproximou de nós, para se dirigir ao nosso andar.

— Isso não é um problema, já que não ligo porra nenhuma para o que as pessoas pensam.

— Parece libertador. — Cláudia girou sobre os calcanhares, seguindo-o com um sorriso que derreteria a maioria dos homens. — Quer me ensinar esse tipo de libertação? Eu conseguiria um tempo.

Vi quando Beck hesitou um pouco no primeiro degrau, como se estivesse surpreso com a pergunta provocante dela. Disfarçou rapidamente, dando-lhe outra olhada sexy e então sorrindo.

— Vejo vocês na festa, gata.

— Estaremos lá — respondeu Cláudia.

Ela agarrou minha mão, puxando-me pelas escadas. Assim que terminamos de descer a escadaria e chegamos ao pátio ensolarado, Cláudia se encostou no corrimão de bicicletas.

— Acho que poderia ter um orgasmo só de olhar para ele — gemeu ela, virando-se para olhar ansiosa para o prédio.

Enruguei o nariz.

— Está compartilhando demais de novo.

— Deixe disso. Mergulhe esse garoto em um lago congelado, e ele vai transformar aquilo em uma piscina de águas termais.

— Você é tão sem graça. — Dei risada, puxando-a pelo pulso e arrastando-a até a Guthrie Street.

Morávamos no final da Cowgate, na extremidade leste de Grassmarket, que, com todos os pubs e clubes ali perto, descobrimos ser uma espécie de ponto de encontro. Nossos quartos davam para Cowgate, então tanto Claud quanto eu investimos em protetores de ouvido de espuma para que pudéssemos dormir à noite.

Nossas acomodações ficavam a poucas ruas de distância do *campus* principal, a paisagem subindo em direção à Universidade de Edimburgo. Seguimos naquela direção, pois precisávamos pegar nossas carteirinhas de identificação de estudantes no centro de informações. A carteirinha era meio importante — necessária para entrar e sair da biblioteca, assim como dos centros acadêmicos.

— Concordo que ele é sexy, mas não quero mais saber de *bad boys*. — Ignorei a dor familiar no peito e tranquei a mandíbula em um esforço para não parecer afetada por aquilo. — E não acho que você já quis saber de *bad boys*, estou certa?

— Estou abrindo uma exceção para Beck. — Os olhos de Cláudia se fecharam quando ela deu outro gemido. — Beck. Até o nome dele é sexy.

— Bem, minha mãe o odiaria. Ele falou "porra" duas vezes em questão de segundos.

— Eu gostaria da porra dele duas vezes em questão de segundos.

Uma gargalhada chocada escapou de meus lábios.

— Não estou brincando.

Quando olhei para a expressão dela, percebi que não estava mesmo. Fiquei séria no mesmo instante.

— Por favor, não faça nada de que possa se arrepender.

Ela fez um aceno de desprezo para minha preocupação.

— Não sou estúpida. Se ele quer tirar minha calça, vai ter que merecer. — Ela esfregou as mãos uma na outra, contente. — E vou me divertir muito fazendo com que ele mereça.

Eu, particularmente, não gostava da ideia de ir a uma festa na qual teria que socializar sozinha, enquanto minha melhor amiga tentava fisgar Beck. Mas... era Cláudia, e eu a amava, e nunca a vira se animar tão imediatamente com um cara antes. Eu aguentaria aquilo por ela.

— Então acho que realmente vamos àquela festa esta noite. Será que ele vai convidar nossas colegas de quarto?

— Qual é mesmo o nome delas?

Revirei meu cérebro, sabendo que as respostas estavam ali, em algum lugar.

— Maggie, Gemma e Lisa. Certo?

— Eu achava que eram Maggie, Jemima e Lauren.

— Jemima? Eu me lembraria se o nome dela fosse Jemima.

— Somos péssimas colegas de quarto.

— Sim. Vou organizar algum tipo de reunião para todas nós.

Os olhos dela brilharam.

— Ah... podemos convidar Beck?

Merda. Ela era definitivamente um caso perdido.

— Acho que eu deveria ter colocado um vestido — murmurou Cláudia pela quinquagésima vez enquanto descíamos as escadas para o apartamento três.

Conseguíamos ouvir a música pulsando lá dentro, e já tínhamos passado por um casal de calouros bêbados no pátio.

Suspirei, espremendo o corpo contra a parede para deixar um cara com expressão irritada descer correndo as escadas e ir embora.

— Eu falei para você que vestido seria demais. É só como qualquer outra festa de estudantes, Claud, nada formal.

Assim que chegamos ao primeiro andar, eu soube que estava certa. A porta do apartamento três estava aberta, e havia estudantes circulando do lado de fora, bebendo em copos de plástico vermelho. Duas garotas sorriram para nós e os caras nos cumprimentaram com um aceno de cabeça quando passamos por eles para entrar. Todo mundo estava com roupas descontraídas, e fiquei feliz por ter falado para Cláudia usar jeans e regata.

— Uau, este apartamento é muito maior do que o nosso — comentei enquanto olhávamos a sala comum e a cozinha lotadas.

— Tem mais quartos — explicou Cláudia, apontando para o corredor à nossa esquerda.

Percebi que o final do corredor dobrava em uma esquina. Contei cinco quartos de um lado, e imaginei que Cláudia estivesse certa e que a continuação do corredor depois da esquina ainda tivesse mais quartos.

— Vocês vieram. — Beck apareceu como em um passe de mágica, segurando duas cervejas. — É bom vê-las de novo, senhoritas.

Muito parecida com o que tínhamos visto à tarde — só que talvez mais sexy ainda —, a presença de Beck nos paralisou por um instante, e nenhuma de nós disse uma palavra.

Ele deu um sorriso presunçoso, como se soubesse que causava essa reação nas mulheres, e balançou as cervejas na nossa direção.

— Querem?

Estendi a mão e peguei uma das garrafas.

— Obrigada. Bem concorrida. — Gesticulei para a festa lotada.

— Eu falei para vocês... é só colocar "bebida grátis" em um cartaz e *voilà*. — Ele sorriu para Cláudia quando ela, por fim, saiu do estupor e pegou a cerveja. Os olhos dele se voltaram para mim e para meu peito. — Bela camiseta.

Minha camiseta do Pearl Jam era *vintage*, desbotada, surrada, um pouco justa, mas, assim que a vi no brechó, tive que comprá-la. Felizmente, o fato de ser apertada a deixava sexy. Não era a primeira vez que um garoto a elogiava, e eu ainda não tinha conseguido decidir se era porque era Pearl Jam *vintage*, ou se era porque ficava apertada nos peitos. Provavelmente um pouco do primeiro e muito do segundo.

— Obrigada — murmurei e "acidentalmente" dei uma cotovelada no braço de Cláudia enquanto olhava ao redor da sala.

Ela entendeu a dica.

— Então, Beck — deu um passo mais perto dele —, você está aqui para o programa de intercâmbio por um semestre ou pelo ano todo, como nós?

— O ano todo — eu o ouvi dizer enquanto fingia estar mais interessada na sala como um todo do que na conversa entre ele e minha melhor amiga. — Vim de Northwestern. E quanto a vocês, garotas?

— Não muito longe de você, na verdade. Purdue.

— Acho que uns caras que moram aqui são de lá. Vocês os conhecem? Alan e Joey? Nós nos conhecemos na nossa primeira noite aqui.

Virei de costas, tomando outro gole de cerveja e balançando a cabeça enquanto Cláudia respondia:

— Não. Você também mora aqui?

— Não. Moro no fim da rua, na College Wynd, com meu amigo Jake.

Imediatamente recuei com aquele nome, meu coração acelerando, como sempre acontecia quando ouvia aquilo. Felizmente, nenhum dos dois percebeu minha reação enquanto conversavam, então respirei lentamente, obrigando-me a relaxar. Já fazia três anos e meio, e só de pensar nele meu peito apertava.

Quando me recompus, percebi um olhar sub-reptício de Cláudia me dizendo "caia fora". Apontei com a garrafa de cerveja para algum lugar atrás deles.

— Vou dar um pulo ali... ver se reconheço alguém.

Percebi, pelo jeito como Beck torceu os lábios, que nem Cláudia nem eu tínhamos sido muito sutis, mas não era eu quem tentava impressioná-lo. Caminhei pela multidão, indo até o centro da sala, onde uma mesa grande tinha se transformado em campo de pingue-pongue de cerveja, com um torneio já em andamento. Morrendo de tédio só de olhar aquilo, segui para a cozinha, onde as pessoas estavam inclinadas nos balcões, conversando umas com as outras. Passei apertada por um cara baixinho cujo rosto estava praticamente em meus peitos.

— Bela camiseta. — Ele sorriu para mim.

O que foi que eu disse? Era uma camiseta mágica. Murmurei um obrigada e continuei o caminho para a cozinha.

— Charley!

Pestanejei ao som do meu nome sendo gritado pela sala e meus olhos se arregalaram quando vi minha colega de quarto, Maggie, acenando animada para mim da cozinha. Surpresa pela reação exuberante à minha presença, respondi com um sorriso perplexo e fui até ela.

— Oi, Maggie.

— Você veio, garota maravilhosa! Venha, me dê um pouco de amor! — Ela lançou os braços ao meu redor e eu murmurei um "aff" contra seus grossos cabelos ruivos quando colidimos. Ela estava bastante bêbada e falando um pouco mole, mas aquilo não impedia que seu sotaque britânico fosse *incrível*. Ela me empurrou com força para trás. — Cláudia está aqui também?

— Sim, está conversando com um cara que conhecemos esta tarde.

Maggie assentiu, seus os olhos estavam bem vermelhos.

— Perdi Gemma e Laura. Não sei aonde foram, mas conheci esses caras. — Ela se virou para um cara de estrutura mediana, com cabelos loiros cacheados e olhos azul-claros. Com ele, estava um rapaz alto e magro, com óculos estilosos sem armação, braços tatuados e um piercing no lábio, e uma garota curvilínea com um cabelo cor púrpura chamativo. — Esses são Matt, Lowe e Rowena.

Ergui a cerveja para cumprimentá-los.

— Oi, eu sou Charley.

Lowe, o cara alto e magro, ergueu a cerveja e notei que suas unhas estavam pintadas de preto.

— Bela camiseta.

— Você também é americano?

— De Northwestern.

— Purdue.

A expressão dele subitamente se aguçou com interesse mais profundo. Enquanto seus olhos me observavam de cima a baixo, percebi um pouco tarde que ele não era magro. Era esbelto, mas musculoso... e bonito. Bem bonito.

— Uma boilermaker[1]. Somos praticamente vizinhos.

Bem, bem bonito.

Era outro *bad boy*, como Beck. De fato, eu apostava que eram amigos.

— Se seu vizinho tem que viajar algumas horas para tomar um café na sua casa, então, claro, somos vizinhos.

---

[1] (N.T.) Boilermaker é o apelido dado aos alunos e ex-alunos da Purdue University.

Lowe sorriu, enquanto Matt e Rowena gargalhavam.

Maggie parecia confusa. Em um esforço para mudar de assunto, ela perguntou:

— Você viu o cartaz convidando para a festa, então?

— Sim. E Beck nos convidou.

Lowe franziu as sobrancelhas.

— Você conhece Beck?

Olhei por sobre o ombro pela multidão e apontei na direção dele. Cláudia e ele ainda estavam conversando, mas ela parecia estar franzindo o cenho para o que ele estava dizendo.

— Ele está conversando com minha amiga, Cláudia.

Meu olhar passeou pela sala quando voltei para encarar o grupo, e notei um perfil na multidão que fez o sangue correr mais rápido em meus ouvidos. Fiquei paralisada, os olhos captando as feições familiares e o nariz romano reto. Os conhecidos lábios beijavam uma testa desconhecida.

Não podia ser ele.

Meu coração acelerou enquanto eu observava o perfil se virar. Um lindo sorriso ainda mais familiar me atingiu com força e me deixou sem fôlego.

Pelo que pareceu ser uma eternidade, absorvi a visão de Jacob Caplin — o primeiro garoto que amei.

Eu não o via há três anos e meio.

E ali estava ele, alto e encorpado, o visual mais clean do que antigamente, com uma blusa de manga comprida e jeans preto. Seus cabelos escuros estavam mais curtos do que ele costumava usar, mas combinavam com seu rosto bonito e anguloso. Eu nem queria olhar para aqueles olhos escuros, porque sabia que isso só me lançaria em um mundo de mais dor ainda do que aquele no qual me encontrava. Aquela dor se intensificou quando segui o braço com o qual ele envolvia uma garota de cabelos escuros ao seu lado, com a mão apoiada no peito dele. Eu tinha um metro e setenta; ela era mais alta. Mais curvilínea. Muito, muito mais bonita.

Com os cabelos compridos e escuros e a pele cor de oliva, ela parecia perfeita ao lado dele.

Eu a odiava.

Eu o odiava.

Três anos e meio se passaram, e aquilo não parava de doer.

— Charley! Alô, Charley! — gritou Maggie embriagada, e observei quando meu nome chegou aos ouvidos de Jake. Percebi o modo como ele ficou tenso, meus dedos tremendo ao redor da garrafa de cerveja.

Seus olhos deixaram seu grupo e seguiram pela multidão, até o outro lado da sala. Seu peito deu um salto quando nossos olhares se cruzaram, e seu braço se afastou da garota aconchegada nele. Seus lábios se separaram quando a surpresa suavizou suas belas feições, e eu o observei murmurar meu nome.

Todo mundo desapareceu ao meu redor quando nossos olhares se cruzaram pela primeira vez em anos. A música se transformou em uma pulsação surda, as conversas ficaram abafadas, e tudo o que eu conseguia ouvir eram as batidas do meu coração. Queria sair dali. Queria me afastar dele o máximo possível, mas ele se separou dos amigos que perguntavam o que tinha acontecido e veio até mim. Descobri que estava presa no lugar, meu rosto ardendo de emoção quando ele parou na minha frente.

— Jake — Lowe o cumprimentou de forma calorosa.

Jake acenou com o queixo para ele, de um jeito familiar que causou outra pontada de dor no meu peito.

— Lowe.

Seus olhos rapidamente deixaram o amigo e voltaram para mim, e a dor irrompeu em uma chama ardente. Eu amava os olhos de Jake. Um castanho-escuro exuberante, tão inteligentes e calorosos, tão profundos, que eu achava que passaria feliz o resto dos meus dias perdida neles.

Eu era jovem.

Eu era uma idiota.

— Charley — ele disse com aquela voz grave que ainda causava deliciosos e indesejados arrepios pela minha espinha. — Não acredito que é você. — Ele passou a mão trêmula pelo cabelo, esperando que eu dissesse alguma coisa. Qualquer coisa.

Eu queria parecer tranquila. Natural. Indiferente.

Infelizmente, não fui nenhuma dessas coisas. Em vez disso, entreguei minha cerveja para uma confusa Maggie e passei por ele sem dizer uma palavra.

Ele ainda usava a mesma colônia, a colônia que eu comprara para ele. Colônia que ficava tão bem nele que eu passava boa parte do nosso tempo juntos esfregando o nariz em seu pescoço.

Aquela lembrança também doeu.

Correndo pelo corredor, vi Cláudia conversando com um cara que eu não conhecia. Não tinha tempo para me perguntar o que acontecera com Beck porque ouvi Jake gritar meu nome. Cláudia ergueu os olhos ao ouvir aquilo, e seus olhos se arregalaram quando ela viu minha expressão.

— Estou indo embora — falei para ela baixinho quando me aproximei.

Ela imediatamente foi atrás de mim.

Corri pelas escadas e atravessei o pátio, lançando-me em nosso prédio e fechando a porta rapidamente atrás de Cláudia.

— Que diabos está acontecendo? — Os olhos dela brilhavam de preocupação quando passei por ela e subi correndo as escadas.

Foi só quando cheguei ao meu quarto e tranquei a porta que me virei para encará-la, e todo o meu corpo tremia enquanto a dor que eu tentava conter explodia de vez. Cláudia me segurou, me abraçou com força murmurando palavras tranquilizadoras no ouvido, enquanto eu soluçava uma explicação entre seus cabelos.

2

Indiana, setembro de 2008

— Vamos nos meter em encrenca por causa disso — murmurei, olhando para o pessoal da minha classe reunido, o rosto deles brilhando com a luz lançada pela fogueira na qual eu sabia que tinha que ficar de olho.

Eu voltara para casa depois de passar o verão com meus primos na Flórida, e descobri que minhas amigas Lacey e Rose tinham conspirado com meu ex-namorado, Alex. Os três tinham organizado uma festa de boas-vindas para mim na floresta ao lado da casa dos pais de Alex, nos arredores da cidade. Um imenso gazebo antigo estava cercado por assentos de concreto meio desmoronando, os quais estavam tomados pelas trepadeiras. Naquele instante, o gazebo estava lotado de menores de idade bebendo, latas de cerveja, lenha e um aparelho de som.

Lacey me deu um empurrãozinho, brincalhona.

— Quem se importa? Vamos aproveitar. Duvido que vão nos pegar. Amanhã é Dia do Trabalho... estão todos preocupados demais com o festival para se importarem com o que estamos aprontando. — Entregou-me uma cerveja.

— Vocês não precisavam fazer isso.

Rose assentiu.

— Eu sugeri dar uma festa antes de voltarmos para a escola. Foi Alex quem sugeriu transformarmos em uma festa para você.

Lacey bufou.

— Será que ele podia ser mais óbvio?

Segui o olhar dela até onde Alex estava com uma garota do segundo ano, mas ele não parecia estar ouvindo o que ela dizia, enquanto observava nosso pequeno grupo.

— Ele sabe que não vamos voltar. Saímos por três meses antes do verão, e não deu certo.

— Para você. — Rose deu um suspiro de tristeza. — Ele ainda está caidinho. E é tão fofo. E joga futebol. Isso é sexy.

— Alex é legal e tudo mais, mas não é para mim.

Alex era perfeitamente legal, de fato, mas, durante os três meses que namoramos, eu ficava esperando que *alguma coisa* me acertasse. Quando nos beijávamos, era só... legal. E, já que o beijo era legal e nada além disso, eu realmente não queria fazer mais nada com ele, o que me fazia parecer frígida. Enfim, éramos diferentes demais. Ele era totalmente ligado nessa coisa do futebol e em manter as aparências para a família. Aquilo era o mais importante para ele, considerando que sua mãe era a prefeita.

Para ser sincera, eu não sabia o que Alex vira em mim. Tenho certeza de que a mãe dele pensava a mesma coisa. Minha irmã Andrea teria sido perfeita para ele, se tivessem a mesma idade. Ela era formal, adequada e imaculada da cabeça aos pés. Eu, por outro lado, sempre estava metida em algum projeto, era obcecada por música, vestia o que me dava na telha e dizia as coisas como elas são.

A única coisa que a prefeita Roster achava apropriado em mim era minha irmã. Acho que era a única coisa que lhe dava esperança — que talvez, um dia, eu me transformasse de repente em uma mini-versão de Andie.

— Esqueça Alex. — Lacey se virou para mim, os olhos reluzindo com a luz da fogueira. — Eu decidi que Jake Caplin é perfeito para você.

— Ah, o misterioso Jake. — Dei uma risadinha.

Durante todo o verão, eu recebera ligações telefônicas animadas das minhas amigas. Primeiro, deram a notícia de que uma nova família tinha se mudado para Lanton. Isso era notícia porque o sr. Caplin tinha aberto um escritório de advocacia que deixara a Brackett & Sons, o escritório de advogados que já existia na cidade, em total polvorosa. Também era notícia porque os Caplin tinham dois filhos — Jacob, aluno do terceiro ano do ensino médio, e Lukas, do primeiro ano. Ambos, aparentemente, muito bonitos.

Os dois também conseguiram uma bela fama durante o verão. Ou pelo menos Jake conseguira. Ele fez amigos rapidamente, parecendo capaz de se relacionar com vários grupos, segundo Lacey. Ele se dava bem com os músicos, com os nerds, com os drogados, mas também se divertia muito com atletas. E, mais importante, já dormira com um bando de garotas do terceiro e do quarto ano. Havia rumores de que ele dormira com Stacy Sullivan, uma garota sexy do quarto ano que trabalhava no Hub's, um restaurante popular na Main Street. Fazer sexo com Stacy fez de Jake um tipo de lenda entre nossa turma.

Mas tudo isso só me fazia questionar por que diabos Lacey queria que eu saísse com ele.

— Ah, meu Deus, ele está aqui — disse Lacey quase sem fôlego, como se o Batman tivesse acabado de chegar na festa.

Virei a cabeça para acompanhar o olhar dela e me peguei encarando além da fogueira, direto nos olhos escuros de Jake Caplin.

Senti o olhar dele prender o meu e, juro por Deus, minha respiração ficou presa na garganta.

Ele era lindo.

Eu não saberia descrevê-lo de nenhum outro jeito. E, enquanto ele atravessava a multidão, os olhos fixos em mim, minhas amigas sussurrando sem acreditar que ele estava se aproximando, decidi que não iria me importar com os rumores. Havia alguma coisa no jeito como aquele corpo alto e forte se movia — confiante e intenso, mas também, de algum modo, selvagem e indomável. Vi sua boca se curvar nos cantos, em um meio sorriso, e li um milhão de coisas em sua expressão. Um milhão de histórias, de piadas, de sonhos...

Bem no fundo, de alguma maneira, eu soube que Jake Caplin jamais me deixaria entediada. Parecia loucura, eu sei, porque nunca tínhamos trocado nenhuma palavra, mesmo assim, eu simplesmente *sabia*.

— Então, você é a garota misteriosa que sumiu durante todo o verão.

Ele parou bem à minha frente, de um jeito casual, com uma cerveja na mão. Inclinei a cabeça para trás para encarar seu rosto, meu corpo formigando. De repente, me ocorreu que alguém tão lindo quanto Jake devia ter garotas se jogando sobre ele o tempo todo. Vi isso na confiança arrogante dele. Vi na facilidade com a qual ele falou comigo, uma completa estranha, quando havia caras que me conheciam a vida toda e ainda gaguejavam quando tentavam paquerar.

— E você é o misterioso recém-chegado — respondi, dando de ombros.

Ele sorriu com minha resposta e estendeu a mão.

— Jake.

Tímida, deixei que ele apertasse minha mão, ignorando a onda de tensão quando nossas peles se tocaram.

— Charley.

— Eu sei. Você é famosa. Supergirl.

Ele sorriu, e dei um olhar assassino para minhas amigas. Eu não acreditava que elas tinham contado aquela história.

Não, na verdade, eu acreditava.

Há dois anos, eu estava na cidade com Lacey e Rose. Estávamos saindo do Hub's quando ouvimos minha irmã Andie gritar. Era tão improvável que ela fizesse aquilo que paramos para assistir. Andie estava no último ano do ensino médio na época, e ela e seu namorado de muito tempo, Peter, estavam com problemas. Naquele dia, os problemas aumentaram tanto que minha irmã — que era o epítome do decoro público — começou a gritar com ele no meio da praça. Ele gritou de volta enquanto ela se afastava, e Andie parou como uma estúpida no meio da rua para se virar e dar uma resposta.

Eu vi a SUV do sr. Finnegan dobrar a esquina e também percebi que ele estava distraído demais mexendo em alguma coisa no painel para notar minha irmã. Nem pensei. Atravessei a rua correndo e a empurrei para longe, bem a tempo do sr. Finnegan perceber o que estava acontecendo e pisar no freio. Infelizmente, ele brecou tarde demais e me atropelou. O impacto não foi forte o bastante para causar um dano realmente sério, mas acabei com uma concussão, algumas costelas fraturadas e uma fíbula quebrada.

Fiquei deitada por um tempo; o bastante para que a cidade me saudasse como heroína, e todo mundo — incluindo minha irmã — me colocou o apelido carinhoso de "Supergirl".

— Odeio morar em cidade pequena — resmunguei enquanto tomava outro gole de cerveja.

Jake deu uma gargalhada, um som grave e profundo que levou meus olhos instantaneamente de volta para os dele. Meu coração acelerou novamente quando nos encaramos.

— Não se preocupe. Se é para adotar um apelido, eu poderia pensar em piores, e definitivamente não há motivo melhor para ter um.

— Vamos pegar mais cerveja — anunciou Lacey alegremente e, não com muita sutileza, agarrou a mão de Rose e a arrastou para longe, dando privacidade a Jake e a mim.

Fiz uma careta diante de tal obviedade.

— Sinto muito.

— Não sinta. — Jake se aproximou um pouco mais. — Estava ansioso para conhecer você.

Inclinei a cabeça, e minha expressão de quem sabia o que estava dizendo:

— Ah, ouvi dizer que você já conheceu muita gente.

Ele lutou contra um sorriso.

— Não deveria dar ouvidos às fofocas.

— Especialmente quando são verdade?

Agora ele gargalhou, balançando a cabeça.

— Eu só estava sendo simpático. Conhecendo a cidade nova. Não é fácil se mudar para um lugar tão pequeno depois de viver em Chicago. Tudo parece se mover mais rápido lá, e agir mais rápido aqui causa surpresa.

— Sim, posso imaginar que foi uma mudança tremenda. — Franzi o cenho e me recostei em um poste que estava atrás de mim. — Por que vocês se mudaram para cá?

Jake soltou um suspiro entredentes e deu de ombros.

— Minha mãe e meu pai são de cidades pequenas, e sentiam falta disso. Meu pai tinha bastante êxito em Chicago, e minha mãe gostava da vida lá. No entanto, meu irmão mais novo, Lukas, foi assaltado quando voltava da escola a pé em uma noite, quando perdeu o ônibus. Ele foi ameaçado com uma faca, mas não o machucaram. Mesmo assim, meus pais se apavoraram com aquilo e decidiram mudar.

Assenti.

— Coisas ruins acontecem em toda parte.

— Vocês têm muitos assaltos em Lanton, não é?

— Só quando as coisas estão devagar. Gosto de agitar um pouco as coisas.

Jake jogou a cabeça para trás e gargalhou, os olhos brilhando calorosos.

— Com máscara de esqui e tudo mais?

Neguei com a cabeça.

— Uma máscara como a dos Irmãos Metralha, uma banana e um saco de lixo preto.

Ele riu.

— Deixe-me adivinhar: a banana tem três funções. Serve como "arma", como lanche para manter sua energia de assaltante, e a casca serve como armadilha para sua fuga.

Arregalei os olhos, fingindo surpresa.

— Cara, você entendeu tudo. Quer ser bandido comigo? — Eu não queria que aquilo parecesse uma paquera, mas acabou parecendo.

O olhar de Jake ficou ainda mais caloroso e ele abaixou a cabeça um pouco para murmurar.

— Sem dúvida.

Corando e incapaz de manter o sorriso no rosto, afastei o olhar dele, um pouco confusa com a faísca entre nós.

— Então, você e Alex, hein?

Meus olhos imediatamente se ergueram, e vi Jake olhando por sobre o ombro, para onde Alex estava nos observando, não parecendo muito feliz. Claro que não ajudava o fato de o melhor amigo dele, Brett Thomas, estar tirando sarro de nós, e embora eu não conseguisse ouvir o que era dito, era aparente que Brett estava fazendo comentários sobre nós que irritavam Alex. Nunca entendi por que um cara legal como Alex tinha amigos como Brett. Infelizmente, Brett não caiu muito longe da macieira podre. Seu pai, Trenton Thomas, era vendedor de carros. Aparentemente, era encantador e discreto. Algumas pessoas gostavam dele. Mas muita gente o conhecia pelo que ele realmente era — um misógino, um valentão e um infantil petulante, tudo em um.

Eu testemunhei o jeito como o patriarca dos Thomas tratava o filho e a esposa quando estive na casa de Brett, enquanto namorava Alex. Tive vontade de dar um soco nas bolas do cara. Minha mãe e meu pai tinham frequentado a escola com ele e disseram que ele sempre fora um imbecil. Felizmente, Brett herdara todas essas maravilhosas qualidades de seu querido papai.

Esperei até ter a atenção de Jake novamente, antes de responder baixinho.

— Ele é um cara legal, mas terminamos antes do verão, e isso não vai mudar.

— Bem, pela expressão no rosto dele neste instante, ele quer que isso mude. Éramos meio que amigos antes... acho que, pelo olhar mortal, só de falar com você, isso mudou.

Suspirei, irritada.

— Sinto muito. A família dele é meio que importante, e Alex é um pouco territorial. Ele vai superar.

— Não sei. — A expressão de Jake ficou mais séria. — É possível superar uma garota como você?

Dei uma risadinha baixa.

— Bela cantada.

Jake sorriu, passando a mão pelo cabelo escuro e bagunçado.

— Não tenho certeza se foi uma cantada.

— Ah, foi uma cantada. E das boas. Você é muito bom nessa coisa de paquerar. Muito confiante para sua idade.

— Não sei nada sobre isso. Na verdade, nunca tive que me es...

— Esforçar para isso — terminei a frase por ele, erguendo a sobrancelha. — Confiante ou arrogante...

Seus olhos sorridentes se estreitaram na minha direção.

— Você se acha bem esperta.

— Não. Eu *sei* que sou bem esperta.

— Agora quem é o arrogante?

Não pude deixar de rir, mas dei de ombros.

— Bem, tenho motivos para tanto. Sou incrível.

— Caramba. — Jake estava sorrindo de novo, colocou a mão sobre minha cabeça, no poste, e se inclinou. — Eu realmente quero beijar você agora mesmo.

O calor me inundou, o frio na minha barriga se intensificou só de pensar naquilo, mas, de algum modo, consegui me controlar.

— Não sei se conheço você o suficiente para isso.

— Discordo — ele se inclinou mais, a intenção estava clara. — Cinco minutos juntos, e sinto como se a conhecesse a vida toda.

— Jake.

Ele parou, a expressão mudando ao som de seu nome nos meus lábios. Eu não sabia o que aquela expressão significava, mas fez com que eu quisesse me derreter. Obriguei-me a não fazer isso.

— Não vou beijar você.

Uma fagulha de intensidade iluminou seus lindos olhos escuros.

— Vai fazer com que eu tenha que me esforçar para isso?

Assenti e me endireitei, aproximando tanto nossos corpos que quase podia senti-lo contra mim.

— Se eu não acredito que valho o esforço, por que diabos você acreditaria?

Com um pequeno dar de ombros, me esquivei dele e segui na direção das minhas amigas que me olhavam boquiabertas, obviamente ansiosas para saber o que estava acontecendo. Não tive a chance de contar, porque Jake rapidamente se colocou ao meu lado.

Ficamos com minhas amigas pelo resto da noite, trocando farpas, desfrutando o *frisson* de eletricidade que faiscava entre nós e nos atraía. Aproveitamos aquilo, mas não encorajamos nada. *Jake* não encorajou. Não houve mais tentativas de me beijar, mas, quando meu pai chegou para acabar com a festa, arrastando Lacey, Rose e a mim para seu carro, eu sabia que Jake Caplin pretendia se esforçar.

Eu sabia porque, enquanto me afastava, ele me observava o tempo todo. Ele me observava como se quisesse fazer isso para sempre.

Eu sabia porque, enquanto olhava para ele, pensava exatamente a mesma coisa.

3

Edimburgo, setembro de 2012

Meus olhos pareciam inchados quando os abri ao som da batida na porta do quarto. Senti uma sujeirinha no canto dos olhos e nos cílios. Sal das minhas lágrimas. Limpando-os, saí da cama meio cambaleando, segurando na mesa que estava espremida ali perto, no espaço estreito. Meu quarto era comprido, mas não era largo, o que me causava um pequeno problema de espaço. Além disso, eu estava me acostumando a dormir em uma cama de solteiro de novo.

— Charley, é Maggie. Você está aí?

— Pode entrar — murmurei, encolhendo ao me ver no espelho.

Eu estava um lixo.

Depois de chorar nos braços de Cláudia na noite anterior, eu disse para ela que o cara que estava atrás de nós na festa era Jake. Ela sabia tudo sobre Jake. Sabia que Jake era o motivo pelo qual eu era um fracasso no quesito relacionamento.

Meu corpo ainda doía com a tensão, enquanto eu era relembrada da realidade da situação.

Jake estava ali. Em Edimburgo. Na faculdade. Na mesma cidade que eu.

Era doloroso demais contemplar aquilo logo pela manhã.

Abri só uma fresta da porta, e os olhos de Maggie se arregalaram um pouco ao ver meu estado atual.

— Você tem visita.

Meus olhos se estreitaram.

— Quem é?

— Beck.

Beck estava lá para me ver? Por quê? Dei um suspiro pesado.

— Diga para ele que já vou.

Fechei a porta e me virei para procurar meu jeans. Tirei o pijama, vesti uma calça jeans e um moletom com capuz e prendi o cabelo em um rabo de cavalo. A verdade era que eu não dava a mínima se estava parecendo um lixo. Beck era sexy, sim, mas eu não tinha intenção de chegar *lá*. Especialmente não quando Cláudia tinha uma queda por ele.

Assim que abri a porta para sair, fui empurrada para dentro de novo por minha melhor amiga. Cláudia passou a tranca com pressa e se recostou contra a porta. Seu olhar me analisava, e ela estava pálida.

— Você não pode sair desse jeito.

— É só Beck — reclamei.

Cláudia negou com a cabeça.

— Alerta de ruiva mentirosa.

Achei que ela estivesse se referindo a Maggie, mas não tinha ideia do que queria dizer. Minha expressão demonstrou isso.

Ela suspirou.

— Não é Beck. É Jake.

Perdi o ar ao ouvir a notícia.

— Por que a ruiva mentiria?

— Ele provavelmente pediu que ela mentisse.

— Ou isso ou ela viu o drama entre nós na noite passada. Ela sabia que eu não iria até lá se soubesse que era ele. — Meu coração batia com força no peito. — Não vou sair daqui.

— Não com essa aparência.

Ignorei o olhar de desgosto da minha amiga e me joguei na cama.

— Nem nunca. Fale para ele ir embora.

Felizmente, Cláudia não discutiu comigo. Desapareceu por alguns minutos e, quando voltou, veio direto se ajoelhar ao lado da minha cama.

— Ele foi embora. Ficou como se eu tivesse falado para ele que Papai Noel não existe.

— Você sentiu pena dele? — Eu não tinha certeza se *eu* não sentia pena também.

Cláudia negou com a cabeça.

— Não sei o que sentir. Não o conheço. Tudo o que sei é o que ele fez com você. Também sei que tudo o que ele passou foi bem difícil, você sabe, e leva tempo para superar essas coisas. Talvez ele só queira se desculpar.

Virei a cabeça, desejando ao máximo que a dor agonizante em meu peito já tivesse desaparecido.

— Não sei se tenho o que é preciso para ouvir esse pedido de desculpa. Levei um bom tempo para superar tudo, e agora ele aparece à minha frente de novo, fazendo com que eu me lembre de tudo...

Ficamos em silêncio por um tempo, até que virei a cabeça no edredom para olhar o perfil incrível de Cláudia.

— O que aconteceu ontem à noite com Beck?

Os lábios dela se curvaram, e eu tentei, mas não consegui interpretar o que aquela expressão queria dizer, enquanto ela respondia:

— Ele disse que sou uma boa garota, e que ele não mexe com boas garotas porque não é o tipo de cara que fica só com uma mulher.

Meus olhos se arregalaram.

— Ele disse isso?

— Aham. Disse que gosta de mim. Que quer ser meu amigo.

— Pelo menos ele foi honesto, acho. Você vai ser amiga dele?

Cláudia deu de ombros.

— Claro, por que não? Não saio com galinhas, não importa o quanto sejam gostosões, mas ele é divertido. Amigos. Que seja.

— Tem certeza de que meus olhos não estão mais inchados? — perguntei, inclinando a cabeça enquanto seguíamos pelo caminho de paralelepípedos até a faculdade.

— Nada inchado ou vermelho à vista. Você sempre parece sexy — disse Cláudia, parecendo um pouco distraída.

— Está nervosa para ver Beck de novo?

— Nervosa? Por que diabos eu estaria nervosa?

Eu a ignorei e continuei seguindo Maggie, Gemma e Laura. Elas tinham escutado que iríamos até o centro acadêmico para encontrar Beck e se convidaram a nos acompanhar. Beck era muito cobiçado.

Cláudia tinha entrado na cozinha durante o jantar para me dizer que acabara de falar com Beck e que ele nos convidara para ir até o centro acadêmico. Primeiro, fiquei meio tensa. Beck e Jake eram melhores amigos em Northwestern, e Beck tinha ligado para Cláudia para perguntar se eu estava bem. Aparentemente, Jake havia contado toda a história para ele. Cláudia não lhe disse nada sobre minha reação ao ver Jake, mas falou que não tinha certeza se tínhamos algum compromisso naquele dia. Beck percebeu o que estava acontecendo e garantiu que Jake não estaria lá.

O centro acadêmico tinha várias instalações pela universidade, mas estávamos nos dirigindo para o Teviot. Teviot ficava localizado em um belo e antigo edifício em estilo gótico, no *campus* principal, em Bristo Square. Tinha um clube noturno e uns dois bares diferentes, incluindo o incrível Library Bar, que Cláudia e eu tínhamos conhecido no dia em que pegamos nossas carteirinhas.

Beck enviara uma mensagem para Cláudia dizendo para nos encontrar no Teviot Lounge Bar. Seguimos nossas companheiras de quarto escada acima, até chegarmos a um local lotado que tinha a aparência típica de um pub inglês. O lugar era todo de madeira escura, com luzes fracas, assentos confortáveis e mobiliário de madeira resistente. O cheiro de cerveja velha era um pouco exagerado, mas isso era inevitável em um bar com chão acarpetado. Nós nos esprememos entre os estudantes que lotavam a porta, e eu segui Cláudia, enquanto ela procurava nosso mais novo amigo.

Ela agarrou minha mão.

— Ele está logo ali.

Eu ainda não conseguia vê-lo, mas acompanhei-a, enquanto ela me puxava. Paramos em uma mesa no canto do bar. Beck estava em pé com Matt, enquanto Lowe, Rowena e um cara que não reconheci estavam sentados a uma mesa perto deles.

Perdemos nossas colegas de apartamento por um segundo, pensei, procurando-as. Elas *tinham* vindo conosco especificamente para ver Beck. Mas claro que eram garotas de vinte anos... não precisavam de guia turístico ou de babá.

— Charley, Cláudia, estou feliz que tenham vindo — Beck nos cumprimentou. — Vou pegar uma cerveja para vocês.

Ele desapareceu antes que pudéssemos dizer qualquer coisa, e Matt, o loiro da festa, sorriu para nós.

— Nós nos conhecemos ontem à noite — ele assentiu para mim e então se virou para Claud —, mas, definitivamente, eu me lembraria de ter encontrado você, e, definitivamente, isso não aconteceu. — O sorriso de Matt ficou mais largo.

Ela sorriu de maneira educada.

— Sou Cláudia.

— Cláudia, este é Lowe. — Lowe piscou para ela e então levantou a cerveja para me cumprimentar. — Rowena. — Ela nos deu um aceno amigável. — E nosso amigo, Denver. A festa de ontem era no apartamento dele. O coitado foi colocado em um apartamento diferente do nosso.

Denver tinha um cabelo desarrumado que caía até seu queixo. Usava várias joias de prata, uma camiseta apertada do Black Sabbath, jeans preto skinny e botas de motoqueiro. Matt parecia ser o mais estranho, mesmo assim, havia alguma coisa no grupo...

— Vocês são uma banda?

Matt sorriu.

— Sim. Tocamos muito em Evanston.

— Temos alguns shows marcados aqui — acrescentou Lowe, com o olhar fixo em mim.

Fiquei impressionada.

— Como conseguiram ficar conhecidos aqui tão rápido?

Lowe deu de ombros.

— Mandamos nossas demos para alguns pubs e bares antes de chegarmos. Conseguimos algumas reuniões. Tivemos que alugar um kit de baterias, o que é um porre, mas seria muito pior ficar aqui por um ano e não conseguir fazer nenhum maldito show.

— Qual é o nome da banda? — perguntou Cláudia, parecendo interessada, o que me surpreendeu, já que ela não era muito ligada em música, a menos que fosse clássica ou country.

— The Stolen — Beck apareceu atrás de nós com duas cervejas. Achei que aquilo era impressionantemente rápido, considerando a fila no bar. Sem dúvida, o charme dele abria caminho pela multidão. — Tocamos *indie rock*.

— Eu disse para eles que o pessoal aqui iria adorá-los — contou Rowena, com um grande sorriso.

— Ah, meu Deus, você é escocesa — falei de modo um pouco idiota.

— Sou.

Sentindo-me uma imbecil, tentei explicar meu momento "dã".

— Achei que você fosse americana porque estava com os caras e... — parei de falar, sem ter certeza de verdade por que presumi que ela fosse americana.

Ela balançou a cabeça.

— Moro no apartamento de frente ao do Denver. Meus companheiros de quarto são aliens. Denver me salvou deles.

— Ela é nosso amuleto escocês — brincou Denver, passando o braço ao redor do ombro dela. — Nós a mantemos por perto por causa do sotaque. Claro que ajuda, no entanto, que ela seja conhecedora de boa música.

Rowena parecia perfeitamente feliz ao lado do rapaz, e eu me perguntei, distraída, se ela era mais do que o amuleto escocês dele.

Seguimos com facilidade a conversa, Matt monopolizando a atenção de Cláudia, com uma expressão quase atônita enquanto falavam. Ele estava encantado, e imediatamente senti pena dele, porque eu sabia que Cláudia não sentia o mesmo. Quando minha amiga gostava de um cara, ela era bem óbvia a respeito. Beck podia atestar isso — Beck que, percebi, observava Cláudia com uma intensidade que me surpreendeu para alguém que aparentemente não estava a fim. Por fim, ele me pegou analisando-o e sorriu, sua expressão provocadora ao se aproximar de mim.

— Então — ele inclinou a cabeça para perto da minha —, sei que sua amiga é uma boa garota, mas ainda não decidi sobre você.

Eu não sabia se ele tinha saído com aquela só para puxar assunto, mas achei que era melhor dar um "chega para lá" logo.

— Não *saio* com *bad boys*.

Os olhos dele se estreitaram.

— *Não mais*.

Minha expressão se intensificou com a insinuação dele, e Beck deu de ombros.

— Jake é como um irmão. Ele me conta tudo.

Desviei o olhar, meu coração acelerando só com a menção dele. Tentando parecer indiferente, tomei um gole de cerveja. Se eu imaginava qual seria o próximo comentário de Beck, era óbvio que falhei.

— Olhe, o cara se sente uma merda pelo jeito como te tratou. Você deveria lhe dar uma chance para dizer isso.

Com uma expressão que tenho certeza de que gritava "amargura", eu me voltei para Beck.

— Ele sabe onde eu moro. Ele sabia durante três anos e meio e teve todo esse tempo para se desculpar.

Beck suspirou, cada grama de *bad boy* desaparecendo de seu semblante quando me disse, solene:

— Jake precisou de muito tempo para superar o que aconteceu. Quando ele finalmente voltou a respirar de novo, percebeu o quanto tinha ferrado tudo com você... mas já tinha acontecido. Era tarde demais. — Ele fez um gesto impotente. — Eu poderia continuar por horas, mas não sou eu quem tem que falar isso. Só dê uma chance para o cara explicar, ok?

Tudo o que ele disse fez com que eu me lembrasse da dor e da raiva nos olhos de Jake. Da culpa e da vergonha. Ele apontara para a pessoa errada, mas isso não queria dizer que ele não estivesse sentindo tudo aquilo. Eu sabia. O que só tornava toda a situação entre nós ainda mais difícil. Contudo, não sabia se poderia ficar no mesmo ambiente que ele e ficar bem. Fiquei pensando naquilo, e meus olhos se afastaram de Beck e começaram a vagar pelo lugar. Não chegaram muito longe.

Parado entre a multidão ao redor do bar, estavam Jake e a morena que o acompanhara na noite anterior. A dor aguda em meu peito ressurgiu enquanto eu o observava apoiar a nuca da moça com sua mão forte e segurá-la enquanto falava com ela.

Ele costumava me segurar do mesmo jeito, só que sempre tinha que inclinar um pouco a cabeça para me olhar nos olhos. Embora eu o provocasse com esse jeito macho alfa de me segurar, eu secretamente adorava. Sempre imaginei que ele me segurasse pela nuca porque queria que eu me concentrasse inteiramente nele. Era ao mesmo tempo protetor e sexual.

E eu achava que fosse só comigo.

Senti Beck se aproximar enquanto eu os observava. Inclinei um pouco o queixo na direção dele sem tirar os olhos de Jake.

— Definitivamente, parece que agora ele já superou a coisa toda.

— Melissa é uma boa garota — replicou Beck, chamando minha atenção de volta para ele. Depois de observar Jake por um minuto, ele se virou para mim com um dar de ombros triste. — Ela o ajudou muito.

Ele merece esse tipo de felicidade. Não acha? Depois de tudo... ele merece uma boa garota ao lado dele.

Ele tinha uma boa garota ao lado dele, pensei zangada, meus olhos ardendo antes que a dor me atingisse.

Beck deve ter percebido minha dor, porque se encolheu imediatamente e xingou baixinho. Senti seus dedos passando pelo meu rosto com gentileza.

— Charley, me ignore. Foi a coisa errada para dizer. Eu sei disso. Jake sabe disso. Mas... na verdade, você sabe que... — Ele balançou a cabeça. — Não sei de nada disso pelo seu lado, então só vou calar minha maldita boca.

Ele empurrou meu queixo com carinho e se virou para o restante do grupo, fazendo alguma piadinha de Matt, que lhe deu um olhar mortal por zombar dele diante de Cláudia.

Eu só consegui ficar parada ali, paralisada por saber que não só Jake Caplin estava na mesma faculdade que eu, mas que estava ali com outra garota pela qual se apaixonara.

Vão para o inferno com tudo aquilo.

Tomei o último gole de cerveja, coloquei a garrafa na mesa mais próxima e, sem uma palavra para Cláudia ou para ninguém, girei sobre os calcanhares, deixando o cabelo cair sobre o rosto, na esperança de que Jake não me reconhecesse quando passei por ele. Saí correndo do bar e desci as escadas, achando que estivesse livre, saindo no ar frio de verão.

— Charley!

A voz de Jake me alcançou quando cheguei à praça.

— Charley!

4

Indiana, setembro de 2008

— Charley!

Meu estômago deu aquele salto esquisito ao som da voz de Jake se aproximando de mim, mas não diminuí o ritmo. Virei um pouco a cabeça, ouvindo seus passos na pista de corrida, conforme ele vinha atrás de mim. Ele me alcançou, e eu lhe dei um sorrisinho quando ele se virou de frente para mim e começou a correr de costas. Por sorte, eu não estava correndo muito rápido, ou ele poderia ter acabado de bunda no chão.

— Oi, Jake.

Ele revirou os olhos.

— "Oi, Jake", ela diz casualmente, como se eu não tivesse acabado de passar vergonha perseguindo-a.

E ele não estava falando só de correr na pista atrás de mim. Nas últimas três semanas, Jake estava me dedicando tanta atenção que a escola toda falava nisso. Na verdade, eu não ficaria surpresa se a cidade toda estivesse falando sobre isso, já que até minha mãe mencionou o assunto durante o jantar outro dia. Até agora, Jake tinha me convidado para sair duas vezes — e eu dissera *não* na primeira vez (considerando que só tinham se passado dois dias da festa) e *talvez* na segunda. Isso fora na semana anterior, e tínhamos passado tempo suficiente perto um do outro para que eu soubesse que não era só meu corpo adolescente cheio de hormônios que o queria. *Tudo* em mim o queria.

— Você se incomoda com o que os outros pensam?

Ofereci-lhe um sorriso astuto, sabendo que ele não se incomodava. Desde que começara a me perseguir, ouvi dizer que ele estava aguentando muita merda de Brett e seus comparsas. Fiquei feliz em saber que Alex não tinha nada a ver com isso. Mesmo assim, era irritante. Mas aquilo não parecia fazer Jake querer se afastar. Eu tinha a impressão de que Jake não era o tipo de cara que recuava por causa de alguém.

Os lábios de Jake se retorceram.

— Você está me matando agora. Esse sorriso, o cabelo, o suor, esse short...

— O suor? — Enruguei o nariz, me sentindo bem pouco atraente.

Ele deu de ombros com um brilho diabólico no olhar.

— O suor me faz pensar nas coisas que podemos fazer juntos para ficar suados. Algo bom e suado.

Corei.

— Você é terrível.

— Sou incrível — ele me corrigiu, repetindo as palavras que falei na noite em que nos conhecemos.

De repente, ele parou, estendendo o braço para me segurar quando passei. Eu me vi sendo girada sobre meu corpo e presa contra ele, um suspiro surpreso escapando de meus lábios quando minhas mãos se apoiaram em seu peito.

Minha pele ficou mais quente do que já estava com a corrida, e eu inclinei a cabeça para trás para encarar seu rosto.

— O que está fazendo?

Seu braço me segurou com mais força.

— Já faz três semanas que nos conhecemos, e ainda não consegui ficar a sós com você. Não estou gostando disso. A vida é curta demais. Então, Charlotte Julianne Redford, você vai sair comigo?

Eu me remexia enquanto tentava recuperar o fôlego. Minha mão deslizava em seu peito enquanto isso, e acabou parando bem em cima do coração dele. Para minha surpresa, senti que batia contra a palma da minha mão tão forte quanto o meu. Olhei em seus olhos.

— Por quê? — Eu não sabia se estava perguntando sobre os batimentos acelerados ou por que ele me escolhera para essa perseguição implacável.

O outro braço de Jake circundou minha cintura, e ele me apertou ainda mais. Tive que deslizar os braços ao redor de seu pescoço. Ele inclinou a cabeça, os olhos ardendo enquanto minha respiração roçava seu peito. Nossas bocas estavam bem próximas uma da outra quando ele respondeu baixinho:

— Minha mãe me repreendeu ano passado por trocar muito rápido de namorada, partindo corações, sem levar nenhuma garota a sério. Disse para ela que eu nunca prometia nada, e ela me disse que já era hora de começar a fazer isso. Meu pai ouviu a conversa e falou para ela me deixar em paz, que eu era jovem, mas que um dia eu encontraria uma garota que me transformaria. — Ele sorriu e esfregou o nariz no meu. — Bem, ele estava certo, e aconteceu mais cedo do que eu esperava. Você me transformou, Charley. Acho que pode ter algo a ver com o fato de que você me faz rir e que é realmente muito inteligente. E muito sexy. Muito, muito sexy — murmurou ele contra minha boca. — Tudo o que eu sei é que provavelmente você merece alguém muito melhor do que eu, mas sou egoísta demais para deixar você. Estou na sua e quero que esteja na minha, e não me importa se não sou bom o bastante para você.

Mordisquei os lábios, sua confissão fazendo meu sangue arder e espalhar essa dor emocionante pelo meu peito e até o estômago.

— Se isso for uma cantada, vou dar um chute no seu saco, Jacob Caplin.

Ele fez careta.

— Não é uma cantada. Não *preciso* de cantadas.

— Você é inacreditavelmente arrogante.

— Eu sei.

Ele deu uma risadinha e subiu a mão pelas minhas costas. Estremeci enquanto ele acariciou minha nuca e deslizou a mão por baixo do meu rabo de cavalo. Sua mão envolveu a minha nuca e a segurou gentilmente, inclinando-a para trás para que eu olhasse diretamente em seus olhos.

— Preciso que você me mantenha de bunda no chão, para que meu ego não se torne um grande problema. Por favor, Charley... saia comigo.

Só para provocá-lo, eu não disse nada por pelo menos dez segundos, o que pareceu um tempo horrivelmente longo. Senti os dedos dele se flexionarem, tensos, e então sorri bem devagar. Quando fiz isso, ele relaxou, e eu assenti.

— Sim, ok. Vou sair com você.

— Você não dirigia uma picape em Chicago. — Dei um sorriso largo enquanto Jake me levava pela mão até sua caminhonete.

Ele fora o cavalheiro perfeito, vindo em casa conhecer meus pais antes de me levar para sair. Pode-se dizer que minha mãe o achou fantástico, mas meu pai foi cauteloso. Ele tinha ouvido histórias sobre Jake e não estava interessado em um Casanova saindo com sua filha.

Jake me devolveu o sorriso enquanto abria a porta do passageiro da picape.

— Foi um suborno do meu pai. Eu sempre quis uma dessas, só não me pergunte por quê. — Ele deu de ombros. — Diminuiu a dor de ter que me mudar para o fim do mundo de Indiana.

Entrei no carro, bufando diante do insulto à minha cidade.

— Então está me dizendo que estou saindo com uma criança mimada.

Ele deu risada e fechou a porta. Quando se acomodou no banco do motorista, sorriu para mim.

— Só para que saiba, eu trabalhei todos os verões, exceto este, como manobrista para o meu tio. Economizei tudo o que ganhei e coloquei neste carro. Meu pai não queria que eu vendesse o carro que eu tinha para comprar uma picape, mas acabou facilitando para mim como suborno para me manter satisfeito. — Seu sorriso se tornou presunçoso. — Se eu soubesse que você estava me esperando, o suborno não teria sido necessário para me manter calmo.

Revirei os olhos.

— Ok, sr. Calmo, então você não é mimado, mas tente conter seus insultos sobre a minha cidade.

Ele tentou disfarçar o sorriso, mas falhou.

— Você venceu. Minhas sinceras desculpas.

Ficamos em silêncio enquanto seguimos pela minha vizinhança, na direção de Main Street. Quando passamos pelo colégio e viramos na estrada que nos levaria até a rodovia, dei um olhar curioso para Jake.

— Aonde estamos indo?

Ele não respondeu. Em vez disso, virou em Brenton Fields e parou o carro no meio de um campo aberto. Não havia nada ao nosso redor, além de mato, árvores ao longe e o céu estrelado acima. Jake sorriu mais uma vez e desceu da caminhonete, deixando seu MP3 tocando pelo rádio do carro e as luzes do veículo acesas. Ele me ajudou a descer e segurou minha mão para me levar até a traseira da picape. Fiquei parada ali, a barriga se agitando com excitação juvenil enquanto observava Jake abrir um lençol na traseira da caminhonete e pegar um cooler no canto. Tirou de lá alguns sanduíches, biscoitos, salgados e duas garrafas de água.

— O jantar está servido.

Ele me estendeu a mão. Dei risada quando ele me puxou para cima.

Eu estava feliz por ter levado blusa. Estávamos nos aproximando de outubro, e a queda de temperatura era mais perceptível à noite.

Ainda rindo, mordi meu sanduíche de pasta de amendoim.

Jake sorriu para mim.

— O que foi?

— Nada. — Desta vez dei uma risadinha, o que o fez sorrir ainda mais. — Eu só estava pensando que você deve ter assistido a muitos filmes que passavam em cidades pequenas nos Estados Unidos da década de 1950. Não costumamos ter encontros na traseira de picapes. Em geral, vamos a lugares cercados de tecnologia moderna.

Ele levou a mão ao peito como se eu tivesse dado um tiro nele.

— Estou acabado. E pensei que essa merda fosse romântica.

Gargalhei com mais força.

— Esta merda é romântica. — Parei com a gozação e lhe dei um sorriso genuíno. — Obrigada.

Jake assentiu em resposta e se recostou na caminhonete.

— Sabe, você não é como as outras garotas da sua idade.

Arqueei uma sobrancelha, interessada.

— Não sou?

— Não. Acho incrivelmente sexy como você é desencanada.

— Acho que podemos chamar isso de um paradoxo, meu amigo.

— Quero dizer... você não curte drama, fofoca ou coisas idiotas e estúpidas que não importam. Já vi você com suas amigas e, se uma delas começa a fazer drama sem motivo, você se afasta ou ignora, enquanto o resto delas incita as chamas. Quando elas fofocam sobre alguém, você revira os olhos, e se a fofoca é malvada, você as manda crescer. Não são muitas garotas de dezesseis anos que têm coragem de fazer isso. Não são muitas garotas de catorze anos que se jogam na frente de uma SUV para salvar a irmã também.

Gemi.

— Ah, Deus, não caia nessa, Jake. Qualquer um teria feito isso.

— Não. — Meu olhar se aguçou com a gravidade na voz dele. — Não teria, não.

Eu me remexi um pouco diante da intensidade da expressão dele.

— Jake... — Suspirei, abaixando o sanduíche e olhando para qualquer coisa menos para ele. — Apesar de todo o papo de ser incrível... não quero que você forme essa ideia sobre mim em sua cabeça... uma ideia com a qual não posso concorrer. Sou apenas Charley. Uma garota comum de Lanton, Indiana.

— Não concordo com você.

Meu peito parecia muito cheio, eu sentia meu corpo todo tenso com aquele peso que estava caindo sobre nosso piquenique na traseira da caminhonete. Só estávamos naquele encontro há vinte minutos, pelo amor de Deus, e já estávamos na Seriolândia.

— Charley, olhe para mim.

Fiz o que ele pediu e perdi o fôlego mais uma vez com a expressão em seus olhos.

— Isso não deveria ser possível — ele sussurrou —, mas, de algum modo, está acontecendo. Você é especial para mim, e só posso esperar que eu seja especial para você.

— Eu mal te conheço. — Meu cérebro murmurava a lógica; meu coração gritava o oposto.

Jake balançou a cabeça lentamente.

— Não sei se isso é verdade.

Ficamos em silêncio por um tempo, comendo nossos sanduíches e ouvindo o rádio.

Por fim, sem ser capaz de me conter, embora eu soubesse que era insano, sussurrei:

— Você é especial para mim.

Jake virou a cabeça, os olhos brilhando na escuridão.

— Sou?

Inclinei a cabeça, envergonhada.

— Ainda nem nos beijamos.

— Vai ser épico.

— E se não for?

Jake jogou a cabeça para trás e deu uma gargalhada.

— Você é pessimista assim com tudo?

— Não. Só estou fazendo uma pergunta.

— Confie em mim. Vai ser épico.

Tomei um gole de água, observando-o com cuidado. Engoli e sequei os lábios.

— Esse seu excesso de confiança definitivamente poderia se tornar um problema.

— Não é um problema. Você ama isso.

— Não. Eu amo fritas com cobertura de queijo, milk-shake de chocolate, The Killers, Metric, jeans Lucky, minha mãe e meu pai e Andrea.

Jake riu.

— Nessa ordem?

Estreitei os olhos, brincalhona.

— Talvez. O que você ama?

— Pizza do Gio's: a melhor pizza de Chicago; pasta de amendoim Reese, os White Sox, Pearl Jam, Silversun Pickups, Bob Dylan, The Smiths, minha picape, minha mãe e meu pai e talvez Luke também.

Assenti e perguntei casualmente.

— Você já deu um nome para sua picape?

— Não, mas estava pensando em Vedder.

Minhas sobrancelhas se uniram com a confusão.

— Por quê?

Jake se encolheu como se eu tivesse atirado nele.

— Por causa de Eddie Vedder. Sabe? O vocalista do Pearl Jam?

Dei de ombros.

— Desculpe. Nunca ouvi nada deles.

Epa, desta vez minhas palavras tinham acertado o garoto. Jake balançou a cabeça.

— Não, não, não. Ok, não. Não estou saindo com uma garota que nunca ouviu Pearl Jam. Você pode pegar emprestado meus CDs.

Dei risada.

— Tudo bem. Se você é tão apegado a isso, posso baixar os álbuns deles.

— Hum... Primeiro, são vários, e segundo, é Pearl Jam. Você precisa ouvi-los em CD.

Tentei não gargalhar de novo, meus lábios se retorcendo de vontade.

— Ok.

— Nunca ouviu Pearl Jam — murmurou ele, incrédulo.

Quase engasgando para evitar a gargalhada, respondi:

— Não é um crime punível.

— É uma vergonha. Eu poderia encontrar jeitos muito criativos de punir você.

Enrubesci e joguei um guardanapo nele.

— Você tem uma mente suja, sr. Caplin.

Ele grunhiu.

— Claro que tenho. Tenho dezesseis anos.

Ele empurrou a cesta de piquenique sobre o lençol, e eu o observei com cautela, perguntando o que ele pretendia com aquilo. No final, tudo que ele fez foi se esticar de costas, os braços atrás da cabeça enquanto me dava um sorriso convidativo. Como se não fosse nada de mais, deitei-me ao lado dele, sentindo o calor de seu corpo como se estivesse pressionado contra o meu. Eu tinha deixado algum espaço entre nós, para que ele não viesse com ideias engraçadinhas.

Enquanto olhávamos as estrelas, ocorreu-me que estávamos deitados, em um silêncio perfeitamente confortável, coisa que eu jamais sentira com ninguém antes.

— Chame só de "Eddie".

Jake bufou.

— O quê?

— Vedder não é uma palavra sonora. Eddie é mais simples.

— Você quer que eu chame minha picape de "Eddie"?

— É só uma sugestão.

— Ele não é o cachorro de *Frasier*. É uma picape.

— Chame-o de "Ford", então.

— Ele não é um homem de negócios com fogo no rabo.

Agora foi minha vez de bufar.

— Zorro?

— Tenho a sensação de que você não está levando isso a sério.

— Não, eu estou. Dar o nome a uma caminhonete é muito importante. Eu preferiria algo masculino. Poderoso.

— E achou que Zorro seria uma boa sugestão?

— Hulk? Batman? Batmóvel?

— Eu nem estou achando graça.

— Alan? Bob?

— Você tem sorte de ser tão linda.

— Ozzy? Lennon? Morrison? Joplin?

— Charley...

— Hendrix.

Jake ficou quieto ao meu lado, e senti seu olhar em meu rosto quando ele se virou para me encarar.

— Gostei — murmurou baixinho.

Virei a cabeça para encontrar seus olhos e sorri.

— Hendrix?

— Sim, é legal.

Passei a mão pela traseira do caminhão e anunciei para a noite:

— Eu agora o batizo como Hendrix.

De repente, ele pegou minha mão, e meus olhos se voltaram para ele, enquanto ele passava o polegar por meus dedos.

— Você deu um nome para minha caminhonete — murmurou ele.

— Você pode trocar — murmurei de volta, insegura.

Jake negou com a cabeça.

— Estamos fundo demais para isso, gata.

Minha mão enrijeceu na dele, e ele sentiu. Seus dedos se dobraram e ele entrelaçou nos meus.

— Não tenho muita certeza sobre ir para o fundo. Respiro melhor em águas rasas.

— Não é verdade — ele sussurrou. — Você odeia águas rasas.

Por fim, soltei a respiração que estava segurando e virei o rosto para olhar novamente o céu estrelado. Ainda segurando minha mão, Jake perguntou qual era minha cor favorita.

— Verde.

— A minha também — respondeu ele, baixinho. — Mas também gosto de preto.

— Preto é uma cor?

— Ao contrário de um tom?

— É.

— Isso importa?

— Acho que não.

— Qual é sua música favorita?

E assim começamos três horas de perguntas de um lado e do outro. No fim do encontro, acho que Jake Caplin sabia mais sobre mim do que eu mesma já soubera.

Quando Hendrix estacionou em frente à minha casa, os murmúrios do frio na minha barriga se transformaram em uma ventania completa. Agora era a parte do beijo.

Mas Jake não se inclinou para me beijar. Em vez disso, deu a volta na caminhonete e me ajudou a descer. Segurou minha mão, e eu o segui até minha varanda. Silenciada pela ansiedade, deixei que Jake me virasse e me segurasse pela nuca mais uma vez. Ele me puxou para mais perto e inclinou a cabeça para prender meu olhar.

— Você vai sair comigo na próxima sexta.

Pestanejei, saindo da névoa de ansiedade em que estava.

— Você nem vai mais me perguntar?

Jake negou com a cabeça, solene.

— Não posso dar a chance para você dizer não.

Ok, ele tinha que parar de falar as palavras perfeitas antes que eu me derretesse completamente. Sorri para ele, meus olhos castanhos cheios de charme.

— Pergunte-me.

Jake respirou fundo e apertou minha nuca.

— Charley... você quer sair comigo na sexta?

Dei de ombros casualmente.

— Claro. Por que não?

Rindo, Jake me puxou para mais perto e me deu um beijo casto na testa. Então se afastou, me deu uma piscadinha e me soltou.

— Vejo você segunda na escola.

Assenti, parada ali, em estado de perplexidade, enquanto ele se afastava, entrava em Hendrix e ia embora. Sem me beijar.

Hum.

Confusa, girei sobre os calcanhares e entrei em casa. Meus pais estavam sentados na sala, fingindo que estavam assistindo à televisão, para disfarçar o fato de que estavam nos espionando.

— Como foi? — perguntou meu pai, a voz tensa, como se não quisesse saber realmente, embora fosse necessário.

— Você vai ficar feliz em saber que Jake foi o perfeito cavalheiro. — *Será que pareci decepcionada ao dizer isso?*

— Ótimo — grunhiu meu pai.

— Vocês vão sair de novo? — perguntou minha mãe.

Assenti.

— Ele me convidou para sair na sexta.

— Ah, Cristo — murmurou meu pai.

Minha mãe riu. Revirei os olhos e fui para a cozinha pegar um copo de suco de laranja, meu coração ainda disparado pela adrenalina que a presença de Jake liberara dentro de mim. E quase quebrou uma costela quando senti meu celular vibrar no bolso.

Meu rosto se abriu em um imenso sorriso bobo quando li a mensagem.

Vou beijar você quando menos esperar. E VAI ser épico.

O frio voltou com toda a força, e eu rapidamente respondi.

Acredito em você.

5

Edimburgo, setembro de 2012

Lentamente, olhei por sobre o ombro. Vendo a angústia no rosto de Jake, virei-me para ele, apesar de tudo.

— O que você quer, Jake? — perguntei.

Ele desceu as escadas atrás de mim, as pernas longas percorrendo a distância muito mais rapidamente do que as minhas. Antes que eu percebesse, ele estava bem diante de mim mais uma vez, e eu estava onde estivera na noite anterior, quando ele se aproximou. Travei a mandíbula para evitar falar alguma coisa horrível. Ele não merecia nada horrível, mas eu não tinha certeza se ele merecia perdão. Eu estava confusa demais. Parte de mim ainda sentia muito por Jake e por tudo o que ele tinha passado, e a outra parte o odiava por ter quebrado todas as promessas que me fizera.

Desde o instante em que nos conhecemos, ele me arrastou para o fundo, jurando que estaria ali comigo. Era mentira. Ele voltou para as águas rasas e deixou que eu me afogasse. Pior, ele achou outras profundezas em outro lugar com alguma outra garota.

Jake limpou a garganta, trazendo-me de volta ao presente.

— Tem muita coisa que preciso dizer, Charley. Sei que você não me deve nada... — os olhos dele escureceram até ficarem negros —, mas precisa ouvir isso. Depois da noite passada, sei que você precisa ouvir o que tenho para dizer.

— Não preciso de nada de você. Eu cresci. Superei.

— Eu sei, mas ficou claro que ainda não me perdoou. A noite passada provou isso.

— Fiquei surpresa. Estava me divertindo e, de repente, *você* estava lá.

Jake estremeceu.

— Ok. Bem, não estou pedindo para você superar essa surpresa. Só estou pedindo um café, para que possamos sentar e conversar.

Ao me lembrar de como Jake conseguia ser incansável quando queria alguma coisa, dei-lhe um aceno seco com a cabeça.

— Amanhã. No Library Bar. Meio-dia. Você terá cinco minutos. — Dei meia-volta para me afastar dele, mas sua voz me deteve de novo.

— Você não precisa ir embora por minha causa. Volte lá para dentro e termine sua bebida.

Por dentro, xinguei a audácia dele, antes de encará-lo por sobre o ombro.

— Não estou indo embora por sua causa. Tinha terminado minha bebida, por isso saí. Mas posso ver que você ainda é um imbecil arrogante. — Afastei-me com passos largos, desesperada para ficar longe dele.

— Vou considerar isso como um bom sinal! — gritou ele do outro lado da praça.

Ergui o punho no ar e mostrei o dedo do meio para ele.

— Isso também!

Grunhi e acelerei o passo. A última coisa de que eu precisava era Jake sendo Jake.

Pensei que Cláudia diria que eu era louca de concordar em me encontrar com Jake. Em vez disso, ela achou que era uma boa ideia eu desanuviar o clima com ele. Eu não sabia se era porque ela gostava de sair com Beck e não queria parar, ou se porque ela decidira que talvez gostasse um pouco de Jake depois de passar um tempo com ele no Teviot. Ela me mandara uma mensagem quando percebeu que eu tinha saído, mas eu lhe disse para ficar.

Depois que Beck a deixou no apartamento, ela me informou, um pouco bêbada, que Jake e Melissa tinham se juntado à banda para alguns drinques.

Aparentemente, Melissa ficara quieta a maior parte da noite, e Jake pareceu passar metade do tempo acalmando-a. O fato de a ex-namorada dele ter aparecido em Edimburgo provavelmente atrapalhou um pouco seu intercâmbio romântico, mas eu não dava a mínima.

Não era bem assim, na verdade. Parte de mim realmente sentia muito por Melissa. De fato, parte de mim queria correr até ela para dizer que ela desse o fora o mais rápido possível, antes que Jake Caplin arrancasse seu coração.

No entanto, Cláudia não conseguia enxergar Jake, o Destruidor de Corações. Com cautela, ela me contou que ele fora charmoso e amigável, e agira como se tudo estivesse bem. O único momento de tensão na mesa foi quando Lowe perguntou por mim. Cláudia falou que eu estava cansada, e Lowe respondeu dizendo para ela me pedir que usasse a camiseta do Pearl Jam da próxima vez que saísse com eles.

— Isso vai ser bom — Cláudia disse em tom confiante enquanto me acompanhava até a porta. — Limpar o ambiente antes que as aulas comecem, para que você possa se concentrar em curtir seu tempo aqui.

Eu gostaria de estar tão confiante quanto ela. Em vez disso, fui até o Teviot com o peito vibrando e o estômago apertado. Eu não queria me vestir para ele porque achei que seria muito óbvio, mas também queria estupidamente parecer sexy o bastante para incomodá-lo. Usei meu melhor jeans skinny preto, botas pretas na altura do tornozelo com um salto baixo, e uma camiseta verde da Harley Davidson que era um pouco curta embaixo e apertada no busto. Coloquei minhas bijuterias e deixei o cabelo cair pelas costas com as costumeiras ondas. Certa vez, Jake me disse que meu cabelo era despenteado o dia todo, todos os dias, e que isso o deixava louco. Minha esperança mesquinha era que tudo em mim agora o deixasse louco. Se eu tinha que sofrer com a atração que sentia por ele, certamente ajudaria um pouco se ele tivesse que sofrer também.

Recebi uns dois acenos de cabeça de caras pelos quais passei e decidi que tinha escolhido bem meu visual. Sim. No Library Bar, meus olhos encontraram o garçom primeiro. Ele era lindo de um jeito sou-deliberadamente-desleixado-para-que-você-pense-que-não-me-importo-mas-me-importo. Não era meu tipo, mas sorri para ser educada quando ele me cumprimentou com um aceno de cabeça. Ao me virar, encontrei Jake sentado no lado direito da sala, em uma mesa com dois bancos compridos. Ele olhava feio para o garçom.

Ignorando a agitação no meu estômago, caminhei casualmente na direção dele, mas minha confiança diminuiu um pouco quando os olhos de Jake encontraram os meus. Senti seu olhar acionar cada uma das minhas terminações nervosas enquanto ele me observava da cabeça aos pés. Um músculo se retesou em sua mandíbula, e ele se recostou no assento de couro como se, de repente, estivesse ansioso para sair dali.

— Jake — cumprimentei-o de modo inexpressivo e sentei no banco de frente ao dele.

— Charley.

Ele levantou a mão para chamar o garçom, e o cara veio pegar nossos pedidos de café, sua atenção calorosa deixou as coisas estranhas. Quase fiquei aliviada quando ele se afastou.

Um silêncio desconfortável — algo que Jake e eu nunca tínhamos enfrentado — caiu sobre nós enquanto esperávamos. Por fim, quando os cafés chegaram, Jake tomou um gole e começou a falar.

— Seu cabelo está muito mais claro. Ficou bom.

Embora afetada pelo elogio, fingi que não me importava e o encarei sem dizer nada.

Ele mudou de tática.

— Sei que ferrei tudo de um jeito incrível.

Coloquei a caneca de café na mesa e suspirei como se não tivesse tempo para aquela baboseira.

— Foi para isso que vim aqui, Jake? Para ouvir você declarar o óbvio?

— Estou tentando. Você costumava admirar a sinceridade. Isso mudou?

Estreitei os olhos para ele.

— Sou mais mesquinha agora. Uma lição que aprendi com você.

Apoiando os cotovelos na mesa, para se aproximar de mim, Jake me olhou de modo comovente.

— Fui um canalha com você. Não posso desfazer isso. Mas posso me desculpar. Posso tentar explicar.

Dando-lhe um pequeno aceno, eu o encorajei a continuar.

— Eu estava perdido em algum lugar dentro da minha cabeça quando aquilo aconteceu, Charley. Não conseguia enxergar nada ou ninguém. Estava zangado porque tudo tinha saído do controle e culpei a mim mesmo. Acabou sobrando para você.

— Eu nunca virei as costas pra você. Não entendo por que você *me* culpou.

Ele franziu as sobrancelhas e fechou os olhos, como se sentisse dor.

— Não culpei você. Disse coisas que não queria dizer. Tudo o que eu queria era sair dali e deixar aquilo para trás. Quando finalmente olhei para trás, era tarde demais. Eu não podia mudar o que tinha feito com você. Não podia mudar o que eu tinha destruído. Achei que era melhor simplesmente deixar você seguir em frente. Éramos apenas crianças, Charley.

Ele falou aquilo como se nossa idade significasse alguma coisa. Disse do mesmo jeito que outras pessoas me disseram quando ele me deixou, como se, pelo fato de eu só ter dezesseis anos, meu relacionamento não tivesse sido real — que eu não tinha mergulhado com tudo e bem fundo. Ver Jake concordando com eles doía como o inferno.

— Você queria se afastar de mim? Ou deles?

— Deles. De você também. Você era parte daquilo, por mais que eu não quisesse que fosse.

Discordei ao ouvir aquilo.

— Então foi bom que não tenha voltado, se ainda enxerga assim.

— Charley, tudo que me lembro agora de você são as coisas boas. Deixei todas as outras merdas para lá. — Os cílios dele encobriram os olhos enquanto ele mirava o café. — Você foi a melhor amiga que já tive. Sinto sua falta. Sempre senti sua falta e lamentei o jeito como parti. Mas na festa... o jeito como você me olhou — ele prendeu a respiração —, aquilo foi duro. De algum modo, eu tinha convencido a mim mesmo de que você seria indiferente a... a tudo aquilo. Você rapidamente me dissuadiu disso.

Seu sincero pedido de desculpas e a admissão de que sentira minha falta ao mesmo tempo me machucaram e me acalmaram. Relaxei um pouco, recostada em meu assento, segurando a caneca entre as mãos pelo calor reconfortante que a bebida proporcionava.

— Sei que não foi fácil para você e sua família, Jake. Sei que é o maior eufemismo do século... eu tentei, no entanto, eu tentei entender e, por mais que eu queira, não posso deixar para lá o que você fez comigo por causa do que aconteceu. Não significa que seu pedido de desculpas não ajude. Ajuda. Obrigada.

Jake sorriu com suavidade, e senti aquele sorriso bem nas minhas entranhas. Desviei o olhar rapidamente, fingindo observar a sala.

— Quero que sejamos amigos.

As palavras dele trouxeram meu olhar de volta, surpreso.

— O quê?

Ele deu de ombros.

— Nós dois vamos estar aqui o ano todo. Já fomos grandes amigos...

De repente, achei um pouco difícil respirar, e me levantei rapidamente, deixando dinheiro na mesa ao lado do meu café.

— Olhe, Jake, sinto muito por ter reagido daquele jeito ao vê-lo na festa, e prometo que, de agora em diante, se o encontrar por aí, serei educada. Você não merece mais merdas na sua vida. Mas já faz tempo. Somos pessoas diferentes agora, Jake. Vamos apenas deixar tudo como está.

Antes que ele pudesse responder, saí andando e acenei em despedida para o garçom paquerador, como se me afastar de Jake Caplin não fosse uma das coisas que eu mais odiava fazer no mundo.

— Aonde vamos?

Parei no portão do pátio. Já eram mais de nove da noite de sexta-feira, e o burburinho de pessoas e música tomava Cowgate e Grassmarket. Eu usava calça jeans e a camiseta do Pearl Jam porque Cláudia insistira — suas palavras de uns dias atrás voltaram para me assombrar no mesmo momento em que ela finalmente me contou quais eram os planos para a noite.

— Beck passou para nos convidar para ouvir a banda fazer seu primeiro show. É naquele barzinho no fim da rua.

— Desde quando você e Beck são tão amigos? — perguntei como uma tática para ganhar tempo. Precisava encontrar um motivo convincente para não ir.

— Eu disse para você que ele quer que sejamos amigos e, quando ele não está bancando o galinha, até que é bem legal. Não vejo problema em sair com ele e com a banda.

— Ah... Jake é o problema.

— Jake não é da banda.

Eu queria torcer o pescoço dela.

— Sei disso, Claud. Mas você também sabe que Jake é amigo deles e estará lá. Com ela.

Ela segurou minha mão e deu um aperto compreensivo.

— Gata, a melhor coisa que você pode fazer é fingir que superou isso. Ninguém vai achar que você está mentindo. Você é inteligente e sexy, e eles sabem que você pode ficar com quem quiser. Não há motivo para pensarem que está a fim do Jake.

— Embora doce, você é totalmente parcial — gemi frustrada. — Não sei se consigo ficar perto dele e de Melissa.

Cláudia deu de ombros.

— Então encontre alguém para distrair a mente. Beck me disse que Lowe acha você supersexy.

Gesticulei para minha camiseta.

— A camiseta do Pearl Jam. Ele vai pensar que estou a fim dele.

— E por que não poderia estar? Lowe é uma graça.

Ergui uma sobrancelha.

— Também é um *bad boy*.

— E daí? Você não vai se casar com o cara. Está só procurando uma distração.

— Sabe que não durmo com qualquer um.

— Quem disse que precisa dormir com ele?

— Você tem resposta para tudo, não é mesmo?

Minha amiga ficou séria de repente, seu aperto na minha mão foi quase doloroso.

— Achei que você tivesse superado esse cara. Então estamos aqui, ele também, e percebo que você não superou nada. Acho que, nem quando não estava pensando nele, você não tinha superado. Acho que é a oportunidade perfeita para você finalmente deixá-lo para trás.

No fim, eu sabia que ela estava certa. Eu estava presa ao Jake de dezessete anos pelo qual me apaixonara. Esse cara não existia mais. Se eu passasse algum tempo perto do Jake de vinte anos que estava apaixonado por Melissa, talvez isso finalmente ficasse no passado. Desisti e deixei Cláudia me guiar.

Ela não estava errada. Os rapazes estavam tocando em um bar chamado Milk, enfiado no canto entre dois conjuntos de prédios construídos em uma ladeira íngreme. Um caminho estreito levava os pedestres de Cowgate até a parte da cidade que seguia para The Royal Mile. Nos últimos dias, Cláudia e eu estávamos cuidando das ressacas resultantes das saídas com nossas colegas de quarto e vizinhos, e tínhamos aproveitado o tempo para conhecer melhor a cidade que seria nosso lar nos nove meses seguintes. Caminhamos por toda a Old Town, parando no túmulo do famoso cão Greyfriars Bobby, e no café que ficava ali perto, o The Elephant House, onde dizia-se que J.K. Rowling tinha escrito parte do primeiro livro de Harry Potter na sala dos fundos, a qual tinha vista para o Castelo de Edimburgo. Depois Claud e eu seguimos para New Town, para ver as lojas em Princes Street e em George Street. E, claro, voltamos um pouco para conhecer o Castelo de Edimburgo. Aquela construção era muito grande. Empoleirada sobre uma rocha vulcânica, dominava a cidade moderna como um rei medieval.

Claud e eu ficamos com dor no pescoço de olhar para cima enquanto caminhávamos pela Princes Street. Fascinadas, atravessamos todo o caminho de volta a The Royal Mile e subimos pela rua de paralelepípedos até o castelo. Nossas pernas doíam de tanto andar, mas, surpreendentemente, aquilo ajudou com a ressaca. Eu achava que tínhamos que reduzir o ritmo das baladas. Era uma novidade poder beber legalmente em um bar, mas eu queria ir embora da Escócia com um fígado ainda inteiramente funcional.

Cláudia me levou para o Milk e, no início, ficamos realmente confusas. A sala lotada era minúscula e fechada, com luz baixa, paredes de tijolos à vista e uma grande área de bar tomando a maior parte do espaço. Um banco de couro percorria toda a parede oposta, com mesas e cadeiras empurradas contra ele.

— Tem certeza de que este é o lugar certo? — perguntei, sem conseguir ver Jake, Beck ou qualquer conhecido.

Franzindo o cenho, Cláudia pegou o celular e verificou suas mensagens. Sua expressão suavizou e ela me agarrou pelo punho, puxando-me pelo bar lotado com um educado "com licença" aqui e outro ali. E, no fundo do salão, escondido pelo bar, uma parede em arco levava para outra sala maior. Mesas e cadeiras ocupavam a maior parte do espaço e, no canto oposto, havia um pequeno palco, onde Matt brincava com uma bateria e Lowe com o violão e o amplificador.

O lugar estava lotado.

— Cláudia!

Olhamos para uma mesa perto do palco e vimos Beck, acenando para nós com um sorriso. Enquanto seguíamos por entre as mesas, minhas pernas começaram a tremer quando vi Jake e Melissa sentados perto do palco. Meus olhos rapidamente passaram deles para Rowena sentada perto de Jake e Denver. Havia duas cadeiras vazias na ponta da mesa, e fiquei aliviada em conseguir sentar longe o bastante do casal feliz.

Fiquei surpresa com o jeito como Beck cumprimentou Cláudia. Não foi o beijo na bochecha — Cláudia devolveu o beijo de maneira confortável, e a coisa toda sugeria que eram tão platônicos quanto afirmavam. No entanto, meus olhos captaram o jeito como Cláudia ficou na ponta dos pés para que Beck não tivesse que se inclinar tanto, e fiquei confusa quando a mão de Beck segurou o quadril de Cláudia e o acariciou como se estivesse relutante em deixá-la se afastar.

Cláudia não pareceu notar, mas eu a conhecia bem o bastante para saber que ela estava fingindo. Havia um leve corar nas bochechas da minha amiga. Mesmo assim, Beck disse que não dormiria com ela, então Cláudia me disse que tinha ignorado a atração por ele, e estava curtindo sua amizade.

O único problema era que eu não tinha certeza se Beck não estava com dificuldade em manter sua decisão de não dormir com ela. Essa era só a segunda vez que eu via os dois juntos e, mesmo enquanto me cumprimentava, os olhos de Beck voltavam para Cláudia, que cumprimentava os demais.

— Adorei a camiseta — comentou Denver quando sentei ao lado dele.

Cláudia se sentou à minha esquerda, e Beck se sentou perto dela.

Cláudia riu porque sabia tudo sobre minha camiseta mágica. Sorri para Denver.

— Obrigada.

Não consegui evitar. Meu olhar se voltou para Jake e Melissa na outra ponta da mesa. Ele estava encarando minha camiseta, uma pequena ruga na testa, e eu me remexi desconfortável, meus olhos passando para Melissa. A cadeira dela estava bem perto da de Jake, e eles se sentavam próximos, de um jeito íntimo, para que ninguém tivesse dúvida de que estavam juntos. Nossos olhos se encontraram: eu dei um sorrisinho para ela, e ela me devolveu um sorriso trêmulo.

Era provável que ela estivesse se perguntando por que Jake encarava minha camiseta. Eu poderia explicar para ela, mas seria constrangedor. Jake me apresentou ao Pearl Jam e ficou deliciado quando me apaixonei pela voz de Eddie Vedder, pelo som da banda e por suas histórias. A camiseta era uma recordação de que, mesmo que de um jeito bem sutil, ele afetara a pessoa que eu me tornara.

— Ela voltou e está usando a camiseta. — A voz de Lowe fez com que eu virasse a cabeça em sua direção enquanto se aproximava de nós. Ele apertou o ombro de Cláudia ao passar por ela. — Te devo uma.

Eu sabia o que ele queria dizer, e quase não consegui me impedir de fazer cara feia. Quando ele parou ao lado da minha cadeira e estendeu os braços para mim, pedindo silenciosamente um abraço, seu charme de *bad boy* funcionou, e a vontade de fazer cara feia passou. Fiquei em pé e agi como se a paquera dele não fosse grande coisa. Nós nos abraçamos e minha pele ardeu por um motivo diferente quando senti os músculos duros de suas costas sob a camiseta leve. Sorrindo, ergui a cabeça para ver os olhos azuis dele e decidi que Cláudia estava certa: Lowe era sexy e me achava sexy. Isso era lisonjeiro e ajudava a distrair — era exatamente do que eu precisava.

— Denver, tire uma foto minha e da Charley juntos. — Lowe acenou com a cabeça para seu amigo e me puxou para seu lado, o braço ao redor dos meus ombros.

Denver franziu o cenho.

— Por quê?

— Porque meu irmão me encheu o saco por gastar dinheiro para estudar no exterior. Eu queria postar esta foto no Facebook para provar que fiz a escolha certa.

— Ah, Deus — gemi. — Espero que suas letras sejam melhores do que suas cantadas.

Quando o grupo deu risada, ri com todos eles, mas o sorriso morreu em meus lábios quando vi Jake olhar para o outro lado da sala, a expressão sombria. O momento entre Lowe e mim trouxe um *flashback*, e senti meu coração falhar ao perceber o que acontecera.

Era exatamente o tipo de coisa que Jake teria me dito naquela época, e exatamente o tipo de resposta engraçadinha que eu teria dado para ele.

Eu estava prestes a me afastar de Lowe, sem querer que essa distração se transformasse em outra situação com Jake, mas Denver estava pronto para nos fotografar com o celular, e Lowe estava me puxando de volta para seu lado. A ponta de seus dedos era calejada de tanto tocar violão e, enquanto eles davam a volta ao redor do meu quadril, Lowe roçou-os sob minha camiseta, causando um arrepio que eu sabia que ele tinha sentido e gostado, porque seu sorriso se alargou. Fiz uma careta para ele, e ele riu de um jeito tão juvenil que não pude deixar de rir de volta. Mais tarde, descobri que essa foi a foto que Denver tirou, porque Lowe *realmente* a publicou no Facebook e me marcou, depois de pedir para ser meu amigo. Era uma bela fotografia, nós dois rindo na cara um do outro, abraçados como se nos conhecêssemos a vida toda. Assim que vi, fiquei desconfortável e envergonhada.

Lowe foi até o bar buscar bebidas para Cláudia e para mim. Quando voltou, Claud mudou de cadeira, para que Lowe pudesse se sentar ao meu lado. Depois de um tempo, Matt chegou e se sentou com Jake, e Beck anunciou que a banda começaria a apresentação em breve.

Depois que a conversa se animou, Lowe colocou o braço atrás da minha cadeira e se inclinou para mim. Meu olhar seguiu automaticamente seu *piercing* em forma de anel no lábio, e um pensamento curioso cruzou minha mente antes que eu pudesse impedir. Eu sabia que Lowe tinha percebido porque seus dentes rasparam no *piercing* um segundo antes de ele sorrir.

— Isso foi um pensamento pervertido, Charlotte? — murmurou ele, com os olhos brilhando.

Neguei casualmente com a cabeça, para tentar disfarçar meu constrangimento.

— Eu estava só me perguntando se isso é dolorido.

— Não tão dolorido quanto a tatuagem que tenho nas costelas.

Sabendo exatamente qual era a resposta que ele queria, meus lábios se retorceram.

— Não vou pedir para você tirar a camiseta.

— Droga. Tenho uma bem bacana. — Ele sorriu e inclinou a cabeça na minha direção. — É estranho? Encontrar Jake?

Ergui uma sobrancelha para ele, não muito feliz ao saber que obviamente tinham falado sobre mim.

Lowe simplesmente deu de ombros.

— Somos amigos desde o primeiro ano. Eu sabia que alguma coisa estava acontecendo, então ele me contou sobre vocês. Uma situação de merda.

— Já faz muito tempo.

— Então você está livre, certo?

Me perguntei por um instante se havia um código entre amigos em relação a perseguir ex-namoradas. Claramente não, segundo Lowe. Suspirei.

— Não estou com ele, se é o que quer dizer. — Engraçado, mas essa era a primeira vez que eu dizia isso em voz alta desde que terminamos. Eu não estava mais surpresa em ver o quanto doía.

— E está com alguém?

— Não acho que em algum momento ficamos realmente com alguém, e acreditar nisso só faz com que você se machuque.

Lowe ergueu a cabeça, pensativo, os olhos estranhamente sérios.

— Acho que você vai gostar das minhas letras.

— Mal posso esperar para ouvi-los tocar.

— Já vou avisando: quando nos escutar, vai se tornar uma groupie.

Dando risada, balanço a cabeça.

— Desculpe, nunca fui tão fã assim de alguém.

— Acho que é um desafio.

— Não, é um fato. Tome como um desafio, se quiser, mas vai descobrir que é um trabalho de Sísifo.

Lowe riu tão alto que chamou a atenção de todo mundo. Os olhos dele brilhavam.

— Está estudando literatura clássica?

Meus lábios se retorceram.

— Psicologia.

Aquilo o fez rir mais alto ainda.

— Sério?

— Não. Direito criminal.

— Está me sacaneando?

— Não.

Sorri e peguei minha cerveja, feliz por Lowe me distrair de Jake. Meu sorriso quase falhou quando vi a expressão de Jake, mas ele só me deu um sorriso tenso e inclinou a cabeça para ouvir o que Melissa estava dizendo. Ignorando a pontada súbita em minhas entranhas, olhei para Cláudia e a encontrei sorrindo para mim, indicando Lowe. Ela me deu uma piscadinha, que ignorei, e ela riu, virando-se novamente para Beck.

— Por que você está estudando direito?

— Ela quer ser policial.

Aquilo veio de Jake, e minha cabeça se voltou para ele, surpresa. Ele me encarava com aquela ruga entre as sobrancelhas novamente. Eu odiava que a resposta dele fizesse meu coração pular. Cláudia, sentindo que eu estava perdida demais para responder, falou por mim:

— Na verdade, os pais de Charley odeiam tanto a ideia de ter uma filha policial que ela prometeu fazer a graduação em direito, para poder tirar o diploma de advogada.

Alguma coisa se avivou na expressão de Jake quando ele voltou sua atenção para mim. Embora duvidasse que mais alguém tivesse percebido, eu certamente notei. Ainda na época em que éramos "nós", eu tinha conversado com Jake sobre a inquietude dos meus pais em relação à carreira que tinha escolhido. Toda vez que eu começava a ceder para eles, lá estava Jake para ajudar a manter minha decisão. Na verdade, eu não tinha desistido de ser policial. Havia me comprometido até poder convencer meus pais de que era aquilo mesmo que eu queria fazer na vida.

Sempre foi importante para mim ter o apoio irrestrito deles em tudo o que eu fazia, e estava cada vez mais preocupada de não conseguir persuadi-los a ver as coisas do meu jeito. Eu não sabia como a história da minha carreira ia acabar se eles não entrassem logo no barco.

Para Jake, parecia que eu tinha desistido completamente, e que minha mudança de ideia era outra coisa que poderia ser ligada à sua ausência em minha vida. Eu não sabia como ele se sentia com aquilo, mas podia ver que ele sentia *alguma coisa*.

— Cláudia também faz direito — voltei-me para Lowe. — Foi assim que nos conhecemos.

— Por que direito? — perguntou Beck para ela, sorrindo como se não pudesse compreendê-la.

— Porque, quando fechei os olhos e passei o dedo pela lista de cursos, parei em direito criminal.

E ela não estava brincando.

Beck quase engasgou com a cerveja, balançando a cabeça como se ela fosse maluca.

Aquilo começou uma rodada de "Que curso você faz?". Acho que todo grupo de novos amigos da faculdade prefere tirar isso da frente logo, para que nunca mais precisem tratar de assunto tão banal novamente. Jake, Beck e Lowe faziam engenharia industrial, Denver estudava matemática aplicada, Rowena estudava inglês, e Melissa e Matt eram alunos de história.

Os rapazes estavam provocando Rowena, por causa de seu curso, e ela estava levando numa boa, quando um cara barbudo apareceu para dizer para a banda que estava na hora da apresentação.

Lowe me deu uma piscadinha ao se levantar. Desejei-lhe boa sorte. Ele assentiu e se afastou, confiante, a corrente curta em seu jeans balançou quando ele pulou no palco. Cláudia se aproximou de mim com um sorriso animado enquanto os rapazes se preparavam. Fiz questão de ignorar Jake e Melissa o tempo todo.

Quase ao mesmo tempo, Lowe e Beck passaram as correias das guitarras por sobre a cabeça, seguidos por Denver, que era o baixista. Matt se sentou na bateria. Só Denver e Lowe estavam próximos aos microfones, e o de Lowe ficava bem no meio do palco.

Olhei para o bar lotado, e percebi muita gente da nossa idade. Quase metade eram garotas que pareciam leoas de desenho animado, olhando para Beck e Lowe como se fossem saborosos filés de zebras falantes.

Sorri e me voltei para a banda quando a primeira nota da guitarra atravessou o ambiente. Quando Lowe começou a cantar com uma voz suave e profunda — tão sexy que eu ficaria feliz em substituir meu vibrador por aquilo —, eu me encantei pelo som da banda. Lowe estava certo. Adorei as letras dele. Eram verdadeiras, sem essa bobagem de contos de fada, mas também contraditórias, como se, apesar das coisas vividas, não fosse possível deixar de sentir a possibilidade de haver mais lá fora. Eu sempre achara corajoso da parte dos músicos colocar a alma em uma canção. Isso ficou ainda mais claro para mim agora que eu realmente conhecia a banda dos meninos e, tinha que admitir, estava impressionada.

Algumas músicas depois, Lowe cantou sobre "estar perdido em águas rasas". Assim que a letra saiu de sua boca, meu olhar imediatamente se voltou para Jake.

Minha respiração ficou presa por uma bola dolorosa na garganta, quando meus olhos encontraram os dele.

Ele não estava observando a banda. Estava me observando.

Desviei o olhar, ignorando o sangue acelerado em meus ouvidos, e voltei a me concentrar na banda. Mas não conseguia. Nem mesmo a voz linda de Lowe podia me distrair de Jake e da lembrança de nós dois.

Eu me remexi desconfortável o resto do show, e quase agradeci quando Lowe murmurou no microfone:

— Vocês ouviram The Stolen. Obrigado e tenham uma boa noite.

Ele sorriu para mim enquanto a multidão irrompia em aplausos e assobios, e eu sorri de volta, quase implorando com o olhar que ele viesse e mais uma vez tirasse minha mente de Jake Caplin.

6

Indiana, outubro de 2008

A sra. Tate, nossa professora de inglês, desligou a televisão.

— Então, agora que todos supostamente leram o livro e assistiram ao filme, posso perguntar o que acharam. Não temos muito tempo de aula, então sejam breves. E então, quem será o primeiro?

Olhei ao redor, esperando que algum colega desse opinião. A maioria dos rapazes parecia ter dormido durante o filme. Exceto Jake. Captei seu olhar quando virei a cabeça para a direita. Ele pedira que Nikki Wells mudasse para a cadeira do lado, e é claro que ela concordou, sorrindo para ele como se fosse o Segundo Advento.

Eu já saíra três vezes com Jake, e passávamos muito tempo juntos na escola. Todo mundo pensava que estávamos namorando, mas eu ainda não tinha certeza. Apesar da sensação misteriosa de conexão profunda entre nós, eu não sabia como encaixar na história que o melhor partido da classe ainda não tinha se dignado a me beijar. Na sexta à noite, ele me levou para sair e não deu o menor indício. Agora, segunda de manhã, eu vira o que parecia ser ele paquerando uma garota do quarto ano perto do armário. Eu passara direto por ele, com apenas um aceno de cabeça.

Começava a me preocupar que o imbecil do Brett Thomas e seus comparsas estivessem atingindo Jake. Eles ainda não tinham desistido de importuná-lo, e não era só por minha causa.

O pai de Jake, Logan, havia causado certa controvérsia ao abrir o escritório de advocacia e pegar clientes de Ed Brackett — tio de Brett. Ed era um cara bem tranquilo e reservado, o completo oposto de seu cunhado, então qualquer dificuldade que o pai de Jake enfrentasse tinha se originado com Trenton Thomas. Havia rumores de que ele estava fazendo "ameaças veladas" a qualquer um que pensasse em passar os negócios de Ed para Logan Caplin.

Na maior parte do tempo, eu adorava Lanton, mas de vez em quando realmente odiava morar em uma cidade tão pequena.

Eu me sentia mal pelo pai de Jake, e odiava que Brett estivesse azucrinando tanto Jake, mas aquilo não o desculpava por me deixar confusa feito o inferno. Por isso, quando Jake me deu uma piscadinha, eu ergui uma sobrancelha bem pouco impressionada.

— Charlotte? — o tom seco da sra. Tate chamou de volta minha atenção. Ela olhou de propósito para Jake e depois novamente para mim. — Alguma opinião?

Que tal... você me conhece a vida toda, então por que nunca me chama de Charley?

— Então?

Suspirei e me recostei na cadeira.

— Sinceramente, achei a coisa toda angustiante demais para o meu gosto.

Meus colegas de classe deram risada e a sra. Tate franziu o cenho.

— Você achou Jane Austen *angustiante*?

Aparentemente, Tate não concordava com minha opinião. Ah, droga.

— Há vários mal-entendidos que poderiam ter sido esclarecidos se eles tivessem conversado um com o outro. A coisa toda entre Edward e Elinor era cansativa. Se ele simplesmente tivesse admitido que a amava e rompido aquele noivado secreto com qualquer que fosse o nome dela,

Elinor não teria passado por toda aquela merda emocional. Quero dizer, ela é muito graciosa e tudo mais, mas passou boa parte do livro desejando um homem, e ela nem sabia se ele sentia o mesmo por ela. Edward era um cara legal, mas precisava de um belo chute no traseiro.

A sra. Tate cruzou os braços, sem parecer impressionada com o que eu disse.

— Charlotte, estamos falando sobre um período, cultura e sistema de classe inteiramente distintos. Acho que a situação é muito mais complicada do que isso.

Ok, então talvez eu estivesse projetando.

O sinal tocou antes que eu pudesse responder, e as cadeiras imediatamente foram arrastadas para trás enquanto os alunos se apressavam para sair da sala.

Eu estava guardando os livros quando uma sombra caiu sobre minha carteira. Olhando para o alto com rispidez, meus olhos encontraram a expressão determinada de Jake.

— O que foi? — Franzi o cenho, reconhecendo o ar travesso. — O que está fazendo?

— Esclarecendo um óbvio mal-entendido.

— O que...

Nem consegui pronunciar o resto da pergunta antes que Jake me puxasse da cadeira, segurando minha nuca com a mão, e esmagasse minha boca na sua.

A surpresa deu lugar à pura alegria quando sua boca habilidosa se moveu sobre a minha. Suspirei, e a língua dele passou por meus lábios e se enroscou gentilmente na minha. Meus dedos se enroscaram em sua camiseta enquanto o gosto e o cheiro dele tomavam conta de mim. Minha pele estava quente com o beijo profundo e molhado, e meu corpo gritava "uau!".

Quem diria que um beijo poderia ser assim?

Os gritos e assobios por fim me arrancaram da névoa em que eu me encontrava, e me lembrei, com o rosto corado, de que ainda havia gente na sala. Empurrei Jake com gentileza, e ele me soltou, nosso rosto próximo enquanto lutávamos para recuperar o fôlego. Ele apertou minha nuca mais uma vez e sorriu para mim.

— Épico.

Dei risada, envergonhada, mas excitada. Ele não precisava saber daquilo, no entanto.

— Brega.

— Épico.

— Ok, já chega disso. — A sra. Tate entrou no meu campo de visão, e eu corei mais ainda. — Jake, solte Charley.

Pisquei para ela ao ouvi-la usar meu apelido, mas, enquanto Jake se afastava, vi que ele era a causa daquele milagre. A sra. Tate estava lutando contra um sorriso. Ela o achava charmoso.

Com o fim do espetáculo, os alunos saíram lentamente da classe. Jake colocou a mochila e estendeu a mão para mim, um sorriso convencido no rosto.

— Você vem?

Peguei a mão dele.

— Jacob, se beijar outra aluna na minha aula de novo, vai para a detenção — advertiu a sra. Tate com suavidade, os lábios curvados no canto.

Jake me puxou mais para perto enquanto passávamos por ela.

— Não vai acontecer de novo, sra. T.

Sra. T? Estava decidido. Provavelmente, Jacob Caplin poderia se livrar até de assassinato.

No corredor, eu vi que a notícia da pequena exibição de Jake na classe correu rápido. Todos os olhos estavam sobre nós enquanto seguíamos para os armários. Antes que eu pudesse abrir o meu, Jake fez com que eu ficasse de costas para a porta, e ele se inclinou na minha direção, os braços sobre minha cabeça, prendendo-me ali.

— Então, nosso primeiro beijo foi bem público — murmurei, incapaz de afastar os olhos da expressão calorosa dele.

Jake sorriu.

— Eu disse para você que seria quando menos esperasse.

— Vou começar a levar suas promessas mais a sério a partir de agora.

— Ótimo.

Ele tocou a boca na minha, um roçar trêmulo que teve o mesmo efeito que o beijo profundo. Minha respiração acelerou, e tive um monte de pensamentos luxuriosos que desejava não demonstrar em público. Fiquei bem feliz por não ser homem.

— Ei, Jake!

Sem mover o corpo, Jake virou a cabeça por sobre o ombro para Amanda Reyes. Ela parou ao nosso lado, mesmo que nossa linguagem corporal deixasse claro que estávamos em um momento particular. Amanda era da minha classe, mas nunca fomos amigas íntimas. Na verdade, ela não tinha um grupo de amigos, eram mais como conhecidos. Em geral, era quieta, então, o fato de parar para falar com Jake, com as bochechas coradas ao vê-lo, deveria ter sido uma surpresa. Mas não era. Toda vez que passava por nós, ela dizia oi para ele.

— Oi. — Jake cumprimentou-a com um aceno de cabeça e imediatamente se virou para mim, a indiferença educada em sua expressão derreteu quando seus olhos encontraram meu rosto.

Observei os ombros de Amanda cederem um pouco quando ela saiu.

Meu foco se voltou para Jake, enquanto sua boca descia de encontro à minha.

— Ela tem uma queda por você.

— Tudo o que me importa é que você tenha uma queda por mim — sussurrou Jake contra meus lábios.

Dei risada, mas, quando ele pressionou o corpo contra o meu, meu sorriso morreu, e me peguei dizendo, com voz rouca:

— Talvez eu tenha uma queda por você.

O gemido dele vibrou na minha garganta quando ele me beijou. Então, relutante, me afastou. Deu um passo para trás e me encarou, uma ruga profunda entre as sobrancelhas.

— Merda. Agora estou viciado. — Afastou-se mais um pouco, e eu dei uma gargalhada.

— Está fugindo de mim?

Ele se inclinou um pouco, para que só eu pudesse ouvir o que ele ia dizer.

— Ou isso ou vou ficar andando por aí com uma permanente...

Seus olhos se abaixaram e meu olhar seguiu até sua virilha. Fiz uma careta quando entendi o que ele queria dizer, e me virei para abrir meu armário.

— Você é imundo — disse para ele, hesitante.

A mão dele apareceu no meu armário, o calor de seu peito se recostando em minhas costas, e eu estremeci mais uma vez quando seus lábios roçaram minha orelha.

— Você adora.

E então ele se foi, e eu fiquei ofegando, apoiada no armário.

Depois de alguns instantes, consegui me recompor. Acabei de trocar meus livros, dei meia-volta e trombei com Brett.

Que maravilha.

Brett me encarou, as feições tensas, os olhos duros. Não era uma boa expressão para ele, mas era familiar.

— Ele está brincando com você.

Sabendo exatamente de quem ele estava falando, suspirei fundo e dei a volta por ele. Infelizmente, Brett permaneceu ao meu lado enquanto eu caminhava pelo corredor até minha próxima aula.

— Ele dormiu com todas as garotas da nossa classe, Charley. Está só usando você.

— Bem, isso é um exagero grosseiro — repliquei seca. — Eu garanto para você que foi só com a metade.

— Você acha que isso é brincadeira — disse Brett. — Esse cara vai machucar você de verdade.

Eu me virei e comecei a andar no sentido contrário dele.

— Sou a Supergirl, lembra? Eu não me machuco.

A expressão dele azedou.

— Você está agindo como uma puta e uma idiota.

— E você é um babaca — respondi animada e dei meia-volta, ignorando minhas colegas de classe fofoqueiras enquanto seguia para a aula.

Assim que me sentei, meu celular tocou e olhei enquanto todos se acomodavam. Era uma mensagem de Jake.

Charley, você chamou Brett de babaca? Está tudo bem com você?

Deus do céu, as notícias realmente se espalhavam rápido naquela escola.

O cara acabou com minha excitação. Retaliei.

Dez segundos depois: *Hahaha.* E dois segundos depois: *Estou muito a fim de você.*

Sorri, provavelmente parecendo a idiota que Brett acabara de me acusar de ser.

Ótimo. Bjs.

7

Edimburgo, setembro de 2012

— Quem? O quê? Quem? Como? — Os olhos castanhos de Andie, idênticos aos meus, estavam arregalados enquanto ela olhava a câmera.

Essa era exatamente a reação que eu esperava quando contei para ela, via Skype, que Jake estava em Edimburgo.

— Você me ouviu — respondi, olhando para o escritório atrás dela.

A luz entrava por uma janela em algum lugar, lembrando-me de que eu estava cinco horas adiantada. Era quase meia-noite na Escócia, mas Andie estava sempre tão ocupada com a faculdade e o estágio que só conseguíamos falar em seus momentos livres. Eu não me incomodava. *Realmente* queria conversar com ela.

— Jake? Seu ex-namorado Jake? O Jake que sabia que você sempre planejou passar o terceiro ano estudando no exterior, na Universidade de Edimburgo?

E era exatamente por isso que eu *realmente* queria conversar com minha irmã mais velha.

Ela sabia quase tudo sobre meu relacionamento com Jake, não porque estivesse ali para testemunhar (ela só o encontrara uma vez durante as folgas de Natal em casa, voltando de Dublin), mas porque eu contara para ela provavelmente todos os mínimos detalhes. Isso significava que minha irmã sabia que Jake estava a par de todos os meus pensamentos, sentimentos, planos e sonhos.

Eu conversara um milhão de vezes com Jake sobre estudar em Edimburgo porque Andie sempre ligava para casa, de Dublin, falando sobre a época incrível que estava vivendo. Eu queria estudar na Europa também e, embora a Irlanda fosse mais ao gosto da minha irmã elegante, eu preferia a Escócia. Jake dizia que queria ir comigo.

— Sim.

— Então — Andie franziu o nariz enquanto passava a mão pelo cabelo, um hábito que partilhávamos e dizia que estávamos tentando resolver alguma coisa —, ele obviamente foi para Edimburgo porque sabia que você estaria aí. Por quê? Para se desculpar pelo o que aconteceu? Para reatar?

E isso mais especificamente era o que eu queria conversar com Andie.

Minha irmã fez a pergunta que eu estava assustada e confusa demais para fazer, então queria que outra pessoa fizesse, porque eu sabia que, se isso acontecesse, faria com que eu me sentisse menos maluca em pensar nisso. Mesmo assim, eu me sentia louca. Por causa de Melissa.

— Ele se desculpou. Mas ele está aqui com seus amigos e... a namorada.

— Ele levou outra garota? O quê?! — Andie bateu as mãos na mesa e inclinou-se mais para perto da câmera, então seu nariz e sua boca ficaram imensos. — Ele sabia que você estaria aí, aquele filho...

Eu me recostei e deixei que Andie tivesse seu rompante, soltando todas as perguntas e a raiva que eu também sentia. Quando terminou, ela se recostou, suspirando.

— Ãh, está tudo bem aí? — uma voz masculina que eu conhecia muito bem perguntou fora da câmera.

Andie virou a cabeça para olhar na direção da voz e seu rosto se suavizou.

— Sim, querido, estou só furiosa por causa da Supergirl.

— O que aconteceu?

— Problemas com garotos.

— Obrigada — murmurei sarcástica. Aquilo fazia com que tudo parecesse tão trivial.

— Preciso dar um chute no traseiro de alguém? — A voz se aproximou e, então, o belo rosto de Rick apareceu ao lado de Andie. — Você está bem, Charley?

— Oi, Rick, é bom vê-lo.

Eu não estava mentindo. O noivo da minha irmã era o máximo. Era dez anos mais velho do que Andie e era detetive na polícia de Chicago. Eles se conheceram há um ano, quando o carro da amiga de Andie foi roubado, e Andie a levou até a delegacia. Para irritação da amiga de Andie, o detetive Rick Pertrard, que ouviu a queixa feita ao oficial de plantão, se interessou imediatamente pela amiga da dama em perigo, e não pela dama em perigo em si. Ele pedira o número do telefone de Andie, e o resto aconteceu. Eles foram morar juntos depois de seis meses, e ficaram noivos dois meses depois. Eu amava as mudanças que via em minha irmã. Ela estava muito menos preocupada em ser perfeita o tempo todo e definitivamente mais solta.

Quanto a mim, eu continuava tentando fazer de Rick meu mentor, mas, como meus pais ainda não estavam felizes com a ideia de eu ser policial, ele estava tentando me dissuadir, mais preocupado em ser um bom genro do que em me encorajar a seguir uma carreira que enlouqueceria meus pais. Aquilo era um saco, mesmo assim, ele era o máximo.

— É bom ver você também, querida, mas eu repito: está tudo bem?

— Estou bem.

Ele franziu o cenho e olhou para Andie.

— Então o que foi essa ira toda?

— Ela não está bem. Está muito longe de estar bem, mas é Charley, então ela está bem.

O olhar de Rick se revezou entre nós duas.

— Contanto que vocês se entendam, acho que está tudo bem. — Deu um beijo no rosto da noiva, acenou um adeus para mim e saiu da vista.

Andie se virou assim que ele se foi.

— Então, qual é seu plano?

Dei de ombros.

— Não tenho plano. Parece que vamos ter contato porque Cláudia está saindo com o melhor amigo de Jake. Vamos nos ver muito. Tenho que aguentar firme.

— Charley, a despeito do que eu disse para Rick, é comigo que você está conversando. Quando voltei de Dublin, encontrei minha irmãzinha um bagaço. O que aconteceu com Jake mudou você, e eu nunca mais tive minha antiga Charley de volta, então pode dizer que está bem para todos, menos para mim, ok?

Suas palavras automaticamente trouxeram um nó na minha garganta, e eu afastei os olhos da tela, lutando contra as lágrimas. Fracassei, e as sequei.

— Não vou passar por isso de novo — disse para ela em tom áspero. — Eu já abri meu coração para Cláudia depois da festa.

— Ótimo.

Olhei para minha irmã, como se tivesse acabado de descobrir que ela era o demônio encarnado.

— O que foi? — perguntei.

— Sei que você acha que as lágrimas podem fazer você menos durona, mas deixe disso. Não dá para ficar guardando. Eu sei que todo mundo falou para você deixá-lo para lá, que era só um amor de crianças, mas sua família... nunca. Nunca dissemos isso porque nunca acreditamos nisso. Vocês eram jovens, mas aquilo era real, e eu queria caçá-lo e matá-lo por partir seu coração. Um coração, devo acrescentar, que nunca mais foi o mesmo. Olhe para você e Alex.

— Não estamos falando sobre Alex — gemi.

Andie ergueu as mãos em rendição.

— Ok, não vamos falar sobre Alex. Mas vou dizer que acho que você é louca de perder tempo com Jake. Seria loucura de qualquer forma, mas mais loucura ainda porque ele está aí com a namorada.

Assenti, triste.

— Você está certa.

— Claro que estou certa. Sou psiquiatra.

— Você ainda não é psiquiatra.

— Eu sei. Só mais dois anos. — Ela sorriu. — Deus... não acho que vou conseguir.

Pensei nos nove meses que eu tinha pela frente, e em passá-los evitando Jake e o sentimento dolorido em meu peito toda vez que eu o via.

— Sei o que quer dizer.

Era quase final da primeira semana de aulas, e eu já estava sentindo o peso. Havia trabalhos para entregar, leituras de textos para estudar. Eu realmente teria que me dedicar aos estudos enquanto estivesse ali. A semana de apresentação a uma cidade estrangeira meio que tinha me iludido, trazendo uma sensação falsa de que eu estava de férias.

Com as aulas a todo vapor, Cláudia e eu tínhamos concordado em focar e nos organizar. Poderíamos voltar a nos divertir depois que estivéssemos ajustadas à vida acadêmica.

Ajustar-se, para mim, em geral, queria dizer que meu cérebro estava lotado demais com pensamentos sobre as aulas para ser capaz de me concentrar em qualquer outra coisa. Mas não daquela vez. Eu odiava admitir, mas Jake Caplin estava ocupando mais minha mente do que eu gostaria.

Enquanto passava o dedo pelos livros na seção de reserva da biblioteca da universidade, em busca do material que eu precisava para a aula seguinte, ouvi a voz dele bem ao lado do meu ouvido. Dei um pulo, achando que realmente tinha conjurado sua presença.

— Jesus — exclamou Jake baixinho, desviando do meu braço erguido com o susto.

Olhei para ele, minha mão pressionada no peito, enquanto tentava normalizar o ritmo cardíaco.

— Está tentando me matar?

— Sinto muito. Eu não sabia que as palavras "oi, Charley" eram consideradas letais.

— São se você se esgueira atrás de mim e praticamente as sussurra em meu ouvido. É assustador. Em geral, um susto precede a morte.

— Vou me lembrar disso — respondeu ele, com voz estrangulada.

— Faça isso.

Voltei-me para a estante de livros, para não ter que olhar para aquele rosto lindo, que precisava ser barbeado. Quando Jake precisava se barbear, ele parecia mais sexy do que nunca. Era injusto.

Senti a cabeça dele se aproximar da minha.

— O que está procurando?

— A equação para a viagem no tempo. Um cara quase me causou um ataque cardíaco fulminante, e eu gostaria de voltar no tempo e mudar o dia de hoje, para estar deitada em uma praia em Guam, sendo aguardada por um gostoso chamado Han, com passos pesados e aversão a sussurros.

Jake deu uma risada, e senti o som profundo em cada uma das minhas zonas erógenas.

— Vejo que ainda é uma espertinha — disse ele.

Ergui o olhar e ignorei o fato de que ele estava usando outra camiseta de manga comprida justa e que obviamente andava malhando. Seus ombros e bíceps estavam mais largos do que costumavam ser, e percebi tardiamente que até seu rosto estava um pouco diferente. Estava mais afiado, mais duro, a suavidade da juventude completamente derretida.

Era possível que ele estivesse ainda mais bonito do que costumava ser. Maravilha.

Desviei o olhar dele e dei de ombros, casualmente.

— Algumas coisas mudam. Outras, não.

— Você mudou e não mudou.

O comentário dele atraiu meu olhar para seu rosto. Franzi o cenho.

— O que quer dizer?

Agora foi a vez de Jake dar de ombros.

— Você ainda é uma espertinha, ainda é metida, mas está mais na sua, mais reservada. Não... não parece tão aberta às pessoas como costumava ser.

Sabendo que estava em território perigoso, desviei da observação dele com sarcasmo.

— Eu nunca estive aberta às pessoas, mas vivia em uma cidade pequena e me foi dada pouca escolha nesse quesito.

Jake ignorou o sarcasmo.

— Venha tomar um café comigo.

Senti uma sacudida desconfortável no peito.

— Agora?

— É. Tem um café no saguão principal da biblioteca. Está a dois segundos daqui. Estamos aqui. O café está lá. Poderíamos tomar café, suco, refrigerante, até mesmo leite ou chá, ou, sabe, eles também têm comida lá...

— Jake Caplin, você está divagando?

Ele assentiu, os olhos calorosos iluminados pelo bom humor.

— Estou divagando. Sou assim agora.

Cruzando os braços sobre o peito, inclinei a cabeça com um sorriso arrogante.

— Está nervoso por estar perto de mim?

A boca dele se curvou nos cantos, ele me deu um pequeno aceno com a cabeça.

— Estava nervoso por você dizer não. Nosso último café não foi muito bem.

Eu não tinha pensado que tinha sido tão ruim. Fiz cara feia.

— Não?

— Você foi embora depois de tomar três goles.

— Eu só estava marcando posição.

Jake deu de ombros, e de repente todo o bom humor sumiu de sua expressão.

— Bem, eu não gostei. Não quero que aja assim de novo.

Eu soube pela vibração rápida em meu peito que concordar em tomar café com Jake era uma má ideia. Andie também acharia uma má ideia. No entanto, a agitação na minha barriga — consequência do olhar intenso de Jake em mim e da preocupação que eu rejeitasse sua amizade — era algo que eu não sentia desde que estávamos juntos. Era um lembrete súbito de como era viciante a emoção que eu sentia pela atenção de Jake.

E eu me peguei cedendo à tentação.

— Eu posso tomar café.

O sorriso lento dele causou outra agitação na minha barriga, e eu disse para minha barriga se controlar enquanto saíamos de lá. Segui Jake pela entrada principal da biblioteca, um saguão lotado que os alunos tinham transformado em ponto de encontro, e saímos pelos confusos portões de segurança até o café. O lugar estava cheio de gente, então achei um lugar para nos sentarmos perto de uns sofás coloridos enquanto ele ia pegar as bebidas.

Cinco minutos depois, ergui os olhos e o observei vindo com uma bandeja nas mãos. A agitação na barriga se transformou em uma guerra com a dor que eu sentia no peito por tê-lo perdido. Eu tinha esquecido como amava o jeito como seu corpo alto se movia. O prazer de observá-lo era tão familiar.

Surpreendeu-me que os sentimentos residuais dos nossos oito meses juntos parecessem um álbum de recordações compilado ao longo dos anos.

Sentando-se diante de mim, Jake sorriu.

— Então, parece que vamos nos encontrar muito nos próximos meses, não é? Acho que deveríamos tentar deixar o constrangimento de lado.

Que início de conversa.

— Direto ao ponto.

— A Charley que eu conhecia era assim. Isso mudou também?

Assoprei o café quente e respondi antes de tomar um gole.

— O que *você* acha?

Jake bufou.

— Acho que não mudou.

Bebemos nossos cafés, o silêncio caindo entre nós. Eu sabia que Jake estava esperando que eu indicasse o caminho, mostrando que a bola estava comigo, e que ficaria feliz em jogar do jeito que eu quisesse. A fim de manter nosso novo grupo em paz, deixei a caneca de lado e me recostei na cadeira.

— Como estão seus pais?

O alívio atravessou visivelmente o corpo de Jake, e ele também relaxou.

— Estão bem. Voltamos para Chicago, e meu pai voltou para o antigo emprego. Minha mãe ficou feliz em reencontrar as velhas amigas. Estão indo muito melhor. E quanto à sua família?

— Estão bem também. Meu pai está mais ocupado do que nunca no trabalho, mas a loja da minha mãe enfrentou problemas. Tem um mofo perigoso crescendo no porão, então ela teve que fechar por algum tempo enquanto cuidam disso. É bem caro, mas você sabe como é minha mãe, não dá para desanimá-la. Está trabalhando de casa, deixando meu pai maluco.

Os olhos de Jacob brilharam, e ele assentiu.

— Aposto que sim. E quanto a Andie?

Sorri enquanto pensava em Rick. Eu estava tão feliz que minha irmã tinha encontrado o cara certo.

— Está ótima. Vive em Chicago. Está fazendo pós-graduação em psiquiatria, fazendo residência, e noiva de um robusto detetive de polícia.

— Que você subornou para ser seu mentor — adivinhou Jake, divertido.

Senti outra pontada no peito ao me lembrar de como ele me conhecia bem. Dei de ombros como se não fosse grande coisa ele saber tudo sobre as coisas simples que me faziam ser *eu mesma*.

— Tentei. Ele está preocupado demais em impressionar meus pais para aceitar, mas vou convencê-lo.

Jake soltou uma gargalhada.

— Não tenho dúvida.

Deixando o momento de lado, perguntei sobre seu irmão, Lukas. Jake sorriu imediatamente.

— Ah, ele mandou oi.

— Diga para ele que eu mandei oi também.

Ocorreu-me que Jake deveria ter mencionado que tinha me visto, e eu me perguntei se toda a família dele sabia. Também me perguntei o que eles achavam disso.

— Ele pediu para dizer que viu sua foto com Lowe no Facebook, e você parece, abro aspas, "mais gostosa do que nunca".

Lembrando da paixonite de Lukas por mim, dei uma gargalhada.

— Ele não mudou. Lukas era pior do que você. Imagino que deva estar partindo corações por todo o colégio neste momento.

— Bem, sim, mas ele me diz que encontrou "a garota". Dormiu com ela na primeira semana, mas ela é mais namoradeira do que ele e não quer se acomodar com o primeiro calouro com quem transou. Então o plano de Lukas é superá-la em algum estranho e moderno ritual de acasalamento.

As gargalhadas explodiram em meus lábios, enquanto eu tentava ignorar o fato de que tinha uma nova dor, por sentir falta de Lukas também. Na minha dor intensa por perder Jake, eu quase me esqueci do quanto gostava de seu irmão caçula.

Conversamos por um tempo, falando da família e, de algum modo, a conversa se voltou para minha vida amorosa.

— Se estou em um relacionamento? — repeti a pergunta que Jake fez baixinho, então neguei lentamente com a cabeça. — Não. Tive um namorado no primeiro ano. Desde então, no entanto, não procurei nada sério. Estou concentrada só na faculdade e nos meus amigos.

Jake assentiu pensativo, e então perguntou:

— O que aconteceu com o cara do primeiro ano? Quanto tempo ficaram juntos?

— Cerca de dez meses.

Isso pareceu surpreendê-lo, e não de um jeito bom. Eu ainda o conhecia o suficiente para saber que o brilho duro em seus olhos escuros significava que ele não tinha gostado de algo. Deixei aquilo de lado.

— É um bom tempo — comentou ele, por fim, tomando um longo gole de seu café frio.

— Sim. — Não falei mais nada, porque não queria conversar sobre aquilo. Especialmente, com Jake. — Então — respirei profundamente, odiando que meu estômago apertasse só com a ideia da pergunta que eu ia fazer —, há quanto tempo você e Melissa estão juntos?

Ele me encarou por um momento, talvez tentando avaliar se eu podia realmente lidar com a resposta à minha questão. Deixou a caneca vazia de lado e se recostou.

— No começo éramos amigos. Nós nos conhecemos no segundo ano, na reunião para o intercâmbio para o exterior, na verdade. Nossos amigos começaram a sair juntos e, ah, Melissa queria namorar, mas... hum, bem, por fim, ficamos no final do segundo ano, então isso dá seis meses de namoro de verdade.

— Ela é bonita. E parece muito legal, Jake — falei. E falava sério. Eu não gostava daquilo, mas falava sério.

A expressão de Jake suavizou.

— Eu quase esqueci como você é gentil.

— Nossa história não é culpa dela.

Nossos olhos se encontraram, e o ar ao nosso redor ficou mais denso e quente, e parecia que nem minha pele podia respirar. Eu me levantei, expirando fundo, como se tivesse acabado de sair de uma sauna, depois de ficar presa ali por dias.

— Tenho que ir. Preciso ir para a academia.

— Você malha?

Assenti, observando enquanto ele se levantava também e parava diante de mim.

— Ainda não desisti da ideia de concorrer a uma vaga na academia de polícia depois da faculdade, e acho que uma policial precisa estar em boa forma.

— Claro. Eu também malho. Poderíamos ir juntos.

Abri a boca para dizer não, mas, assim que olhei para seus olhos calorosos e ansiosos, derreti.

— Ok.

Eu era mesmo uma idiota.

8

Indiana, Halloween de 2008

Segundos depois de abrir a porta e ver Jake parado ali, comecei a gargalhar, encantada com o que ele estava vestindo.

— Você não fez isso!

Ele sorriu para mim.

— Você disse que ia se vestir de policial.

Dei uma risadinha quando Jake estendeu a mão e passou o braço ao redor da minha cintura, puxando-me de encontro ao seu corpo, para que pudesse abaixar a cabeça e me beijar. Minhas mãos automaticamente envolveram seu pescoço, e meus lábios se abriram para deixar sua língua dançar com a minha. Paramos para recuperar o fôlego ao som de alguém pigarreando.

Fiquei tensa quando me virei para encontrar meu pai parado na porta, olhando para Jake.

— Traga-a de volta às dez.

Ah, eu achava que não.

— Pai, vamos ao Hub's depois do baile. A turma toda vai.

Meu pai apertou os lábios enquanto eu implorava com os olhos.

— Tudo bem. — Ele suspirou fundo. — Onze.

Eu ia protestar de novo, mas Jake apertou minha cintura para me silenciar e respondeu respeitosamente.

— Estaremos aqui às onze, sr. Redford.

Meu pai lhe deu um aceno de cabeça cauteloso antes de olhar para mim. Olhou minha fantasia e franziu as sobrancelhas. Sentindo que outra discussão se aproximava, eu me afastei dos braços de Jake e dei um beijo rápido no rosto do meu pai.

— Diga para a mãe que falei boa noite.

A expressão do meu pai suavizou, e ele acariciou meu queixo com afeto.

— Divirta-se, querida. — A expressão dele azedou ao olhar para Jake. — Mas não muito.

— Pai, vou sair com Jake... vai ser horrível.

Jake grunhiu atrás de mim, mas fiz meu pai sorrir, então valeu a pena. Eu me despedi de novo, e então meu pai fechou a porta atrás de nós. Jake segurou minha mão enquanto seguíamos para sua caminhonete.

— Então, se vai ser horrível sair comigo... por que vamos sair? — provocou Jake.

Olhando-o por sob os cílios, eu o examinei em sua camiseta justa, preta, de mangas compridas, jeans preto, bota preta, e o tecido negro com dois buracos para os olhos amarrado na metade de cima da cabeça.

— Eu disse aquilo para amolecer meu pai. Se falasse a verdade, ele me trancaria até eu ter trinta anos. — Entrei em Hendrix enquanto ele segurava a porta aberta.

— E qual é a verdade? — perguntou ele e, então, correu para entrar pelo lado do motorista.

— Que estou ainda mais caidinha pelo meu namorado depois que ele se vestiu de ladrão, para combinar com minha fantasia de policial.

Jake deu risada.

— Caidinha?

— É uma boa palavra.

— É um pouco inofensiva.

— Ainda é cedo demais para algo mais selvagem.

Ele ergueu uma sobrancelha.

— Mas você está pensando em algo mais selvagem?

— Vamos dizer que gostei da sua fantasia. Muito.

Ao parar o carro no farol vermelho, Jake se virou para mim, os olhos passeando pelo meu corpo, de cima a baixo.

— Também gostei muito da sua fantasia.

Depois de falar com Lacey e Rose sobre fantasias para o baile de Halloween, eu sabia que minha fantasia de policial não era nem de perto tão reveladora quanto as que elas planejavam usar, mas minha roupa de policial feminina era tão justa que meu pai quase teve um ataque apoplético. Houve um momento em que pensei que ele não me deixaria sair, mas minha mãe conseguiu convencê-lo. Eu não entendia qual era o problema — eu não estava usando nenhum decote ou mostrando a perna. Tudo bem, talvez a calça mais parecesse uma segunda pele, e eu usava um sutiã com enchimento sob a camisa azul justa, mas, apesar disso, era uma roupa perfeitamente aceitável.

— Lukas também está vestido como ladrão.

Sorri.

— Por quê?

— Porque era uma fantasia fácil.

— Na verdade, foi por isso que você escolheu, certo?

— Não. — Ele sorriu com ar de moleque. — Escolhi para aumentar a possibilidade de você usar essas algemas em mim mais tarde.

De vez em quando, eu me perguntava se ele estava tentando me fazer corar quando dizia coisas como aquela, mas ele já devia me conhecer o suficiente para saber que isso não ia acontecer. Dei um tapinha nas algemas presas no cinto.

— Bem, se você jogar as cartas certas...

Infelizmente, era difícil pegar Jake de guarda baixa. Em vez de engasgar e ficar todo excitado, como seria normal em um garoto de dezesseis anos, ele apenas sorriu, como se eu o divertisse.

— Gata, se algum dia usarmos algemas, não serei eu que estarei preso com elas.

Agora era eu quem fazia ruídos estrangulados.

— Jake!

— O que foi?

— Nós temos dezesseis anos!

Ele gargalhou enquanto parava o carro no estacionamento da escola.

— E daí?

— Uma coisa é brincar sobre isso, outra é fazer de verdade... você parece um cara de trinta anos preso em um corpo de adolescente.

— Uau. — Jake desligou o motor e se virou para mim. — Consegui. Por fim, consegui tirar você do sério. Com algemas. — Ele me deu uma piscadinha. — Lembrarei disso. — E saiu da caminhonete antes que eu pudesse dar um soco em seu braço.

Saí do carro depois dele.

— Você não é engraçado.

— Sou hilário.

Ele me puxou para seu lado, soltando minha mão para que pudesse passar o braço ao redor da minha cintura.

Ao nos aproximarmos da escola, vimos um bando de alunos do primeiro ano conversando na entrada principal. Um garoto alto, vestido de preto dos pés à cabeça, se virou, e eu o reconheci imediatamente: Lukas. Jake e eu estávamos namorando há quase dois meses e já tínhamos ido um na casa do outro para jantar. Isso significava que eu tinha passado algum tempo com seu irmão, e havia descoberto que ele era uma versão mais jovem de Jake, repleto de charme convencido e carisma.

Enquanto nos aproximamos para parar diante dele, Lukas analisou meu corpo e assobiou.

— Está gostosa, Charlotte.

— Luke, levante os olhos ou vou arrancar suas retinas — advertiu Jake.

Lukas sorriu de um jeito malicioso.

— Não é minha culpa se sua namorada é gostosa.

— Lukas, pare de me analisar. É esquisito. Você é um feto.

Parecendo afrontado, Lukas levou as mãos ao peito.

— *Moi*? Vou contar para você que sou cercado de mulheres desde os cinco anos. Tenho muita experiência, gata. Deixe o velhote de lado e vou lhe mostrar o melhor momento de sua vida.

— Você precisa parar de andar com seu irmão. — Ergui o olhar para Jake, encarando-o. — Ele precisa parar de andar com você.

O corpo de Jake sacudiu contra o meu enquanto ele ria baixinho.

— Isso — gesticulou para Lukas — não tem nada a ver comigo. Se eu me comporto desse jeito, me dê um tiro, me dê um tiro agora mesmo.

— *Puf*. — Lukas fez cara feia. — Você gostaria de saber jogar igual a mim.

Jake fechou os olhos, como se sentisse dor.

— Dói, dói fisicamente.

Ri dos dois e cutuquei o peito de Jake.

— Vamos lá. Vamos deixar o jogador jogar.

Dando-me uma piscadela assustadoramente parecida com a que Jake me dera no carro, Lukas se voltou para seus amigos, e meu namorado me levou para o baile. Lacey e Rose correram até nós quando entramos no ginásio escuro, evitando as flâmulas negras e laranja, os cordões e as teias falsas. Uma aranha de papel passou raspando em meu rosto, quase arranhando minha córnea. Eu a afastei com um tapa e acabei tropeçando no pé de Jake.

— Alguém exagerou na decoração — reclamei enquanto Jake me endireitava.

— O que você está usando? — Lacey gritou, e eu me virei nos braços de Jake para dar de cara com os olhos esbugalhados da minha amiga.

— Ai. — Balancei a cabeça, indicando que não era surda.

Lacey estremeceu.

— Desculpe. Mas o que você está vestindo?

— Minha fantasia de policial. Falei para você.

— Mas... achei que seria tipo uma versão de saia. Uma versão com saia bem curta.

Ela gesticulou de maneira significativa para sua fantasia e para a de Rose. Lacey usava uma fantasia de vampira sexy, o vestido era uns bons centímetros acima do joelho, enquanto Rose usava uma fantasia bem curta de enfermeira sexy. Ambas também mostravam decotes generosos. Era incrível que tivessem conseguido passar pelos seguranças, mas, ao analisar o salão, vi que havia vários trajes sexies e muitos professores do sexo masculino parecendo desconfortáveis.

— A calça justa é sexy, posso garantir, mas uma saia é ainda mais.

— Acho que ela está ótima — interferiu Jake.

Lacey revirou os olhos.

— Claro que você acha.

Ela agarrou a mão de Rose e a arrastou para longe. Rose, que nem tivera a chance de dizer oi, me deu um aceno de leve, e seguiu Lacey pela multidão.

— Ei, Jake — uma garota do último ano o cumprimentou quando passamos por ela.

Estava usando a mesma fantasia de enfermeira sexy de Rose.

— Oi — ele lhe deu um breve aceno, mas se voltou para mim.

Ergui uma sobrancelha para ele.

— Você é bom.

— Bom, como?

— Ela lhe deu "o cumprimento" usando uma fantasia de enfermeira safada e você mal pestanejou. Aprecio o esforço que deve ter feito.

Apertei a mão dele.

Mas Jake não riu. Em vez disso, inclinou a cabeça, os lábios roçando minha orelha ao responder.

— Estou com a garota mais bonita do salão em meus braços. Por que olharia para outra?

Estremeci e me inclinei na direção dele, enquanto ele passava os lábios pelo meu pescoço.

— Dança comigo?

Assenti, com a minha garganta embargada de emoção e a percepção imediata de que Jake precisava de pouquíssimo esforço para me deixar excitada. Quando eu namorava Alex, mal sentia alguma coisa. Era como se Jake tivesse ligado meus hormônios.

Enquanto eu dançava com o rosto no ombro de Jake, meu corpo encostado no dele, vi Alex do outro lado do salão. Ele estava com seus amigos atletas, e todos pareciam estar se divertindo. Mas Alex olhava para Jake e para mim de um jeito desamparado, acionando de vez meu botão da culpa. Ele tinha ficado cada vez mais distante nesses últimos dois meses, e Brett se tornara um babaca ainda maior, fazendo comentários maliciosos para Jake e para mim na aula e fora dela. Estávamos nos saindo bem em ignorá-lo, sabendo que Brett estava, de propósito, tentando provocar Jake para uma briga.

Jake não era fácil de ser provocado, especialmente porque era com ele que eu ficava diariamente. A única vez que ele chegou perto de perder a paciência foi quando Brett fez alguns comentários sexuais sobre mim. Tive que puxar Jake e levá-lo até a biblioteca para esfriar a cabeça e esquecer o ocorrido.

A família de Jake também continuava enfrentando problemas em Lanton. Não se sabia ao certo se era Trenton, Brett ou alguma ovelha leal do bando, porém havia alguém fazendo ligações para a casa dos Caplin, os pneus do carro de Logan tinham sido cortados em frente ao Hub's e, pior, a gata da mãe de Jake tinha desaparecido há cinco dias. Não sabíamos se era uma brincadeira de mau gosto, mas minha mãe disse que não duvidava de nada vindo de Trenton Thomas.

Não foi surpresa para mim quando, uma hora mais tarde, Jake se afastou para buscar bebidas para nós, e eu vi Brett encurralar Lukas e seus amigos no fundo do ginásio. Estreitei os olhos, sem gostar de ver Brett e Damien Nixon encarando os garotos do primeiro ano. Onde diabos estava Alex? Em geral, era ele quem controlava o comportamento daqueles caras.

Quando Brett empurrou Lukas, que o encarou, meu estômago revirou.

Brett era realmente um imbecil tão grande assim para mirar no irmão caçula de Jake?

Virei a cabeça para ter certeza de que Jake não tinha visto, e fiquei aliviada ao ver Amanda Reyes conversando com ele, mantendo-o distraído. Com a raiva tomando conta de mim, caminhei até Brett pronta para dar um belo chute em seu traseiro, até ser abruptamente detida por Alex.

Ele não parecia estar se divertindo.

— Não, Charley. Eu cuido do Brett.

Ele girou nos calcanhares, seguido por mais dois amigos, ambos do último ano e do time de futebol. Lukas os viu se aproximar, e eu vi um brilho de medo em seus olhos que odiei. Ele claramente pensava que Alex estava ali para criar mais confusão. Fiquei muito aliviada quando Alex agarrou Brett pelo pescoço, dominando-o. O que quer que ele tenha dito fez Brett empalidecer e acenar com a cabeça. Alex o soltou e o rosto de Brett ficou mais sombrio com a humilhação. Ele fez um sinal para Damien com a cabeça, e eles se afastaram de Lukas.

Quando Brett e Damien seguiram os alunos do último ano até o outro lado do salão, Alex se aproximou de mim.

— Obrigada — falei assim que ele chegou.

Alex assentiu.

— Eu falei para Brett parar com isso. Não ando muito feliz com ele ultimamente. Tentarei impedir que ele cruze seu caminho. — Seu olhar se suavizou. — Você sabe que não quero causar problemas para você, Charley.

— Sei disso. E realmente agradeço por você ter ajudado Lukas.

— Não tem problema. Talvez pudesse dançar comigo mais tarde?

Senti o calor nas minhas costas e então Jake perguntou:

— O que está acontecendo?

Olhei para ele por sobre o ombro e sorri um pouco sem vontade.

— Nada.

Quando o olhar de Jake endureceu, a atmosfera entre nós ficou mais densa. Sentindo o clima, Alex cumprimentou-o com o queixo e me deu um olhar satisfeito antes de cruzar o ginásio atrás de seus amigos.

— Sei quando você está mentindo, Charley.

— Não foi nada. Brett estava amolando Lukas. Eu ia até lá resolver a situação, mas Alex viu o que estava acontecendo e cuidou disso.

Ao ver o músculo da mandíbula de Jake se contrair, percebi que talvez a honestidade, naquele caso, não tivesse sido a melhor política.

— Já chega. Cansei dessa merda. Ele e eu vamos resolver isso.

Definitivamente não foi a melhor política.

— Não. — Agarrei o braço dele, puxando-o mais para perto de mim. — Alex o advertiu, e eles são colegas de time, então tem influência sobre ele. Ele também é amigo dos alunos do último ano e, se Alex pedir, os caras do time não vão proteger Brett. E, sem ninguém como reforço, Brett não é ninguém.

Jake abaixou a cabeça para me olhar fixo, enquanto segurava minha nuca com a mão.

— Não é Alex quem tem que cuidar de alguém que está incomodando minha garota e intimidando meu irmão.

— Jake, você sabe que Brett está procurando uma desculpa para brigar com você. Não dê isso a ele. É um drama do qual não precisamos.

Ele me segurou com mais força.

— Está sugerindo que eu me machucaria em uma briga com Brett?

Fiz uma expressão do tipo "que merda é essa?" e respondi:

— Eu falei isso? Essas palavras saíram da minha boca?

Ele me encarou por um tempo antes de negar com a cabeça.

— Que seja, espertinha. — Jake suspirou, mas meu corpo relaxou quando percebi que ele tinha desistido.

Ele soltou minha nuca e colocou as mãos em meus quadris.

— Onde estão nossas bebidas?

Ele deu de ombros.

— Eu meio que as deixei em algum lugar quando vi você conversando com Alex.

Claro que sim.

Sentindo minha irritação ao ciúme óbvio, ele me puxou para mais perto.

— Gostei da sua fantasia.

— Você já falou isso.

— E falei sério.

Ele me beijou.

Minha irritação derreteu, e me afundei contra ele, abrindo a boca e beijando-o de volta, profundamente. Eu amava o jeito como os dedos dele apertavam meu quadril, quase machucando enquanto se flexionavam com necessidade.

— A-ham.

Um barulho alto de alguém pigarreando uma vez fez com que nos separássemos, e eu encarei uma sorridente Lacey.

— Estamos entediadas, e Alex vai fazer outra festa no gazebo. Vocês vêm?

Aquilo parecia maravilhoso. Só que não.

— Encontramos vocês lá.

Satisfeitas, Lacey e Rose se foram.

Olhando novamente para Jake, vi que ele franzia o cenho.

— Encontramos vocês lá?

Dei de ombros.

— Se eu dissesse que não iríamos, ela teria argumentado comigo até que eu não tivesse outra escolha que não fosse matá-la. — Envolvi os dedos em uma estaca invisível e demonstrei acertando de leve o coração dele. — Minha mentirinha inocente nos livrou pacificamente da vampira.

A expressão de Jake suavizou, e ele sorriu enquanto segurava meu punho com as mãos e puxava meu corpo contra o dele.

— O que vamos fazer, então?

Respondi imediatamente:

— Brenton Fields.

Jake teve que esperar que Brett fosse embora para deixar Lukas sozinho no baile. O sr. Caplin viria buscar Lukas, então pelo menos não tínhamos que nos preocupar com a volta dele para casa. Dirigimos para fora da cidade e fomos para nosso lugar de sempre. Jake deixou o rádio e as luzes ligadas, abriu um cobertor na traseira de Hendrix, e me puxou para dentro.

Deitamos lado a lado, encarando as estrelas, mas não demorou muito até que eu começasse a tremer de frio com minha fantasia não muito quente.

Eu me aconcheguei ao lado de Jake, e ele imediatamente passou um braço ao meu redor, para que eu pudesse descansar a cabeça em seu peito.

— Se estiver com frio, podemos ir embora — murmurou ele baixinho contra meu cabelo.

Sem chance. Se eu estivesse com frio, poderia pensar em um jeito muito melhor de lidar com o problema. Sentindo o formigamento familiar que só Jake parecia incitar, virei a cabeça um pouco e sussurrei:

— Você acha que as garotas que dormiram com você são putas?

Senti Jake ficar tenso ao meu lado. Não achei que ele fosse responder, mas, por fim, ele disse:

— Primeiro, a história é mais por eu ter começado cedo do que se dormi com muitas garotas. Meu amigo e eu, ainda em Chicago, fomos precoces com essa coisa, mas não foram tantas garotas quanto as pessoas falam. Ok? E, segundo, não. Por que você pensaria isso?

— Porque elas estavam obviamente ansiosas e cederam fácil. E você não deu a mínima para elas depois disso. *Eu* não acho que eram putas. Acho que, se os garotos podem fazer isso, as garotas também deveriam poder. Mas não sei como *você* se sente a respeito. Quero dizer, fiz você se esforçar por um beijo, e aqui estamos.

O peito dele retumbou sob minhas bochechas quando ele riu.

— Estou aqui porque você me faz rir. Você nunca me entedia. Você me surpreende. É por isso. Não porque me fez me esforçar por isso. — Ele acariciou meu braço com suavidade e perguntou: — De onde veio isso?

O frio na barriga apareceu de repente, esfriando meu estômago de ansiedade.

— Eu só... você tem levado as coisas devagar comigo, e eu não sei se... eu não tinha certeza se você me acharia uma puta se eu dissesse que quero acelerar um pouco.

Ele inspirou fundo.

— Não acho que uma garota é puta por querer sexo, Charley. Isso *me* faria um puto e, francamente, fico um pouco ofendido pela palavra — provocou ele, a voz rouca pelo que eu acabara de dizer. Quando não falei nada, Jake passou os dedos pela linha da cintura e perguntou, denso: — Acelerar as coisas como?

Querendo encará-lo para falar isso, eu ergui o corpo, uma mão apoiada na traseira da caminhonete, a outra ainda apoiada em seu peito:

— Eu não acho que estou pronta para fazer sexo... mas quero mais de você.

Os olhos de Jake escureceram, suas pálpebras fechando levemente quando seu olhar foi para minha boca.

— Mais como?

Inclinei a cabeça, levando os lábios perto dos dele.

— O que vem antes do sexo?

— Muita coisa.

Inclinei a cabeça, sorrindo para disfarçar o fato de que eu estava nervosa. Eu estava nervosa, mas também tinha certeza.

— Então me mostre muita coisa.

Jake precisou de dois segundos para registrar as palavras antes de rolar sobre mim, sua boca dura na minha. Meus braços deslizaram ao redor de seu corpo, e eu abri as pernas para deixá-lo mergulhar mais fundo em mim. Ao sentir a ereção de Jake cutucar por entre minhas pernas, arfei em sua boca, e meus dedos seguraram seus cabelos. A garganta dele reverberou em mim, e eu ergui um pouco os quadris, gostando das ondas de prazer que passavam por mim enquanto ele se esfregava contra meu corpo.

Então, a mão dele deixou minha cintura e pegou meu seio por sobre o sutiã. Estremeci um pouco pela surpresa. Eu nunca deixara Alex chegar perto o bastante para fazer nada daquilo. Eu nunca quis. Mas, com Jake, começara a fantasiar.

O toque dele na vida real era infinitamente melhor.

Jake interrompeu nosso beijo.

— Quero tocar você.

Ele puxou a parte de baixo da minha camisa com gentileza, sua hesitação era uma pergunta. Assenti, meus olhos fixos em seu rosto e na intensidade de sua expressão. Toda aquela concentração, toda aquela necessidade era por mim.

Aquilo fazia com que eu me sentisse estranhamente poderosa e no controle.

Tremendo, mas não de frio desta vez, esperei impaciente enquanto Jake abria os botões da minha camisa, separando-os gentilmente, até que fiquei quase nua, exceto pelo sutiã. Para minha surpresa, meus mamilos endureceram sob seu olhar, algo que jamais me acontecera antes. Aquela dureza entre minhas pernas era como uma provocação, e meus quadris ondularam embaixo de Jake, em um pedido silencioso por mais.

Ele inspirou fundo e colocou pressão no meu quadril esquerdo com a palma da mão.

— Calma, amor. Se continuar fazendo isso, não vou me controlar.

Fiquei tensa, sentindo-me insegura de repente.

— Sinto muito.

— Não sinta — ele sussurrou rouco, e me beijou com suavidade. — Jamais se desculpe. — Ele apoiou a mão sobre minha barriga nua. — Posso vê-la?

Sabendo exatamente o que ele queria dizer, inspirei fundo. Eu queria aquilo, queria, mas não significava que eu não estivesse preocupada pelo quão atraente ele me acharia nua. Passando a língua pelos lábios secos, assenti novamente e levei a mão para soltar o fecho dianteiro do sutiã.

Hesitante, Jake afastou o tecido, e o ar frio soprou sobre meus seios desnudos, meus mamilos se transformando em pontas impossivelmente duras. Senti Jake ficar ainda mais grosso entre minhas pernas.

— Caralho — murmurou ele enquanto segurava meus seios com cuidado, seu toque me adorando. — Você é tão linda.

Arqueei o corpo de encontro à sua mão, querendo mais, querendo pressão... ou alguma coisa.

— Jake. — Me contorci, desejando saber o que eu queria, para poder pedir para ele.

Não importava, já que Jake pareceu adivinhar muito bem.

Ele esmagou a boca contra a minha, seu beijo faminto e molhado, e apertou meus seios gentilmente, enviando jatos de sensações direto para meu âmago. Gritei em sua boca, erguendo os quadris novamente, empurrando o corpo contra sua ereção, querendo pressão *ali*.

Jake grunhiu, seus lábios movendo-se da minha boca, descendo pelo meu pescoço e peito até chegar no mamilo direito. Ele soprou sua respiração quente, e pude sentir meu mamilo se enrugar.

— Isso — sussurrei, e então suspirei quando ele pegou meu seio na boca, sugando-o com tanta força que o prazer entre minhas pernas se tornou quase insuportável. — Jake. — Agarrei seus cabelos. — Por favor.

Ele levantou a cabeça, e suas feições estavam tensas, sua respiração pesada, rápida, enquanto ele se apoiava nos braços, as mãos em cada um dos lados da minha cabeça. Ele empurrou o corpo de repente, e sua ereção se chocou contra mim. Ao meu suspiro de prazer, Jake começou a mexer os quadris, esfregando com mais força, mas torturantemente devagar.

— Você já teve um orgasmo, amor? — perguntou ele baixinho, a voz tão carregada de sexo que mal a reconheci.

— O quê? — arfei novamente, tentando recuperar o fôlego.

— Você já se deu prazer?

Minhas bochechas coraram e eu neguei com a cabeça.

— Não.

— Posso fazer você gozar?

— Você precisa perguntar? — gemi.

Jake achou o que eu disse divertido. Eu não. Eu estava impaciente demais para descobrir o que meu corpo tentava alcançar.

Ele parou de se mover contra mim, e eu imediatamente franzi o cenho.

— O que está fazendo?

Em resposta, Jake levou a mão até o botão da minha calça. Felizmente, eu tinha tirado o cinto com as algemas antes de subir na traseira da caminhonete, então não tínhamos obstáculos para nos atrapalhar.

— Está tudo bem? — ele perguntou baixinho, desabotoando minha calça.

Eu tinha que admitir que gostava que ele ficasse conferindo para ter certeza de que eu estava bem.

— Sim, amor — sussurrei para ele, e vi seus olhos arderem de carinho. Era a primeira vez que eu dizia aquilo.

Ele me beijou enquanto seus dedos abaixavam meu zíper, o som anormalmente alto na noite silenciosa. Meus quadris se ergueram ao toque de seus dedos sobre a linha da minha calcinha, e eu pude sentir Jake hesitar. Ele começou a tirar a mão, mas eu agarrei sua nuca e o beijei com mais força. Enquanto nossa língua se enroscava, o beijo mais profundo que já tínhamos partilhado, a mão de Jake escorregou para dentro da minha calcinha, e ele pressionou os dedos, apoiando-os em meu clitóris.

As sensações me fizeram gritar. Nossa boca se separou enquanto eu o encarava, surpresa.

Ele apoiou a testa na minha, os olhos fechados, e começou a mover os dedos sobre meu clitóris. A tensão na minha barriga aumentou, e eu soltei um gemido arranhado.

— É isso — ele murmurou contra minha boca —, é isso, amor.

Empurrei o corpo contra os dedos dele, meus dedos mergulhando em sua cintura enquanto eu o agarrava com força e o deixava levar meu corpo até algo maravilhoso.

Não demorou muito para a tensão se desfazer e as luzes brilharem diante dos meus olhos, enquanto eu arqueava as costas e depois desmoronava, meu corpo tremendo contra o dele enquanto experimentava meu primeiro orgasmo.

Era um mundo todo novo.

De volta à Terra, tentei recuperar o fôlego enquanto meu coração batia como louco contra minhas costelas. O sangue corria em meus ouvidos, abafando todos os outros sons.

Jake me beijou, roçando em meus lábios, depois no meu queixo, na base do meu pescoço, e depois parando em meus seios. Preguiçosamente, porque meu corpo estava completamente gelatinizado e lânguido, passei os dedos pelos cabelos dele enquanto ele brincava com meus seios e lambia meus mamilos, enviando belos tremores e pequenos choques por todo o meu corpo.

— Obrigada — sussurrei, e a cabeça de Jake imediatamente se levantou.

Ele balançou a cabeça, a expressão apaixonada.

— Não, amor... eu que agradeço.

Adorando aquilo, e querendo compensá-lo, empurrei o corpo contra o dele, e o movimento surpreendeu Jake, que me permitiu colocá-lo de costas. Quando rolei sobre ele, meus seios pareciam hipnotizá-lo, e ele imediatamente estendeu as mãos para segurá-los.

Fechei os olhos com o prazer que o roçar de seus polegares sobre meus mamilos causava, e precisei de um minuto para sair daquele encanto sobre o qual ele me tomara.

— Não, Jake — murmurei, me afastando. — Agora é sua vez.

— Charley — a voz dele falhava de desejo —, você não precisa fazer isso. Esta noite é para você. Não temos que fazer tudo de uma vez.

— Mas eu quero ver você.

Jake fechou os olhos, como se sentisse dor.

— Você vai me matar.

Sorri e me inclinei para sussurrar sobre seus lábios.

— Mas antes temos um caminho a percorrer.

Ele estendeu a mão para acariciar meu rosto, sua expressão parecendo um pouco impressionada.

— Você é incrível. Sabe disso, certo?

Suas palavras penetraram em meu peito e se aninharam na sensação que vivia ali, aquela sensação de que pertencia a ele e a ninguém mais.

— Você me faz sentir incrível, Jake. Você me faz sentir como se eu pudesse ser apenas eu. Nunca confiei em ninguém como confio em você.

Abruptamente, Jake se sentou e passou os braços ao redor da minha cintura, puxando-me com força contra seu peito.

— Sinto o mesmo em relação a você.

— Ótimo. — Mordisquei seu lábio inferior e sorri contra sua boca. — Posso vê-lo? — repeti as palavras dele.

Jake assentiu devagar.

Seus braços me soltaram, para que eu pudesse sair de seu colo e me apoiar em suas coxas. A arrogância pareceu voltar, e Jake casualmente inclinou o corpo para trás, apoiando-se na palma das mãos, e me encarou como se dissesse: "Então?"

Estreitei os olhos, o que o fez sorrir.

Minha cara feia de mentira desapareceu, derretendo com seu charme. Sorri de volta e olhei para sua virilha, onde sua ereção pressionava o jeans. De repente, sentindo a boca um pouco seca novamente, não foi surpresa quando minhas mãos tremeram ao abrir seu zíper.

Jake percebeu.

— Amor, não temos que fazer isso esta noite.

— Eu quero — garanti para ele.

Atribuí o tremor a não querer desapontá-lo, mas deixei essa ideia de lado assim que olhei nos olhos de Jake. Eu confiava em mim quando estava com ele. Confiava nele comigo. Ele nunca faria com que eu me sentisse mal ao meu respeito.

Quando enfiei a mão por debaixo da cueca boxer dele, seu abdômen se contraiu. Meu coração batia enlouquecido quando segurei sua ereção quente, sedosa, mas pulsante, na mão.

Apertei gentilmente, testando o ambiente, e Jake gemeu. Incentivada pela tensão sexual em sua feição e pelo ardor escuro em seus olhos, tirei-o e o encarei.

Então era assim que parecia. Uau.

A ereção vermelho-arroxeada, com a cabeça que parecia um cogumelo, era tão grande, que imediatamente me perguntei como essa coisa em algum momento caberia dentro de mim. Minha mente vagou por um instante e meu estômago se apertou de nervoso, mas o som da voz áspera de Jake me pedindo para acariciá-lo me trouxe de volta ao presente.

Enquanto olhava Jake me observar, seus quadris se moviam de encontro ao movimento da minha mão, e o rosto dele corava de paixão intensificada. Sua respiração ficava cada vez mais rápida, e ele começou a ofegar. Testemunhar a excitação dele e saber que eu era a causa daquilo era quase tão bom quanto o que ele fizera comigo. Acontece que eu não tinha com o que me preocupar em relação a fazer a coisa certa. Entendi a brincadeira rapidamente e, para ser sincera, Jake pareceu se satisfazer com facilidade.

Quando Jake gozou e lambuzou minha mão com aquela coisa grudenta, meus olhos ficaram tão arregalados que ele ainda estava se divertindo com a situação quando me levou para casa. No entanto, aguentei a provocação dele, sabendo que encontraria um jeito de fazê-lo me pagar por aquilo.

Mais tarde, antes de sair do carro, minhas mãos já estavam suadas só de pensar em ver meus pais. Eu esperava que eles não percebessem a falta de inocência em meus olhos. Jake me puxou para perto e me beijou. Também esperava que meus pais não estivessem nos espiando, porque o jeito como Jake me beijou... bom... era bem revelador. Era sexual. Era possessivo. Era diferente de qualquer beijo que tínhamos dado antes, porque nosso relacionamento tinha mudado.

Éramos realmente íntimos agora.

Uma emoção percorreu meu corpo quando me afastei dele e sorri.

Devia me assustar com o tanto que eu era louca por aquele garoto. Mas eu não estava assustada, porque tinha a certeza reconfortante de que Jake Caplin era igualmente louco por mim.

9

Edimburgo, Halloween de 2012

O mês de outubro passou voando. Quando eu não estava com a cabeça enfiada no notebook e a mente embaçada com bebidas energéticas, saía com Cláudia ou de vez em quando com nossas colegas de quarto, ia a festinhas nos apartamentos do nosso prédio ou saía com o pessoal do The Stolen e assistia aos shows que eles conseguiam marcar. As coisas com Jake estavam melhores, em especial quando éramos apenas nós dois. Eu tomava café com ele pelo menos uma vez por semana, e íamos à academia juntos três vezes por semana. Ainda havia aquela distância entre nós, mas conseguíamos brincar para tentar encobri-la. Sempre que o grupo todo estava junto, no entanto, era um pouco mais tenso, principalmente por causa de Melissa.

Nesses momentos, o restante do pessoal fazia o melhor possível para me distrair — ou eu ficava vendo a amizade bizarra entre Cláudia e Beck, tão densa de química sexual que todos esperavam que a coisa toda explodisse, ou paquerava Lowe, ou via Lowe paquerar alguém, ou então ríamos de alguma besteira socialmente desajustada que Matt dizia. Beck e Lowe saíam o tempo todo com garotas, o que definitivamente não me incomodava, e não *parecia* incomodar Cláudia, então não era constrangedor. Mas, com frequência, eu me perguntava se Beck estava tentando conseguir uma reação de Claud. Havia alguma coisa no jeito como ele a analisava quando achava que ela não estava ciente do seu olhar.

Eu não iria interferir. Minha vida romântica era uma bagunça. Eu não tinha o direito de me meter na de ninguém.

— Não acredito que deixei você me convencer a fazer isso. Isso não é para mim. Sem mencionar o fato de que tenho que entregar um artigo em três dias e só escrevi cinquenta palavras.

Dei as costas para o espelho no quarto de Cláudia, com os punhos apoiados na cintura e as pernas abertas. Era uma escolha infeliz de linguagem corporal, considerando minha fantasia, e Cláudia imediatamente caiu na gargalhada.

Eu estava vestida de Supergirl.

Cláudia era a Mulher-Maravilha.

As fantasias eram ridículas e mostravam muito mais pele do que qualquer uma de nós estava acostumada. Ocorreu-me que ela podia estar tentando mostrar algo para *alguém*, e fui arrastada para dentro da coisa toda para que ela tivesse alguém com quem compartilhar a vergonha. Mesmo assim... olhei para o bustiê vermelho e dourado e para o short justo azul estrelado dela, e cheguei à conclusão de que o top, a minissaia e a capa que eu usava poderiam ser piores.

— Não podemos sair assim — gemi, olhando novamente para o espelho. — Se me tornar uma policial, e fotos minhas vestida assim vazarem, eu não vou sobreviver.

Cláudia fez uma careta.

— É só nisso que você pensa? Temos vinte anos e somos gostosas. O Halloween é a única noite do ano em que podemos nos sentir livres para mostrar os peitos e as pernas. E nossas fantasias são fofas. Mais ainda, precisamos disso. Os caras são legais, e tudo mais, mas já estamos saindo com eles há quase seis semanas. Eles já arranjaram um monte de romances temporários, e nós estamos na seca, sem ninguém. Até agora. Esta noite é nossa.

— Prometemos aos caras que iríamos assistir ao show deles.

Cláudia deu de ombros.

— Ficamos lá um tempo. Depois vamos para a festa. — Ela me deu um olhar aguçado. — Será bom para você sair com alguém que não seja Lowe ou Jake. Em especial, que não seja Jake. Não consigo imaginar como Melissa se sente sobre vocês dois passando o tempo juntos. — Claud estreitou os olhos. — Imagino que Jake não tenha contado para ela. Ela é tão legal com você. Ou isso, ou ela é realmente uma boa atriz. Ela não olha para você como se quisesse matá-la. Não fez isso nenhuma vez.

— Porque Melissa *é legal*.

Cláudia bufou.

— Você soa como se legal fosse algo ruim.

— Não é uma coisa ruim. Só somos diferentes. Eu não vejo como Jake pode ter me amado quando está apaixonado por alguém que é completamente o oposto de mim.

Estremeci assim que disse isso em voz alta. Era algo que estava na minha cabeça nas últimas semanas, remexendo minhas entranhas. Melissa e eu éramos tão diferentes que eu começava a pensar que não poderia ser possível que Jake tivesse se apaixonado por mim. Minhas lembranças, no entanto... bem, elas gostavam de discutir com esse pensamento tóxico.

— Você também é legal, Charley. Só que Melissa é quieta e reservada.

— E eu sou barulhenta e desagradável?

— Não. — Cláudia deu uma gargalhada. — Você é confiante e é espertinha.

Fiz uma careta.

— Eu gostaria que as pessoas parassem de me chamar assim.

— Então pare de ser espertinha.

Enruguei o nariz para ela e voltei a olhar o espelho.

— Eu me sinto nua.

Cláudia parou ao meu lado e apoiou o queixo no meu ombro. Sorriu, feliz.

— Aaron vai morrer quando vir você. — Levantou a cabeça e alisou o cabelo com a mão. — Zach vai morrer quando me vir.

Há alguns dias, Cláudia e eu estávamos no Library Bar, no Teviot, quando esses dois caras se sentaram à nossa frente e começaram a conversar. Ambos eram do sul da Inglaterra e tinham sotaques muito bacanas e muito sensuais. Eram inteligentes, engraçados, fofos e muita paquera tinha rolado entre as mesas. Acontece que eles eram alunos do último ano e moravam em um dos apartamentos mais elegantes ao lado do *campus* principal, logo depois de The Meadows — o parque localizado atrás da universidade.

Por sorte, eu achara que Aaron era engraçado, e Cláudia achara que Zach era charmoso e vice-versa, então não houve briga sobre quem estava interessado em quem. Os caras nos convidaram para a festa de Halloween deles e, antes que eu pudesse dizer qualquer coisa, Cláudia aceitou por nós duas, pegando o número dos celulares deles também. De certo modo, eu teria me sentido muito mais confortável com a fantasia de Supergirl se fôssemos direto para a festa. Era a parada no Milk, no caminho, que me deixava nervosa.

E eu tinha todo o direito de estar nervosa.

Aparecemos no bar, e ninguém estava fantasiado — nem mesmo um pouquinho. Nem mesmo Rowena ou Melissa.

Atravessamos o bar, tentando ignorar os sorrisos e assobios de rapazes e garotas desconhecidos, e eu lutei para impedir meu rosto de corar. Cláudia deu uma risadinha quando viu meu olhar fulminante. Ela aproveitou ao máximo a cena que estávamos criando, colocando o braço ao redor da minha cintura e rebolando um pouco mais os quadris.

O brilho travesso em seus olhos fez com que eu me soltasse um pouco, e dei risada, deixando-a me apertar mais. Enquanto eu fazia o melhor possível para fingir que me sentia tão atrevida quanto parecia, os assobios fizeram com que Denver — que conversava com Rowena

— levantasse a cabeça. Seus olhos se arregalaram quando nos viu. Li seus lábios enquanto a expressão "Santo Cristo" saía de sua boca, e isso chamou a atenção do grupo todo, incluindo Jake e Melissa.

Fiz o máximo para evitar contato visual com Jake. Em vez disso, observei as expressões boquiabertas dos caras. Era bem engraçado. De vez em quando, os caras eram tão fáceis.

— Papai Noel finalmente recebeu minha carta — disse Beck, enquanto a imagem de Cláudia vestida de Mulher-Maravilha ficava gravada em suas retinas.

— Precisamos mandar uma caixa de cerveja para o gorducho — acrescentou Lowe, com os olhos nas minhas pernas.

— Não vou precisar dos meus pornôs esta noite — informou-nos Matt.

— Ah, Matt — Cláudia e eu resmungamos, enquanto Beck dava um tapa na cabeça do rapaz.

— O que foi? — exclamou Matt, esfregando a cabeça. — Isso foi um elogio.

— É muito grosseiro.

Lowe sorriu, balançando a cabeça para ele.

— Vocês todos estão pensando nisso.

Beck o encarou.

— Mas Claud e Charley não precisam ouvir essa merda em voz alta.

— Para que as fantasias? — perguntou Denver, sorrindo para nós. — Além de nos proporcionar fantasias masturbatórias.

Fiz uma careta.

— Obrigada por isso, Beck. E, Denver, as fantasias são para uma festa *à fantasia*.

— Festa? — Beck perguntou para Cláudia antes de tomar um gole de cerveja e se sentar à mesa.

— Fomos convidadas para uma festa em Simpson Loan, atrás da universidade, então só podemos ficar um pouco. Vou mandar o endereço para vocês, por mensagem, se quiserem aparecer lá depois do show.

— Claro. — Lowe assentiu e me encarou. — Tenho a sensação de que só vou conseguir ver isso uma vez na vida, então vou aproveitar o máximo.

— Eu também — concordou Beck, dando-nos um sorriso largo. Ele olhou casualmente para Jake e Melissa. — Vocês vão conosco?

Melissa olhou para Jake, esperando que ele respondesse, e ele assentiu.

— Claro. — Sentindo meu olhar, Jake me olhou. Eu tinha que admitir que estava um pouco desapontada por ele não fazer a análise quase em raio-x que Lowe e Beck fizeram. Em vez disso, ele torceu a boca. — Supergirl? Finalmente aceitou, hein?

Revirei os olhos diante do sorriso bobo dele.

— Cláudia queria ser a Mulher-Maravilha, e achou que seria engraçado. É muito difícil ignorá-la quando ela quer alguma coisa.

— Ela deve ser muito persuasiva.

Eu podia ver que ele estava morrendo de vontade de rir de mim.

— Por quê? — Melissa perguntou baixinho, uma pequena ruga entre suas sobrancelhas.

Jake não tirou os olhos de mim quando respondeu.

— Porque Charley tem o apelido de Supergirl desde que tinha catorze anos, e não gosta muito. Além disso, ela nunca usa saia. Cláudia conseguiu realizar um milagre.

Embora Jake não tivesse visto, percebi a inquietude na expressão de Melissa e entendi o que aquilo queria dizer. Ela não gostava de lembrar que Jake me conhecia tão bem. Eu não gostava, tampouco, mas por um motivo totalmente diferente.

— Por que seu apelido era Supergirl? — Lowe perguntou com curiosidade.

— Porque...

— Jacob Caplin, se contar essa história, eu mato você — rosnei.

Assim como quando éramos mais jovens, Jake achou o rosnado fofo em vez de ameaçador, e ignorou meu aviso.

— Charley se jogou na frente da irmã mais velha, diante de uma SUV, quando tinha catorze anos, e recebeu todo o impacto do carro. Quebrou a perna e as costelas. A cidade começou a chamá-la de Supergirl.

— Por que você não quer que as pessoas saibam dessa história? — Rowena parecia tão confusa quanto o resto do grupo. — É uma história ótima.

— Porque as pessoas fazem um auê por causa disso, e qualquer um teria feito o mesmo.

— Não, qualquer um, não — argumentou Rowena.

Em vez de olhar para ela, encarei Jake de modo sombrio, mas ele só deu uma gargalhada. Irritada com ele, decidi esfriar a cabeça no bar. Peguei os pedidos de bebidas de todos e ignorei os comentários dos outros clientes — fossem imorais ou provocadores.

Eu só estava parada na fila para ser servida por apenas um minuto quando senti um corpo quente se aproximar de mim. Quando virei a cabeça, fiquei surpresa em encontrar Melissa ali, parada, olhando para mim. Eu não conseguia decifrar a expressão dela.

— Você não está facilitando — ela me disse baixinho, com naturalidade.

Engoli em seco, sentindo-me, de repente, com muito calor em minha fantasia. Com a garganta seca, resmunguei:

— Como?

Ela suspirou e afastou os olhos.

— Você foi o primeiro amor dele e salva pessoas se jogando na frente de carros, e quer ser policial, e é inteligente, e é confiante, e tem todos os caras comendo na palma da sua mão toda vez que abre a boca... e agora passou de bonita para a fantasia de todo cara em uma roupa de super-heroína. Eu quero odiar você, Charley. — Os olhos dela voltaram a me encarar. — Eu realmente quero odiar você, mas não posso, porque sei que foi Jake quem agiu errado. E talvez isso também seja parte do problema.

Ao ver a dor real e a preocupação na expressão de Melissa, senti a necessidade de tranquilizá-la de alguma forma. Por mais que me doesse admitir aquilo para ela, me peguei dizendo:

— Não há mais nada romântico entre nós. Segundo Beck, você ajudou Jake a superar o que aconteceu. Ele não me deixaria fazer isso por ele. Acho que isso diz o bastante. É você quem ele ama. — A cada palavra, parecia que um pedaço de mim estava sendo arrancado, mas consegui dar um sorriso falso e despreocupado. — Quanto a mim, tenho um compromisso marcado com um aluno do último ano, gostosão, com um sotaque bacana, então estamos bem.

Melissa me observou. Mantive o sorriso leve até que ela finalmente me deu um sorriso trêmulo em resposta. Ficou comigo enquanto eu pedia as bebidas e me ajudou a levá-las para a mesa. Todo o tempo que passamos conversando do outro lado do bar, senti os olhos de Jake ardendo na nossa direção. Nenhuma vez eu o encarei. Tinha medo de que, se o deixasse olhar nos meus olhos, ele veria que eu estava bem perto de desmoronar.

Foi por isso que, quando me sentei ao lado de Cláudia com nossas bebidas, eu me inclinei para ela e murmurei em seu ouvido que queria sair mais cedo para ir para a festa.

— Você está bem? — sussurrou ela, observando meu rosto.

Confirmei sutilmente com a cabeça.

— Não quero ficar aqui.

Cláudia apertou minha mão embaixo da mesa, compreendendo imediatamente.

— Vamos terminar de tomar isso e já vamos.

Os caras pareceram um pouco confusos quando dissemos que não ficaríamos para ver o show deles, mas prometemos que compensaríamos da próxima vez. Cláudia deu o endereço da festa para eles, e disseram que nos encontrariam lá mais tarde.Não olhei para Jake. Nenhuma vez.

A visão do ar apreciativo de Aaron quando chegamos à festa era um bálsamo calmante na queimadura em meu peito causada pela conversa que tive com Melissa anteriormente. Em uma tentativa de me livrar completamente daquele sentimento, fiquei bêbada. Cláudia seguiu pelo mesmo caminho.

Estávamos nos divertindo muito, rindo e dançando, nós quatro em nossa própria bolha em meio à festa lotada. O apartamento era bem chique, com uma sala de estar e cozinha em plano aberto, janelas de vidro do teto ao chão, e portas deslizantes que levavam até uma sacada grande o bastante para conter uma boa quantidade de pessoas. Tudo isso, mais comida e bebida de graça? Não era de estranhar que o local estivesse cheio de gente, a maioria fantasiada. Isso fez com que Cláudia e eu nos sentíssemos menos deslocadas. Aaron e Zack estavam com ternos escuros, chapéus e óculos de sol — os Blue Brothers. Eu achei aquilo bem bacana.

Bêbada, eu achava tudo bem bacana.

Umas boas horas mais tarde, Cláudia desapareceu com Zach, deixando-me com Aaron em um canto do imenso sofá em forma de L. Quando ele começou a me beijar e eu deixei. Eu estava bêbada, tonta, magoada e confusa, e seus beijos e seu toque me fizeram esquecer tudo aquilo. O beijo se aprofundou, e eu segurei o rosto de Aaron entre as mãos, mantendo-o perto de mim, pedindo em silêncio que ele continuasse. Ele beijava muito bem, e o jeito como acariciava meu braço com a ponta dos dedos era muito bom.

— Uau — ele murmurou contra meus lábios, quando finalmente me soltou para respirar.

Eu sorri. Um pouco envergonhada por estarmos nos pegando em público. Virei a cabeça para ter certeza de que ninguém estava olhando, e senti meus músculos travarem quando vi Jake do outro lado da sala com Melissa. Minha vista clareou, de repente fiquei sóbria. Ele me encarava, o rosto estava inexpressivo. Meu estômago saltou quando ele desviou o olhar e franziu o cenho para algo que Melissa lhe dizia.

— Ei, Charley — a voz de Beck me chamou de cima. Virei o corpo para vê-lo parado atrás do sofá. — Acabamos de chegar. Sabe onde está Cláudia?

Neguei com a cabeça, franzindo o cenho.

— Não a vejo há algum tempo. Ela não está por aí?

Ele balançou a cabeça.

— Vamos procurá-la.

Uma mão segurou minha perna, e olhei novamente para Aaron.

— Ela vai ficar bem.

— Volto logo — prometi e me levantei, segurando a mão de Beck, que me ajudou a dar a volta no sofá.

— Vocês duas beberam muito? — ele me perguntou, franzindo a testa.

— Estávamos só nos divertindo.

— Com um bando de caras que vocês não conhecem.

— Nós não conhecíamos vocês — argumentei.

Ele me deu um olhar sério de canto de olho, mas não falou nada. Procuramos na sacada e no banheiro, mas nada de Cláudia. Comecei a ficar um pouco preocupada. Cláudia não era o tipo de garota que se trancava em um quarto com um cara que mal conhecia, então segui pelo corredor, na direção dos quartos, com determinação renovada de encontrá-la.

Quando eu estava prestes a parar no primeiro quarto, a porta do segundo quarto se abriu. Cláudia saiu rindo para alguém que estava atrás dela, ajustando o bustiê e o cabelo.

— Achei que não fosse conseguir colocar isso de volta. — Ela riu, ainda sem se dar conta da nossa presença.

— Sou um mestre com roupas femininas. — Zach sorriu enquanto saía do quarto.

Ele levantou o queixo quando nos viu e, ao notar a expressão dele, Cláudia deu meia-volta e quase deu um pulo com a surpresa.

Levantei uma sobrancelha para ela, totalmente surpresa que ela tivesse ido tão longe com Zach, a ponto de tirar a roupa. Era incomum para ela, e percebi que estava tão ocupada com meus próprios problemas que ignorei completamente o fato de que Cláudia também estava enfrentando algumas coisas. A tensão desapareceu magicamente de seu corpo, ela deu um sorriso sedutor para Beck e disse:

— O quê? Foi *você* quem disse que eu era uma boa garota. Não eu. — Ela corou ao passar por nós, e um confuso Zach a seguiu.

Eu precisava ter uma conversa muito séria com minha amiga.

Sentindo a tensão de Beck atrás de mim, olhei para ele. A mandíbula dele estava tensa e sua mão apertava tanto a garrafa de cerveja que ele teve sorte em não quebrá-la.

— Beck... — Eu não sabia o que dizer porque, sinceramente, não sabia o que estava acontecendo entre eles.

Mas bem que eu poderia ser um fantasma.

— Foda-se — murmurou Beck.

Ele deu meia-volta e voltou para a festa sem dizer nada.

Assim que me recuperei da surpresa com a cena confusa, voltei para a festa e encontrei Beck pressionando uma garota contra a parede, jogando o maior charme. Aquele garoto se movia mais rápido que uma chita.

— Charley!

Braços fortes me envolveram e tiraram meus pés do chão enquanto Matt me dava um abraço de urso. Quando ele me colocou de volta no chão, me peguei parada ao lado de Jake e Melissa.

Ótimo.

E Jake não olhava para mim.

Duplamente ótimo.

— Está se divertindo, Supergirl? — Matt deu uma piscadinha, passando os olhos por mim novamente.

— Vou me divertir, assim que você me der uma cerveja.

Por fim, Jake me honrou com sua atenção.

— Não acha que já bebeu o bastante?

Qual é o seu problema? Não sou sua namorada! Sua namorada está paradinha aí do seu lado. Sou a garota que você chutou, lembra?

— Não, pai, ainda não — respondi, meus lábios moles e bêbados prestes a soltar um insulto quando braços envolveram minha cintura e me puxaram contra um peito forte. Aaron.

— Preciso roubar a Supergirl um pouco — ele disse para o grupo, com o riso na voz. — Ela precisa me resgatar de uma situação terrível...

Dei uma gargalhada e deixei que ele me levasse, esperando que isso irritasse o maldito Jake. Mas a inquietude tomou conta de mim quase imediatamente, quando Aaron me levou pelo corredor até o quarto número um.

Puxei sua mão e ele me olhou por sobre o ombro.

— O que foi?

— Não vou entrar aí com você.

Neguei com a cabeça e tentei soltar minha mão da dele, mas Aaron me segurou firme.

— Vamos lá, Charley. Se solte um pouco comigo.

Irritada com a insistência dele e irritada comigo por dar a impressão errada, puxei a mão com força.

— Não vou dormir com você.

O rosto bonito de Aaron ficou sombrio.

— Está brincando comigo? Desperdicei a noite com você. Eu achava que estava claro que isso ia acabar em uma foda.

Meus ouvidos doeram com a honestidade brutal dele, então não respondi.

Ele suspirou fundo e se afastou de mim, deixando-me parada ali, sentindo-me burra e sem valor. Pela manhã, eu ficaria chateada por deixá-lo fazer com que me sentisse assim, mas naquele momento eu estava bêbada demais para afastar meus sentimentos sombrios.

Quando voltei para a sala, Beck estava dando uns amassos em uma garota qualquer, e Denver, Rowena, Jake e Melissa não estavam em parte alguma.

Lowe e Matt estavam conversando e bebendo na mesa da cozinha.

Lowe deu seu sorriso sedutor e sexy quando me aproximei.

— Gata, você está me matando com essa fantasia. Deveria usar saias mais vezes. Suas pernas são lindas.

Bêbada, eu me acomodei ao lado dele, inclinando a cabeça em seu ombro.

— Obrigada — murmurei.

Ele colocou o braço ao redor de mim, me abraçando.

— Você está bem?

Ouvindo a preocupação em sua voz, pressionei ainda mais o corpo contra o dele, tentando me enterrar no conforto que ele me dava pelo simples fato de ser ele.

— Estou bem. Aonde foi todo mundo?

Foi Matt quem respondeu, parecendo um pouco desajeitado.

— Depois que você foi embora com o babaca inglês, Jake ficou meio mal-humorado. Mel percebeu. Eles começaram a discutir e foram embora. Den e Row ficaram entediados e foram embora também.

Fiquei um pouco mais atordoada com a insinuação nada sutil de Matt de que eu causara algum tipo de briga entre Melissa e Jake. Mas não era só a insinuação. Era a ideia de que Jake tinha ficado chateado por eu estar com outro cara. Que diabos aquilo significava? E o que ele estava tentando fazer?

Lowe me abraçou mais apertado.

— Não se preocupe com isso, gata. — Ele suspirou. — Esta festa está terrível, e eu estou exausto. Quer que acompanhemos vocês até em casa?

Assenti. Sim. Eu queria dar o fora dali para poder cair na cama e esquecer tudo o que acontecera naquela noite.

— Deixe-me encontrar Claud primeiro.

Encontrei minha amiga na sacada com Zach e mais dois amigos dele. Puxei Cláudia de lado e lhe disse que queria ir embora.

— Ok, vamos, sim — ela me assegurou.

Eu a encarei.

— Não ache que não vamos conversar sobre o que aconteceu com você.

— Agora não.

Ela acenou para deixar aquilo para lá e disse boa-noite para Zach.

Ao ver que nos preparávamos para partir com Lowe e Matt, Beck abandonou a garota com quem estava e nos seguiu para fora do apartamento. Quando chegamos na rua, fiquei feliz por ter álcool suficiente no corpo para me manter aquecida do frio congelante.

— Você pode não estar sentindo frio, mas está com frio — disse Lowe, puxando-me para seu lado. Ele só usava uma camiseta fina. — E eu também — resmungou e esfregou a mão em meu braço.

À nossa frente, Cláudia caminhava entre Beck e Matt. Matt jogava conversa fora, sem perceber a tensão óbvia entre os dois.

— O que aconteceu com aquele cara? — Lowe perguntou de repente.

Torci os lábios ao me lembrar de Aaron.

— Assim que deixei claro que ele não ia conseguir nada, ele me abandonou como se eu fosse um nada.

— Que charmoso.

— Hum.

Ele apertou minha cintura.

— Você vai dormir comigo?

Sorri com a pergunta provocadora.

— Esta noite, não.

A gargalhada dele sacudiu a lateral do meu corpo.

— Isso não foi um não.

— Estou deixando minhas opções abertas.

Lowe gargalhou de novo.

— O cara quer a garota, então ele tem que esperar que Deus faça com que a garota também o queira, enquanto se a garota quer o cara, tudo o que ela tem que fazer é dizer a palavra e... bam! Ele está nu. Você tem todo o poder.

— Sou a Supergirl.

Ele riu mais uma vez e beijou meu cabelo.

— Você é mesmo.

— E, sabe... acho que tem mais a ver com o fato de que as garotas precisam se sentir atraídas por mais do que apenas um pênis para quererem sexo. Tenho a impressão de que homens heterossexuais são apenas atraídos pela vagina.

Isso só fez Lowe gargalhar com mais força.

— Você ficaria surpresa. — Ele suspirou e, depois de um minuto, murmurou baixinho: — Jake é um maldito idiota.

Decidi que era melhor não pedir para ele confirmar o que queria dizer com aquilo.

10

Indiana, dia de Ação de Graças de 2008

Eu tinha tanta comida no estômago que fiquei impressionada de conseguir me dobrar para entrar no carro da minha mãe e dirigir até a casa de Jake. Havia acabado de passar o jantar de Ação de Graças com meus pais, e minha mãe tinha exagerado na dose, compensando ilogicamente o fato de que minha irmã não estava conosco. Bem, ela meio que estava. Colocamos meu notebook na ponta da mesa, e, de Dublin, Andie nos ligou pelo Skype enquanto comíamos. Eu tinha sentido pena por ela nos observar devorar o delicioso peru e a incrível torta de abóbora da minha mãe, mas Andie preparara seu próprio jantar de Ação de Graças para algumas amigas norte-americanas. Já que ela herdara o gene cozinheiro da minha mãe, eu imaginava que devia estar bem gostoso.

Quando eu disse para meus pais que ia ver Jake, minha mãe protestou:

— Já não basta uma das minhas filhas não estar aqui para o dia de Ação de Graças? — ela lamentou.

Para minha surpresa, meu pai me socorreu.

— Deixe-a ir. Eles já estão sem se ver há vinte e quatro horas. Isso deve estar matando os dois — disse ele, dando-me um sorriso provocador antes de voltar os olhos para o jogo.

O Eagles estava jogando com o Cardinals: nenhum dos dois era o time do meu pai, mas ele assistia mesmo assim.

De algum modo, nas últimas semanas, Jake tinha conseguido conquistar meu pai. Se era porque eu estava feliz, ou porque Jake conseguia seduzir qualquer um, eu não sabia. Tudo o que sabia era que, no último domingo, eu tinha ido buscar um refrigerante para Jake e, quando voltei, ele e meu pai estavam assistindo ao jogo, e era como se eu fosse invisível. Eles faziam comentários depreciativos sobre o Rams e garantiam um ao outro que o time deles (o Chicago Bears) iria se acertar. No fim, o Bears castigou o Rams com um placar de 27x3, e essa vitória pareceu consolidar algum tipo de laço entre meu pai e Jake. Não me importava que o futebol tivesse feito isso. Só estava feliz por ter acontecido.

Estava congelante lá fora, então, apesar de minhas bochechas estarem coradas e todo o meu corpo aquecido com a culinária de Delia Redford, coloquei o casaco de inverno e um cachecol antes de ir para o carro da minha mãe. Felizmente, ainda não tinha nevado naquele mês, então as ruas estavam tranquilas até a casa de Jake. Ele morava do outro lado da cidade, em um novo empreendimento construído em frente ao riacho, então os quartos do fundo da casa tinha uma bela vista. Incluindo o quarto dele. Eu já tinha ido ao quarto de Jake algumas vezes, mas sua mãe nos fazia deixar a porta aberta enquanto estudávamos. Mesmo assim, ele conseguia dar um jeito para rápidas sessões de amassos, mas os amassos pesados eram reservados para a cabine de Hendrix. Não podíamos usar a traseira da caminhonete por causa do clima, mas eu já começava a fantasiar sobre o verão e as possibilidades que ele traria.

— Charley, que bom vê-la, querida — a sra. Caplin me cumprimentou na porta. — Feliz dia de Ação de Graças.

Eu a abracei com força.

— Feliz dia de Ação de Graças, sra. C.

Ela me levou até a grande sala de estar, e encontrei os olhos de Jake assim que entrei. Ele sorriu para mim e se levantou preguiçosamente do sofá, aproximando-se para um abraço.

— Não me aperte muito. Estou cheia — murmurei contra seu peito, agarrada às suas costas.

Jake riu e me virou em seus braços, para não me impedir de ver os demais. Eu disse oi para Lukas e para o sr. Caplin, e esperei que Jake me apresentasse para uma mulher mais velha que eu sabia ser avó dele — ele me disse que ela visitaria a família. Ela estava sentada no braço da poltrona do sr. C., com os cabelos longos e grisalhos presos para trás em cada lado, com as laterais brilhantes. Ela usava uma saia comprida cigana e um suéter de tricô, rosa e quentinho.

— Charley, essa é minha avó. Vó, essa é Charley.

Ela ergueu uma sobrancelha para ele.

— Quantas namoradas você tem, garoto?

Fiquei tensa ao lado dele, mas Jake apertou meu braço.

— Deixe disso, vó.

— Não. — Eu me livrei do abraço dele, cruzando os braços à frente do peito. — Quantas namoradas você tem, Jake? — Inclinei a cabeça ao fazer a pergunta, meio provocando, meio preocupada.

A sra. C. esfregou meu braço.

— A avó de Jake está só provocando. Amanda Reyes veio aqui hoje de manhã com uma torta de abóbora e ficou um pouco óbvio que ela está caidinha por Jake. Foi fofo. Ela ficou muito corada. Coitadinha. Ela deve ser a única que não sabe que meu garoto está de quatro por você.

Embora o comentário dela tenha feito com que eu derretesse por dentro, sabia que a avó travessa de Jake estava esperando uma reação. Ela imediatamente me fez lembrar de Lukas. Agora eu sabia de onde vinha aquele espírito endiabrado. Fingindo indiferença, assenti e me virei para o restante da sala.

— A torta era boa?

A avó de Jake riu, os olhos brilhantes em mim.

— Boa resposta.

— Se você tiver terminado de causar problemas, Charley e eu vamos ficar lá em cima.

— Você não está vendo o jogo? — Eu não queria interrompê-lo quando era óbvio o que ele estava fazendo antes da minha chegada.

— Não é meu time. — Ele balançou a cabeça, puxando-me gentilmente para fora da sala.

— Deixem a porta aberta! — a sra. C. gritou para nós.

Subi as escadarias sentindo qualquer energia remanescente desaparecer sob o peso de tudo o que tinha comido.

— Quer dizer que, se fosse seu time, você não teria vindo ficar comigo?

— Não foi o que eu quis dizer. Existe um negócio chamado botão de gravação, sabe.

— Você não é como os outros garotos — murmurei e caí de cara em sua cama. — Comi muito — disse, com a boca pressionada em seu travesseiro. Soou mais como um: "humm mi mmuuummm".

Ouvi a risada profunda dele atrás de mim, e então a cama se mexeu quando ele se sentou.

— Vamos tirar seu casaco antes que você desmaie.

Relutante, eu me sentei e deixei Jake tirar meu cachecol e meu casaco. O tempo todo eu encarava sua boca, meus olhos semicerrados e pesados com exaustão após a comilança. Ele passou a boca de leve sobre a minha e nos acomodou na cama. Fiquei deitada de lado, com as costas apoiadas em seu peito e suas pernas enroscadas nas minhas. Puxando-me mais para perto, Jake envolveu o braço na minha cintura e pegou minha mão, apertando-a.

— Senti sua falta hoje — sussurrou ele, contra meu ombro.

Sorri sonolenta.

— Amo você.

Dormi antes de perceber que tinha falado aquilo em voz alta.

Meus olhos se abriram no escuro. Onde eu estava? O que tinha acontecido? Sentei-me de repente, querendo que meus olhos se acostumassem com a iluminação, então engoli um grito ao sentir uma mão quente nas costas.

— Amor, sou eu — sussurrou Jake. — Você dormiu.

Lembrei que estava no quarto de Jake. Relaxei e apoiei a cabeça no travesseiro, enquanto seu rosto tomava forma no escuro, graças à luz que vinha da janela sobre sua cama. Ele colocou o braço ao meu redor e me puxou para perto.

— O que aconteceu? — sussurrei contra sua boca.

— Minha mãe ligou para a sua para avisar seus pais que você tinha dormido aqui.

— E eles deixaram você ficar comigo? — perguntei incrédula, mantendo a voz baixa.

Jake riu baixinho.

— Até parece. Supostamente eu deveria estar no sofá. Vim para cá depois que todo mundo foi para a cama.

Abaixei a cabeça, apoiando o rosto contra a garganta dele. Há algumas semanas, eu tinha ido a uma viagem de compras até Chicago com minha mãe e, em um impulso, comprara para Jake uma colônia que me dava água na boca. Ele a usava todos os dias e, desde então, eu sempre encontrava uma desculpa para enterrar a cabeça em seu pescoço e cheirá-lo.

Jake me apertou com mais força, e senti sua ereção na parte superior da minha coxa. Perdi o fôlego e movi a perna sobre seu quadril. Ele se esfregou gentilmente contra mim, lançando deliciosos formigamentos por meu corpo. Levantei a cabeça e encontrei seus olhos dois segundos antes de beijá-lo. Não demorou para que o beijo ficasse profundo e quente, e Jake rolou por cima de mim, a parte interior da minha coxa agarrando seus quadris, enquanto ele me torturava esfregando a ereção coberta pelo jeans contra a costura da calça entre minhas pernas.

Ofegando, Jake interrompeu o beijo e segurou meu rosto entre suas mãos como se eu fosse um pedaço de alguma coisa incrivelmente frágil. A luz cruzou seu rosto, e perdi o fôlego ao ver o modo como ele me olhava.

— Aquilo que minha mãe falou mais cedo... que eu estou de quatro por você...

— Sim?

— Eu também amo você, Charley. Amo você desde nosso primeiro encontro, e a cada dia fico mais e mais apaixonado.

Por um instante, fiquei ocupada demais flutuando em uma nuvem de pura euforia. Precisei de um minuto para perceber que ele dissera "eu *também* amo você". Levei um susto, lembrando do que tinha murmurado antes de dormir.

— Eu falei aquilo em voz alta, não foi?

Ele assentiu.

— Mas seria legal se você dissesse de novo.

Mesmo deitada, eu me sentia um pouco tonta pela adrenalina enquanto encarava os olhos suaves e carinhosos de Jake. A confissão de que ele me amava como eu o amava fazia com que me sentisse segura de um jeito que não sabia como descrever.

Eu só tinha dezesseis anos, então não estava procurando aquilo, mas, agora que tinha acontecido, percebia que era algo que todos nós procurávamos a vida toda. Todos procuramos um lugar na vida, um lugar onde nos encaixamos. Não um lugar que mude quem somos ou o que somos — talvez ele nos *molde*, nos torne melhores, nos torne *mais* —, mas, principalmente, um lugar que nos abrigue com uma sensação de paz, uma sensação de que, o que quer que façamos, quem quer que sejamos, não estamos sós.

Eu tinha sorte o bastante por encontrar esse lugar aos dezesseis anos. Encravado profundamente em Jake. E isso me assustava.

— Estou assustada — murmurei com sinceridade. — Somos tão jovens. Há muitos anos diante de nós para perdermos isso.

— Não pense assim — ele respondeu, com um tom de voz duro e implacável. — Nunca vamos perder isso, Charley. Eu prometo. Agora, diga que me ama.

Inspirei profundamente.

— Amo você, Jacob Caplin.

Ele sorriu e me beijou com força, a mão descendo até o cós do meu jeans.

— Consegue ficar quieta? — ele murmurou, com a boca contra meus lábios.

Sorri com a presunção dele.

— Tenho certeza de que você vai conseguir abafar meus gritos de êxtase, Deus do Sexo.

Ele riu na minha boca e foi lindo. Quando ergueu a cabeça, Jake parecia mais feliz do que eu jamais vira.

— Você nunca para de ser espertinha. É uma das minhas coisas favoritas em você.

— Não sou espertinha. — Era minha resposta imediata a essa afirmação. — Mas, se eu fosse, ficaria feliz por você gostar disso em mim.

— Amo tudo em você.

— Até meu dedão do pé assustadoramente grande?

Jake sacudiu o corpo contra o meu, abaixando a cabeça em meu ombro.

— Até isso — sussurrou, com a gargalhada abafada ainda em sua voz. — Estou tentando me dar bem aqui.

Já que ainda não tínhamos feito sexo, fiquei me perguntando se ele estava falando em ir até o fim e, por mais que eu estivesse pronta para ir até o fim com Jake, não queria ir até o fim com os pais dele no quarto ao lado.

— *Bem* bem? Ou bem-até-certo-ponto bem?

Senti os dentes dele no lóbulo da minha orelha e estremeci.

— Não sexo. Só todas as coisas boas que fizemos antes.

À simples sugestão, senti meu corpo ficar pronto para ele. Senti outro comentário espertinho tomar forma no meu cérebro e se preparar para descer até minha boca, mas engoli antes de estragar o momento. Em vez disso, virei a cabeça para encontrar a boca de Jake.

— Eu nunca vou parar de amar você — prometi.

— Ótimo — respondeu Jake e, ao ouvir como a voz dele estava rouca de emoção, senti lágrimas encherem meus olhos. — Eu nunca vou parar de amar você. Não importa o que aconteça.

11

Edimburgo, novembro de 2012

Somando nós duas, Cláudia e eu estávamos acumulando uma quantidade insana de raiva de garotos. Garotos! Eu queria ter quinze anos novamente e não dar a mínima para eles.

No dia depois do Halloween, eu estava tentando lidar com a ressaca e dividia o tempo entre mergulhar na confusão e na autopiedade, escrever no meu diário e tentar tirar a verdade de Cláudia.

Depois de engolir uma aspirina e deixar de lado o *wrap* de falafel que Cláudia fora corajosamente comprar, abordei o assunto que deveria ter abordado antes da rapidinha do Halloween.

— O que está acontecendo com você? — perguntei, preocupada, puxando os joelhos até o peito e me encolhendo em uma das cadeiras da cozinha.

Estávamos sozinhas, e a noite anterior estava fresca, embora nebulosa, em minha mente. Era um momento bom para tratar daquilo com ela.

— Alguma coisa está incomodando você.

Cláudia estava deitada no chão duro de linóleo, os cabelos escuros espalhados ao redor da cabeça, as mãos apoiadas na barriga. Sua pele dourada parecia um pouco pálida — eu não era a única que tinha exagerado de verdade na noite anterior. Ela fechou os olhos ao ouvir minha pergunta.

— É óbvio que há algo entre mim e Beck, certo?

Bufei.

— Hum, sim.

— É óbvio para qualquer um. — Ela abriu um olho e me espiou. — A tensão sexual está me matando. — Ela fechou-o novamente. — Mas ele quer o melhor dos dois mundos. Quer a proximidade de uma namorada sem o compromisso. E, se der na telha, ele dorme com outra garota para a qual não faz promessa alguma.

Vendo a tensão em suas feições, perguntei baixinho.

— Ele está magoando você?

— Jake está magoando você?

Considerei aquilo um sim.

— Devíamos parar de sair com eles? — Ocorreu-me que eu não sabia qual resposta queria que ela desse.

— Eu gostaria de poder dizer sim... mas não quero parar de sair com Beck. — Cláudia suspirou e sentou-se, passando os dedos pelos cabelos. — A noite passada foi estúpida. Eu me senti atraída por Zach, não estou dizendo que não me senti, mas foi estúpido. Estava chateada com Beck, e segui em frente. Mas sabe de uma coisa? — A expressão dela era um pouco tímida ao confessar. — O fato de Beck ter aparecido fez valer a pena. Mostrei o que queria. Se ele não me quer, tudo bem. Mas outros caras querem.

— Ele realmente pareceu incomodado.

— E então começou a agarrar uma desconhecida.

Estremeci.

— Você viu aquilo, né?

Cláudia revirou os olhos.

— Ele é um belo de um covarde. E tentar conseguir reações um do outro, magoar um ao outro? Isso não é bom. Definitivamente não é bom.

Achei que a noite passada iria nos levar até uma direção final, mas ele me mandou uma mensagem esta manhã, como se tudo estivesse bem.

— Provavelmente porque ele não quer parar de sair com você, ou não quer que você queira parar de sair com ele.

— Que confusão.

— Então... — Dei de ombros como se não fosse grande coisa. — Dormindo com desconhecidos?

Ela me deu um olhar mal-humorado, como se eu a estivesse julgando.

— Eu só quis experimentar.

— Não fique na defensiva. Não estou julgando. Juro. Só que não parece você.

— Eu sei.

— Então? Como foi? — Eu estava curiosa de verdade.

Cláudia torceu o nariz.

— Foi bom, mas não ótimo. Meio como tomar sorvete de creme quando, na verdade, você quer de chocolate.

Eu queria dizer que tinha entendido a analogia, mas não entendi.

— E quanto a Jake? Alguma coisa digna de nota aconteceu ontem à noite?

Grunhi e comecei a contar para ela sobre ele ter deixado a festa de mau humor por causa das minhas aventuras.

Agora era a vez de Cláudia parecer preocupada.

— Sair juntos obviamente está confundindo vocês. Talvez fosse bom vocês dois se afastarem um pouco. E não diga que eu deveria aceitar meu próprio conselho. — Ela grunhiu mais uma vez e se deitou novamente no chão. — Somos péssimas nisso.

— Não acho que seja um problema, para mim, ficar longe de Jake. Ao contrário de você, não recebi nenhuma mensagem dele esta manhã, e duvido que isso aconteça. Jamais vai acontecer.

Era difícil manter meu tom de voz despreocupado, casual, quando o simples pensamento de não falar novamente com Jake era uma perspectiva impossível e dolorosa.

Assim como acontecera há quase quatro anos.

Depois dessa conversa com Cláudia, fiquei surpresa em encontrar Jake me esperando no portão do nosso pátio alguns dias depois. Eu ia para a academia em nosso dia de costume, e Jake sempre me encontrava ali. Mas não esperava vê-lo depois da festa de Halloween.

Tentando acalmar meu coração, diminuí o passo até parar diante dele. Ele estava recostado na parede, as mãos nos bolsos do casaco de lã negra trespassado que estava sobre o jeans escuro. Um cachecol azul-claro estava amarrado no pescoço, protegendo-o do outono escocês. Será que ele morreria se, pelo menos uma vez, não parecesse... tão bonito?

Eu também estava de casaco e cachecol, mas usava roupas de ginástica por baixo. Jake estava ali... mas, por seus trajes, presumi que não iria para a academia comigo. Então, por que estava ali?

Jake levantou o rosto e, mais uma vez, meu corpo reagiu ao impacto de seus olhos escuros. Estremeci e cruzei os braços à frente do peito, em um gesto protetor.

— Sinto muito sobre a outra noite — ele se desculpou com suavidade.

— Está tudo bem. — Eu sabia que nós dois estávamos nos perguntando se eu estava sendo sincera.

O silêncio entre nós ficou pesado demais para aguentar, e eu dei uma bufadinha antes de dizer para ele, seca:

— Eu não dormi com ele. E ele não ficou nada satisfeito com isso.

Por que estava me explicando? Eu realmente tinha tanto medo assim de que ele estivesse zangado comigo? Depois do que ele fizera? Ocorreu-me que talvez eu precisasse de terapia.

Enquanto eu pensava se era uma boa ideia tentar conseguir terapia grátis com Andie, já que dificilmente ela seria imparcial sobre o assunto, um alerta perigoso tomou conta da expressão de Jake.

— Como assim, não ficou satisfeito? Ele fez alguma coisa com você? — Ele se afastou da parede, irritado e agressivo.

Eu me apressei a tranquilizá-lo.

— Não, não. Ele só foi um imbecil. Mas pelo menos foi um imbecil honesto.

— Lowe não me contou isso. Só me disse que levou você para casa.

— É.

O silêncio retornou.

Duas garotas passaram por nós, os olhos colados em Jake. Conforme se afastavam, colina acima, começaram a dar risadinhas e a lançar olhares por sobre os ombros na direção dele.

Algumas coisas nunca mudavam.

— Aquilo me pegou de guarda baixa — Jake falou de repente.

Eu me voltei para ele, franzindo o cenho, confusa.

— O quê?

— Ver você... com ele. Me pegou de guarda baixa. Eu reagi mal. Me desculpe.

Ainda mais confusa do que já estava, passei a mão pela cabeça e pelo meu rabo de cavalo, tentando pensar em qual seria a melhor resposta. Alguma coisa que não fosse confusa. Alguma coisa que nos lembrasse onde estávamos agora. Eu não fui gentil.

— Já faz muito tempo, Jake. Você precisa saber que eu tive outros caras. — *Cara*, no singular, mas ele não precisava saber daquilo. Eu já me explicara, quando não precisava ter feito isso, deixando a situação ainda mais confusa.

Se eu fosse outra pessoa, não teria percebido a pequena fagulha de raiva no fundo dos olhos dele. Ele escondia bem, e escondia rápido.

— É claro. Só estou tentando me ajustar a tudo isso. De vez em quando, parece que foi ontem que ficávamos deitados na traseira da minha caminhonete, sabe.

— Bem, não foi.

Jake me analisou por um momento, e eu fiz o melhor possível para não me remexer, incomodada. Por fim, ele assentiu.

— Você está certa. Sinto muito. Só vim aqui para ver se eu não tinha ferrado com tudo de novo.

Eu queria gritar com ele — exigir que me explicasse por que tinha ferrado com tudo na primeira vez, e então enfiar uma faca bem fundo nele por ter trazido outra garota para o lugar em que planejávamos vir juntos. Em vez disso, eu assenti, de forma tensa.

— Está tudo bem.

Ele pareceu relaxar um pouco e me deu um sorriso tímido.

— Vamos juntos à academia da próxima vez, sim?

Meu sorriso ao responder foi igualmente tímido.

— Claro.

— Sua mãe disse que Jacob Caplin está aí, e que você está saindo com ele.

Em silêncio, xinguei minha mãe. Eu deveria saber que ela não conseguiria esconder isso do meu pai. Felizmente, meu pai e eu estávamos conversando pelo telefone, e não pelo Skype, então ele não podia ver minha expressão assassina.

— A-ham.

— Não me venha com a-ham. Você ia me contar?

— Não há muito o que contar, pai.

— Esse garoto partiu seu coração. Não quero que ele chegue perto o bastante para fazer isso de novo.

— Isso não vai acontecer.

— Não estou convencido.

— Pai, não quero conversar sobre isso com você.

Meu pai suspirou, fazendo um chiado na ligação.

— Você era só uma criança, Charlotte, e ele mudou você. Em um minuto, você estava mais feliz do que eu jamais tinha visto, e no instante seguinte estava fechada. Não gostei de ter presenciado isso.

Inclinei a cabeça, sentindo ao mesmo tempo amor e arrependimento pelo que eu tinha causado à minha família.

— Isso não vai mais acontecer — prometi baixinho.

— Tem certeza disso, querida? Porque não vejo outros garotos por perto. Não vou nem falar sobre Alex.

— Também não quero falar sobre Alex, pai. Não há o que falar.

— Talvez você devesse voltar para casa.

Dei uma gargalhada e, imediatamente, suspirei.

— Estou bem. Não vou fazer nenhuma burrice. Lição aprendida.

— Você sabe que ainda pode confiar nas pessoas, Charley, sem transformar isso em outra lição. Acho que Jake é só um lembrete de que você não pode depender de alguém, e não quero você se sentindo assim.

— Não me sinto assim sobre as pessoas... sinto assim em relação a Jake. Há uma diferença.

— Então por que está se encontrando com ele?

— Porque ele é amigo dos meus amigos — menti.

Antes que meu pai pudesse dizer mais alguma coisa, ouvi minha mãe chamá-lo para tomar o café da manhã. Era sábado, cedo nos Estados Unidos, e meu pai tinha me ligado antes de ir para o trabalho. Teria sido bom conversar com ele sobre qualquer outra coisa que não fosse Jake.

— Preciso ir. Cuide-se, ok? Nos falamos em breve. Amo você.

— Eu também. Tchau, pai.

Desliguei e rosnei para o telefone. Eu ia matar minha mãe.

Ao ouvir uma gargalhada masculina na cozinha, eu me perguntei se seria Beck e decidi ir até lá fazer companhia para ele e Cláudia. Os dois andavam muito ocupados fingindo que estava tudo bem entre eles. No entanto, Cláudia tinha me confidenciado que era melhor quando não estavam sozinhos.

Mesmo assim, eles continuavam saindo sozinhos. Aquilo não fazia nenhum sentido. Nenhum.

Ao chegar à cozinha, descobri que não eram apenas Beck e Cláudia que estavam ali. Lowe, Jake, Gemma e Matt também estavam sentados, conversando.

— Ei — cumprimentei-os quando parei ao lado de Jake.

Tínhamos ido juntos à academia depois da nossa conversinha no portão. Também havíamos tomado café e caminhado pela Regent Gardens até Leith, passeando pela cidade gelada e conversando sobre tudo. Tudo exceto nós. Tínhamos nos distraído desse assunto brincando nas lojas de turistas, experimentando chapéus de pano com perucas coladas dentro e bebendo Starbucks enquanto mordiscávamos uma bala açucarada escocesa que fazia nossos dentes doerem. Havia um gaitista — mas não o mesmo cara todas as vezes — parado na esquina da Princes Street com a Waverly Station. Ele não estava ali todos os dias, mas várias vezes, e eu me acostumara à sua gaita de foles tocando a trilha sonora da minha vida na Escócia. Algumas pessoas não gostavam da gaita, mas, para mim, era como se ela fosse um ser senciente que tinha me conquistado totalmente. Assim que me aproximava de New Town, era como se as gaitas de foles sentissem minha presença, e seu som parecia combinar com meu estado de espírito, como se me dissessem "eu também". De vez em quando, o som era animado, a música aguda em harmonia comigo, como se dissesse: "Também me sinto bem hoje. O ar está fresco, e estou em uma terra cheia de mistérios, animada com a aventura". Outros dias, com mais frequência desde que Jake retornou completamente à minha vida, a canção da gaita parecia reflexiva, quase um lamento. Às vezes, eu ficava parada do outro lado da rua, e o barulho dos pedestres e do tráfego parecia sumir em um zumbido fraco sob a história da gaita. Como a própria Escócia, o tom melancólico era baixo, digno, desafiando a vida e mantendo o segredo de sua dor enterrada. O lamento assombroso nunca deixava de fazer os cabelos da minha nuca arrepiarem. Por duas vezes, Jake ficara parado ali comigo, ouvindo a música. Por duas vezes, ele me olhara como se soubesse exatamente o que eu estava pensando, mas tinha medo de trazer à tona — uma ação (ou melhor, uma inação) que se tornava comum entre nós.

Depois que o pessoal me cumprimentou, Jake agarrou minha mão e me puxou para sentar no braço de sua poltrona, em um movimento inconscientemente familiar. Quando olhei para ele, ele apenas me deu um sorrisinho e se virou para continuar ouvindo o que Beck estava dizendo.

Eu, por outro lado, analisei a sala para ver se a expressão de alguém lembrava a minha. Meus olhos imediatamente pararam em Lowe, que estava com uma sobrancelha erguida na minha direção.

Dando de ombros à sua pergunta silenciosa, observei surpresa enquanto ele sorria e dava um gole no refrigerante que estava e sua mão. Fiquei pensando no comportamento de Jake, e Lowe voltou seu foco para Beck e Cláudia.

Olhando para Jake de canto de olho, eu tentava ignorar o aperto na barriga cada vez que ele sorria para algo que Beck dizia. Ele tinha cílios grossos de fazer inveja e uma bela boca. Uma boca perfeita. Quando estávamos juntos, eu passava horas mordiscando seu lábio inferior, que classicamente era mais cheio do que o superior.

Vendo que eu o observava, Jake levantou os olhos para mim, e eu disfarcei meus sentimentos com simplicidade fingida.

— Onde estão Melissa, Den e Row?

— Mel está com uns amigos, e Den e Row ainda estão dormindo.

Assenti, relaxando mais agora que percebi que Melissa não iria aparecer, voltando do banheiro, e me perguntar por que diabos eu estava empoleirada no braço da poltrona do namorado dela.

— Sobre o que estão conversando?

Cláudia se virou, e seu cabelo comprido acertou Beck no peito. Ele mal reagiu, dizendo-nos em silêncio que estava acostumado com aquilo. Eu sabia que eu estava. Uma vez, ela quase arrancou meu olho com aquela chicotada de cabelo.

— Estamos conversando sobre o dia de Ação de Graças. Já que nenhum de nós vai para casa comemorar a data, pensei que poderíamos nos reunir aqui. Eu me ofereci para cozinhar.

Não discuti. Embora Cláudia só cozinhasse quando dava na telha, ela era realmente muito boa naquilo.

— Parece ótimo.

— Por que fico excitado ao pensar em Claud e Char cozinhando para nós? — perguntou Matt, parecendo realmente surpreso com a situação.

— Porque você é um tarado e precisa transar urgentemente — Lowe grunhiu para ele.

— Pode tirar Charley dessa fantasia — Jake acrescentou, rindo ao dizer isso. — Ela não consegue cozinhar nem para salvar a própria vida.

O comportamento dele há alguns minutos, mais a conversa que tive com meu pai fizeram com que, de repente, eu me irritasse com o excesso de familiaridade de Jake.

— Talvez agora eu saiba cozinhar. — Fiz cara feia para ele.

Ele ergueu as duas sobrancelhas.

— Você sabe?

— Não — bufei —, mas já faz quase quatro anos, Jake.

Agora ele me olhava feio também.

— E?

— Pare de agir como se me conhecesse.

O músculo da mandíbula dele ficou tenso.

— É meio difícil... porque eu *conheço* você.

E assim começou um jogo de encarar até a morte.

Olhamos um nos olhos do outro, nenhum dos dois disposto a desistir, e então, de repente, lembranças de discussões que terminaram em beijos arderam na minha expressão.

Eu soube o momento em que Jake também se lembrou, porque o clima entre nós não estava mais zangado... estava sexual.

Minha pele ardeu, e flexionei as mãos, tentando ignorar a pulsação no pescoço e o sangue que corria em meus ouvidos. Mas era difícil fazer isso quando eu reconhecia a mesma expressão nos olhos de Jake.

— Eu posso cozinhar sozinha — Cláudia anunciou em voz alta, interrompendo o momento.

Virei a cabeça, para vê-la me dando aquele olhar que dizia "o que diabos está fazendo?", antes de se voltar para Beck.

— Está tudo bem. Vamos ter peru e tudo mais. Eu consigo.

Pela primeira vez, a cozinha não parecia tão fria com oito pessoas ao redor da mesa. Fiel à sua palavra, Cláudia fizera o jantar de Ação de Graças e, para nossa surpresa, Lowe tinha ajudado. Maggie, Gemma e Laura tinham nos deixado com nossas tradições, assim como Rowena. Isso significava que éramos Jake, Cláudia, Beck, Lowe, Melissa, Matt, Denver e eu acomodados à mesa.

Estávamos no meio do jantar, com vários "hummms" e "Claud, eu te amo" sendo lançados ao redor da mesa. Era fácil esquecer o resto, esquecer o constrangimento muito real que existia entre mim e Melissa, por exemplo, quando estávamos felizes por ter algo que nos lembrasse de casa.

Edimburgo era uma cidade ótima, mas acho que todos nós sentíamos um pouco de falta dos Estados Unidos.

— Isso é tão melhor do que em casa — Cláudia anunciou, tomando um gole de vinho enquanto provava que eu estava errada.

— É mesmo? — Melissa franziu o cenho.

Cláudia assentiu com os olhos arregalados, enquanto explicava:

— Deus, sim. Bem, era. — Ela me deu um sorriso. — Agora eu costumo passar com a família maluca da Charley, mas antes de Charley... neste instante, eu estaria encolhida no sofá sozinha, em uma casa grande demais para três pessoas, enquanto meus pais estariam fodendo outras pessoas no Cabo ou um com o outro na Suíça. Nenhum telefonema para me desejar um feliz dia de Ação de Graças, nada, nadica. Eles pagavam a cozinheira, Consuela, para me fazer e servir o jantar de Ação de Graças todos os anos, e todos os anos eu dava uns dias de folga para ela sem contar para eles. Aquilo os mataria. — Cláudia deu um sorriso forçado. — Meus pais odeiam pagar qualquer coisa e não receber o que pagaram. Estou guardando essa informação para o momento certo. Quem sabe...

talvez minha mãe se irrite tanto que consiga fazer alguma expressão apesar do botox.

Beck, Lowe e eu rimos, o que relaxou os demais que, pelas expressões desconfortáveis, claramente achavam estranho Cláudia compartilhar tanto de sua vida.

Lowe deu de ombros.

— Eu não me importo com o dia de Ação de Graças. Minha mãe morreu há algum tempo, então somos só eu, meu irmão mais velho e meu pai. Meu pai é advogado e está sempre trabalhando. Então Josh e eu sempre terminamos em algum bar, tomando uma cerveja e assistindo a algum jogo.

Eu não sabia daquilo sobre Lowe. Embora ele tivesse falado de modo despreocupado sobre a mãe, havia uma tensão única em seu tom de voz. Já que ele estava sentado ao meu lado, senti a tensão em seu corpo. Como ninguém notaria, larguei os talheres, ergui a taça de vinho com uma mão, e apertei gentilmente o joelho de Lowe com a outra, por baixo da mesa.

Dois segundos depois, senti sua mão quente cobrir a minha e me dar um aperto como resposta. Olhei para ele de canto de olho e vi que ele me dava um sorrisinho agradecido. Seus músculos relaxaram, e eu o soltei quando Beck começou a contar sua história também.

— Minha mãe e meu padrasto sempre viajavam no dia de Ação de Graças, porque minha mãe odeia o frio. Com isso, eu ficava em casa sozinho, muito parecido com Cláudia, ou então, se meu pai estivesse bem, eu ia até a casa dele comer alguma coisa.

Eu me perguntei o que aquele comentário a respeito do pai dele queria dizer e, ao olhar ao redor da mesa, percebi que só duas pessoas entendiam exatamente o que era aquilo — Jake e Cláudia tinham expressões duras, o tipo de olhar que uma pessoa tem quando alguém com quem se importa é maltratado.

Merda. Beck devia ter sérios problemas em casa. Não me surpreendia que Jake soubesse... mas Cláudia? Eu começava a pensar que ela e Beck eram muito mais próximos do que imaginávamos.

— Bem — Matt sorriu, quebrando a tensão —, o dia de Ação de Graças em casa sempre foi incrível. Moro com meus tios, porque meu pais morreram quando eu era pequeno, o que obviamente não é incrível, mas meus tios são ótimos, e minha tia sabe cozinhar qualquer coisa. Sério, nossa mesa é, tipo, imensa. Temos três tipos de aves, três tipos de batatas, molhos pelos quais eu mataria, torta de chocolate e de abóbora. Os vizinhos querem ser convidados todo ano, de tão bom que é. Como sempre há muita comida, minha tia convida um casal diferente todo ano. Juro que, quando alguém é escolhido, é como se tivesse ganhado na loteria. E ela toma cuidado para não parecer que está favorecendo alguém porque o drama que isso causa dura o ano todo.

Sorrimos para ele, imaginando uma mesa lotada de comida e vizinhos implorando para entrar.

— Ação de Graças também é bom para mim. — Melissa sorriu de um jeito contemplativo, inclinando-se para Jake.

Ele sorriu para ela e colocou o braço ao redor de sua cadeira. O peru na minha boca se transformou em cinzas.

— Em geral somos meu pai e eu, minha madrasta e minhas duas irmãs de criação. Minha madrasta não é uma cozinheira muito boa, mas sempre insiste em fazer o jantar. Fico atrás dela, consertando os erros, e ela nem percebe. — Melissa riu. — Ela é muito gentil. Minhas irmãs também. — Ela deu de ombros. — Nós damos muita risada.

— Parece legal. — Cláudia sorriu. — Realmente muito legal.

— Bem, você é mais do que bem-vinda para ir até minha casa no dia de Ação de Graças do ano que vem — ofereceu Melissa com gentileza.

Eu queria enfiar um garfo no olho dela. Ela tinha meu ex-namorado. Não ia ficar com minha melhor amiga.

Claud parecia prestes a dar uma gargalhada, como se soubesse exatamente o que eu pensava.

— Obrigada, Mel, mas eu forcei a entrada para fazer parte da família de Charley e me sentiria mal se parasse de passar essa data com eles.

Dando risada, balancei a cabeça.

— Ela não forçou a entrada. Juro por Deus que meus pais gostam mais dela do que de mim.

— Seu dia de Ação de Graças é bom, Charley? — Lowe perguntou com suavidade.

Assenti para ele.

— Sempre minha mãe, meu pai, minha irmã mais velha, Andie, e eu. De vez em quando, minha avó, e agora, Claud. Sou a única mulher na família que não sabe cozinhar, então fico sentada e assisto ao jogo enquanto estão todas cacarejando na cozinha.

— Cacarejando? — Cláudia perguntou, claramente ofendida.

— Como galinhas — assenti. — *Quem vai amassar as batatas?* E todas respondem de uma só vez: có-có-có-có. *Quem foi a última que verificou o peru?* Có-có-có-có. *Trouxemos nosso melhor prato de torta, qual deles devemos usar?* Có-có-có-có.

Todos riram, e Cláudia retorceu a boca em um muxoxo.

— Isso é uma interpretação errada e rude da situação. Eu nem tenho prato de torta.

— Ah, sério?

Cláudia suspirou.

— Ok, eu tenho. E talvez cacarejemos um pouco, mas os cacarejos valem a pena depois que a comida está na mesa. E ninguém faz uma torta de abóbora como Delia Redford.

— Amém, irmã.

— E quanto a você, Jake? — Cláudia voltou rapidamente a atenção para ele. — Como é a Ação de Graças na sua casa?

Abaixei os olhos, sabendo qual seria a resposta. Temi esse momento desde que começamos a compartilhar nossas experiências. Aquilo fazia com que eu me lembrasse do melhor dia de Ação de Graças que já tive.

— É sempre bom. Só a família mais próxima: eu, minha mãe, meu pai, meu irmão caçula Lukas e a mãe do meu pai. Algumas das minhas melhores lembranças são do dia de Ação de Graças.

Fiquei tensa ao ouvir aquela confissão, me perguntando se ele queria dizer o que eu achava que queria. Rapidamente, para que ninguém percebesse, olhei para ele por sobre os cílios, para ver se ele me olhava. Em vez disso, Jake observava seu prato, aparentemente sem pretender fazer contato visual com ninguém.

— O dia de Ação de Graças na minha casa é uma loucura — Denver nos informou em voz alta. — Quero dizer, reunimos a família inteira, o que significa eu e meus três irmãos, além dos meus pais, primos, tios, tias, avós, sobrinhas e sobrinhos. A casa fica cheia de gente e de comida. Juro por Deus, preciso de férias para me recuperar deste feriado.

— Aposto que você não troca isso por nada — disse Cláudia.

Ele deu de ombros, um gesto que, para os caras, equivalia a concordar.

Lowe se inclinou para a frente, deixando de lado seu prato agora vazio.

— Onde vocês acham que estarão no dia de Ação de Graças daqui a cinco anos? *Quem* vocês acham que serão?

— Você primeiro. — Beck sorriu para ele antes de tomar um gole de cerveja.

— Ok. — Lowe relaxou em sua cadeira, com o braço apoiado casualmente ao redor do encosto da minha. — Estou em um hotel em Londres com uma fã desconhecida enquanto me preparo para um show na O2 Arena com minha banda, The Stolen.

Os caras sorriram. Matt relaxou em sua cadeira.

— Bem, acho que este é meu plano de futuro.

— Sim, você será o cara que monta nossos equipamentos, porque foi substituído por Dave Grohl — grunhiu Denver.

Beck deu risada e jogou uma batata em Denver.

— Você é um merda.

— Onde *você* estará, então, seu espertinho? — Matt perguntou para Denver.

— Vou estar sendo chupado por... ei! — Ele olhou para Cláudia enquanto esfregava a cabeça no lugar que ela lhe dera um tapa. — O que foi?

Ela olhou para ele, sem se abalar.

— É dia de Ação de Graças. Essa data não envolve esse tipo de linguagem, muito obrigada. Peça desculpas.

— Jesus, ok, sinto muito. — Estremeceu, olhando a mão que passara na cabeça em busca de sangue.

O restante de nós olhou uns para os outros, tentando — e fracassando — conter o riso. Caímos na gargalhada enquanto Denver tentava nos aniquilar com os olhos. Cláudia permaneceu sentada empertigada e imóvel.

Beck segurou-a pela nuca e a puxou para perto, para dar um beijo carinhoso em sua testa. Ela relaxou e revirou os olhos, acomodando-se na cadeira.

— Onde você estará? — Lowe me perguntou quando as risadas pararam.

Senti meu rosto arder quando todos se concentraram em mim.

— Hum... passando o feriado com minha família ou patrulhando as ruas de Chicago como uma policial que deu muito azar na escala.

Ele sorriu para mim.

— E nada mais. Nenhum cara? Ou uma garota? — Ele me deu uma piscadinha.

— Pode deixar essa fantasia de lado, Lowe. Não curto garotas. — Dei um empurrãozinho brincalhão nele e encarei meu prato, evitando o olhar de Jake. — É bom pensar que terei alguém. Quem sabe?

Lowe bufou.

— Você vai ter alguém, Charley — disse ele, parecendo absolutamente convencido disso.

Ergui uma sobrancelha.

— Por acaso você é clarividente?

— Não. Só não sou cego. É um milagre que esteja solteira.

O elogio me atingiu em todos os lugares possíveis, e balancei a cabeça, tentando rir com os demais. Não era fácil quando eu sentia os olhos de Jake ardendo em mim.

— Claud, onde você se vê daqui a cinco anos? — Matt lhe perguntou. — Comigo, certo?

Dei uma gargalhada enquanto Cláudia revirava os olhos pela segunda vez naquela noite.

— Se vou estar com alguém em cinco anos, será com Will McPherson.

— Quem diabos é Will McPherson? — Beck grunhiu.

Eu respondi no lugar dela.

— O professor-assistente gato que Claud cobiça há dois anos, mas é covarde demais para abordar.

— Por que você seria covarde para chegar em alguém? — Matt se surpreendeu. — Já se olhou no espelho?

— Está tentando me matar de tanto elogio, Matt?

— Seduzir, Claud, não matar.

— Não acho que esteja funcionando — Beck falou, sorrindo para ele.

— Bem — Melissa falou, o tom de voz exageradamente animado —, em cinco anos espero estar fazendo pós-graduação, e passando o dia de Ação de Graças com minha família e Jake.

Meus dedos apertaram a taça de vinho. Quando ousei olhar para ela, Melissa estava me dando um olhar firme e contundente. Consegui não me encolher e tomar calmamente outro gole de vinho.

A Melissa gentil se fora, então. A Melissa determinada-a-manter-o-namorado estava na cidade.

— Jake — ela se virou para ele —, e quanto a você?

Ele não olhou para ela, só ficou encarando a garrafa de cerveja que tinha na mão, enquanto cutucava o rótulo com a unha.

— O que tem? — ele respondeu um pouco desinteressado.

— Onde você se vê daqui a cinco anos?

Ele deu de ombros, lançando um sorriso tenso para a mesa.

— Vou ser o cara que monta os equipamentos para o The Stolen.

Os caras gargalharam, ajudando-o a sair da situação. Lowe rapidamente mudou de assunto.

Quando caí na cama naquela noite, eu me perguntava, não pela primeira vez, se Jake passara todo o jantar lembrando do nosso primeiro dia de Ação de Graças juntos... e da nossa promessa de que nunca deixaríamos de nos amar.

12

Indiana, dezembro de 2008

Pela primeira vez desde que salvei minha irmã da SUV, eu pedi a Deus para ser a Supergirl. Nunca tinha lido os gibis antigos, mas certamente a Supergirl não ficaria tão nervosa assim em ir até o final com o namorado, certo? Ou talvez ficasse, não sei. Talvez, como eu, a Supergirl tinha essa fachada de ser confiante em relação a tudo, quando, na verdade, era tão assustada quanto qualquer outra garota. Eu não sabia por que estava tão nervosa sobre meus planos de perder a virgindade com Jake. Nos últimos quatro meses, eu que tinha tomado as iniciativas, inclusive as brincadeiras que fazíamos. Tínhamos feito muita "coisa" juntos e, embora eu me sentisse um pouco afobada quando começamos, já não me sentia nervosa ou ansiosa como estava agora.

A verdade era que eu não queria desapontar Jake de nenhum maneira. Ele me contara que tinha perdido a virgindade aos catorze anos. Não tinha me contado com quantas garotas havia ficado, o que me preocupava mais do que devia, mas prometera que não era nem de perto o número assustador que provavelmente eu tinha em mente. Mesmo assim, Jake era experiente para sua idade. Eu achava que, em parte, era devido ao fato de ele não parecer ter dezesseis anos.

Veja Stacey Sullivan, a garçonete do Hub's, por exemplo. Eu sabia que os rumores de que Jake tinha dormido com ela eram verdadeiros. Sabia disso porque, desde que começara a namorar Jake, eu mal aparecia no Hub's, e o motivo era porque Jake parecia não gostar muito de lá. Aquilo era ridículo — a comida do Hub's era ótima —, então eu suspeitava que tivesse mais a ver com o fato de ele ter ficado com Stacey.

Então Jake tinha experiência. Eu não.

Eu sabia que era ridículo esse tipo de preocupação. Jake me amava e queria ficar comigo, independentemente de qualquer coisa. O que não significava que eu não quisesse ser a melhor transa que ele já teve.

— Argh — grunhi e apoiei a testa no espelho do banheiro, tentando acalmar a respiração.

Inclinei a cabeça para trás, quase dando um pulo de susto ao som do meu celular tocando.

Era uma mensagem de Jake.

A barra está limpa. Estou aqui fora. Bjs

Respondi afirmativamente, respirei fundo e saí apressada do banheiro. Meus pais estavam no trabalho, então pelo menos eu não tinha que esconder o que estava aprontando.

Era sábado, e os pais e o irmão de Jake haviam ido para Chicago fazer compras de Natal. Chicago era uma hora mais perto de Lanton do que Indianápolis, além disso, Lukas tinha combinado de se encontrar com alguns antigos amigos. Jake se livrara da viagem em família com a desculpa de que não estava se sentindo bem.

Na verdade, só queríamos a casa para nós.

Duas semanas atrás, quando Jake mencionara a viagem de compras, eu imediatamente pensei em um dia inteiro com ele nas proximidades de uma cama. Passávamos a maior parte do tempo namorando na Hendrix, em Brenton Fields e, algumas vezes, as coisas tinham ficado muito frustrantes para nós dois. Era ruim. Chegamos a um ponto em que eu não conseguia me concentrar na aula porque só conseguia pensar nas mãos de Jake em meu corpo.

Foi por isso que, casualmente, sugeri que ele não fosse com sua família.

Assegurei o que estava querendo dizer e que estava pronta para fazer sexo, e Jake aceitou ansiosamente a ideia.

Protegida com minhas roupas de inverno, corri até a caminhonete de Jake, saindo do frio e esfregando as mãos para aquecê-las. Dei um sorrisinho para ele.

— Oi.

Ele me encarou por um instante, os olhos me analisando.

— Você está bem? — perguntou baixinho.

Assenti rapidamente.

— Sim. Vamos nessa.

Em vez de partir, Jake colocou Hendrix em ponto morto e puxou o freio de mão. Voltou-se para mim, passando o braço atrás do meu assento para que seu corpo se virasse para mim.

— Amor, não precisamos fazer isso. Se você mudou de ideia, está tudo bem.

Ao notar sua expressão tranquilizadora e gentil, pensei que tinha muita sorte em ter encontrado Jake Caplin. Disse isso antes e digo de novo: ele não era como os outros garotos. No entanto, era óbvio que eu tinha feito alguma coisa para merecê-lo, então estava contente em aceitar sua adoração e devoção pelo resto da minha vida. Sorri para ele, um pouco do nervosismo estava desaparecendo.

— Não mudei de ideia... só quero que seja bom para você.

Ele franziu o cenho.

— Está preocupada com isso?

— Bem, sim, você não está?

— Sim — ele assentiu —, mas porque sou eu quem tem experiência e quero tornar isso o mais perfeito possível. Não precisa se preocupar.

— Jake, eu me preocupo — insisti. — Também estou preocupada em tornar isso perfeito para você. Você esteve com garotas que sabiam o que estavam fazendo...

— Pode parar agora mesmo — ele me interrompeu, puxando minha mão de modo que não tive escolha além de me inclinar em sua direção.

Jake colocou a outra mão no meu rosto, o polegar acariciando minha pele enquanto ele me encarava com aqueles olhos escuros.

— Tudo o que fizemos até agora foi o melhor que já tive. É o melhor porque é com você, e somos ótimos juntos. Isso não será diferente.

— Sério, você cresceu em algum outro planeta ou algo assim, onde são proibidos adolescentes imaturos do sexo masculino?

Ele deu uma gargalhada e negou com a cabeça.

— Eu não quero ferrar com tudo sendo um babaca imaturo. E, acredite em mim, tenho bastante experiência nisso também.

— Ok. — Revirei os olhos, afastando-me gentilmente dele. — Vamos dar o fora daqui antes que você diga algo que me faça mudar de ideia.

A casa de Jake estava silenciosa, o ar pesado por isso, como se estivesse sem ar só pela ansiedade compartilhada comigo. Não dissemos uma palavra na caminhonete durante o trajeto, nós dois preocupados com o que estava diante de nós, a tensão nervosa e sexual tornando a atmosfera potente o bastante para acabar com qualquer conversa.

Jake trancou a porta da frente depois que entramos e me ajudou a tirar o casaco e o cachecol. Observei em silêncio enquanto ele tirava o casaco e o cachecol. Ao segurar minha mão, ele sentiu-a trêmula e me deu um olhar penetrante. Apertei a mão dele e tranquilizei-o mais uma vez com minha expressão.

Eu o segui escada acima, com a respiração mais pesada e mais rápida. Assim que entramos em seu quarto, Jake pegou um pedaço de papel em sua escrivaninha e me entregou.

Franzindo a testa, desdobrei a folha e pestanejei rapidamente ao perceber o que era.

— Você fez o teste? — sussurrei.

Ele assentiu solene.

— Eu queria que você soubesse que estou limpo. Você merece não ter que se preocupar com isso.

Engolindo em seco, dobrei novamente o papel.

— Com *quantas* garota você já esteve?

— O suficiente para reconhecer "a garota" quando a encontro. — Jake me puxou em sua direção, os braços fortes ao redor da minha cintura. — Meus amigos em Chicago acham que estou louco quando falo sobre você. Eles ficam me falando que sou jovem demais para me sentir assim. Não sou jovem demais, Charley. Sei com mais certeza do que jamais tive sobre algo na vida que você é meu futuro. Sei que, quando estivermos prontos, depois da escola ou quando for, vamos nos casar, e você será a mãe dos meus filhos. Sei disso no fundo da alma.

Dominada por sua confissão sincera, pela sua confiança em mim e, sinceramente, pela química sexual entre nós, fiquei com os olhos cheios de lágrimas. Bati em seu peito com gentileza.

— Você vai me fazer chorar. Sabe que não gosto disso.

Ele deu risada e me abraçou mais apertado, o queixo apoiado em meu cabelo.

— Mas é o tipo bom de lágrimas, certo?

Assenti, apoiando o rosto em sua garganta.

— Amo tanto você. Não me importa se as pessoas acham que somos loucos.

— Também amo você — ele murmurou, acariciando minhas costas.

Não demorou para que as carícias tranquilizadoras dele se transformassem em outra coisa, e apertei os lábios em sua garganta. Jake gemeu, inclinando a cabeça para trás, para que eu pudesse beijá-lo até o queixo. Eu não tive a chance de alcançar sua boca, porque a dele alcançou a minha antes.

O beijo dele era suave, persuasivo, sua língua provocava gentilmente a minha. Enquanto eu me derretia toda, deslizei a mão por debaixo da camiseta dele, obrigando o tecido a subir enquanto eu explorava seu abdômen. Aproveitando a deixa, Jake interrompeu o beijo para tirar a camiseta, e eu fiz o mesmo com meu suéter.

Arrepios percorriam todo o meu corpo.

Ia acontecer conosco.

Sim.

Sorri para ele, e ele me sorriu de volta, suas mãos quentes segurando minha cintura de leve enquanto ele me puxava mais uma vez. Voltamos a nos beijar, desta vez com os lábios mais pressionados, nossas línguas deslizando mais profundamente, e os arrepios desaparecendo em uma onda de fogo. Com habilidade, Jake tirou meu sutiã e, ainda durante o beijo, conseguimos tirar a calça um do outro.

Rindo, acariciando-nos e beijando-nos, acabamos nus na cama dele, seu corpo sobre o meu. Quando ele escorregou uma mão entre minhas pernas, a risada desapareceu e nossas respirações ficaram mais rápidas. Ergui os quadris, abrindo as pernas, recebendo seu toque e gemendo de puro prazer quando ele enfiou dois dedos em mim.

Ele já tinha feito isso antes, brincando comigo até o ponto de explosão. Daquela vez, ele enfiou mais fundo, e eu me encolhi com a pressão desconfortável.

Jack se afastou um pouco, tensionando os músculos.

— Vai doer da primeira vez, mas vou tentar tornar o melhor possível para você.

— Eu sei. — Passei os braços ao redor dos ombros dele. — Confio em você.

Ele me beijou, abaixando o quadril contra o meu, e eu senti sua ereção quente pulsando no meu âmago. Pensei por um minuto que era a hora e fiquei tensa, me preparando, mas Jake deixou minha boca para seguir uma trilha invisível pelo meu corpo com os lábios. Ele beijou cada centímetro do meu corpo, sugando meus mamilos até ficarem distendidos e tenros, beijando-me entre as pernas, brincando com sua língua em meu clitóris até que gozei. E então ele começou tudo de novo — o polegar no meu clitóris inchado, os dedos entrando em mim.

— Jake — gemi, enfiando as unhas em suas costas. — Não posso...

Eu me sentia estilhaçada, como se estivesse unida pelas menores frestas de luz e, se Jake me fizesse gozar mais uma vez, eu fosse quebrar em um milhão de pedaços. Meu corpo queria aquilo, mas eu não sabia se conseguiria aguentar.

— Não consigo aguentar mais — ele ofegou, e eu assenti, pedindo em silêncio que ele fizesse aquilo, que entrasse em mim e acabasse com a tortura que iniciara.

Ele se inclinou sobre a cama e abriu a gaveta da mesa de cabeceira. Pegou uma camisinha e rasgou a embalagem com os dentes. Com uma proficiência que fingi não notar, Jake colocou o preservativo.

Senti suas mãos afundarem o colchão nos dois lados da minha cabeça, seu peito se erguendo sobre meu corpo. Ele afastou meus joelhos com o seu, e eu abri as pernas ainda mais ao pedido silencioso dele.

Olhei-o nos olhos.

Ele me encarou também, o rosto vermelho, os olhos escuros com uma mistura de ternura e amor.

— Está pronta?

Meu peito deu lugar à estranha sensação de bater descompassado. Segurei-o com mais força, necessitando me apoiar nele para lutar contra o nervosismo.

— Sim — consegui dizer. — Não. Espere.

Ele engoliu em seco, os braços um pouco trêmulos.

— Ok.

— Seja rápido.

— Amor, não. Tenho que ser gentil. Eu poderia machucar você.

— Pode doer mais. Pense nisso... — Lutei para recuperar o fôlego. — Pense nisso como um band-aid.

Ele não parecia muito seguro.

— Não acho...

— Por favor.

Eu sabia que ele não me negaria aquilo. Jake assentiu lentamente, e eu assenti de volta, tranquilizando-o.

— Sabe como você é bonita? — Jake murmurou, a expressão ainda ardente, mas em adoração. — Tão linda. Eu pensava que não havia nada mais bonito do que olhar para as estrelas. A sensação que eu tinha, como se eu fosse parte de algo maior do que qualquer coisa que pudesse imaginar. É uma das minhas sensações favoritas... e sinto isso cada vez que olho para você.

Senti meus olhos se encherem de lágrimas conforme a conexão entre nós se estreitava.

— Eu sei — falei.

E sabia, porque me sentia do mesmo jeito quando olhava para ele.

Nosso beijo era só um roçar de lábios no início, mas eu o puxei para conseguir mais, algo mais profundo e, enquanto eu sugava sua língua, devo ter acabado com o pouco de autocontrole que Jake ainda tinha. Eu o senti pressionar entre minhas pernas, e então ele mudou o peso...

Dei um grito quando Jake entrou firme em mim, empurrando até o fundo. Um clarão de dor subiu da parte de baixo das minhas costas, lançando arrepios em meus ombros, e fiquei tensa, enquanto Jake pairava sobre mim, sem se mexer.

— Amor, você está bem?

Conforme a dor desaparecia, eu sentia aquela plenitude desconfortável, uma sensação estranha que não tinha certeza se gostava. Mas, quando olhei o rosto de Jake e vi as gotas de suor em sua testa, vi o ardor e o desejo desenfreados em seus olhos, eu soube que Jake gostava do que quer que *ele* estivesse sentindo.

— Estou bem — falei baixinho.

Com minha garantia, Jake se moveu, puxando de volta até quase sair, e depois empurrando de novo. Senti dor, ainda insegura, mas aguentei, enquanto ele repetia o movimento. Quando ele puxou de novo, senti seu polegar circular meu clitóris e a dor desapareceu sob a agitação do prazer. Quando Jake retirou novamente, dei um gritinho de surpresa com a sensação deliciosa que o movimento me causava, e arqueei os quadris tentando puxá-lo de volta.

— Deus, Charley — Jake gemeu, e senti suas arremetidas ficarem mais rápidas.

Logo esqueci de onde estávamos, e tudo o que me importava eram nossos corpos e o que ele estava fazendo comigo. Deslizei as mãos pelas costas dele, e agarrei suas nádegas, puxando-o na minha direção.

— Gata — veio a resposta gutural de Jake. — Vou perder o controle.

— Quero que perca — respondi, minhas palavras entrecortadas e ofegantes.

— Estou tentando ir devagar — ele me lembrou entredentes.

— Não. — Eu o pressionei mais para o fundo.

Ele arfou e seus quadris vieram de encontro aos meus, seu membro indo tão profundo em mim que era quase doloroso. Naquele ponto, eu não me importava. Ele arremeteu mais umas duas vezes e então parou, os músculos de seu pescoço se esticaram e seus quadris empurraram os meus em um clímax duro.

Depois de terminar, ele tentou recuperar o fôlego e despencou em cima de mim, as mãos se movendo pela minha cintura enquanto ele apoiava a cabeça no travesseiro ao lado do meu ouvido.

Acariciei suas costas, passando as mãos suavemente pela pele úmida. Sorri quando sua mão apertou minha cintura. Ele ainda estava dentro de mim, seu corpo pesado sobre o meu. Uma satisfação maravilhosa tomou conta de mim.

Eu tinha acabado de me entregar para Jake Caplin, e ele se entregara a mim também. Era isso. Assim era nossa vida agora. Risos, gentilezas, afeto, amizade e um sexo incrível.

Sortuda nem começava a descrever como eu me sentia.

— Tentei esperar — ele murmurou, erguendo a cabeça para encarar meus olhos. — Desculpe.

— Não se desculpe. — Acariciei seu rosto, provavelmente com um sorriso um pouco abobalhado. — Foi incrível.

— Você vai gozar da próxima vez — ele prometeu, passando os lábios pelos meus antes de se erguer nas mãos mais uma vez.

Eu me encolhi um pouco quando ele se afastou, e percebi que estava bem dolorida. Ele viu minha reação.

— Você está bem?

Sorri, desta vez provocadora.

— Um pouco dolorida, mas definitivamente bem.

Sem dizer outra palavra, Jake se levantou e saiu do quarto. Um minuto depois, ele voltou já sem a camisinha e segurando uma toalha. Ele se ajoelhou na cama e pressionou a toalha molhada entre minhas pernas.

— O que está fazendo?

Ele sorriu, com um amor tão evidente que eu quis mergulhar nele de novo.

— Cuidando da minha garota.

— Você sabe que não precisa fazer isso — provoquei —, mas gosto que queira. — Ergui uma sobrancelha para ele, brincalhona. — Promete cuidar de mim pelo resto da vida, Jacob Caplin?

Os olhos deles estavam sérios quando ele respondeu:

— Prometo. Pelo resto da eternidade.

13

Edimburgo, dezembro de 2012

Não era nada menos do que um milagre que eu tivesse conseguido garantir uma mesa na biblioteca central do *campus*. Eu estava com o notebook ligado e passava minhas anotações de aula. As provas começariam em uma semana. Nossa, que divertido.

Seria ainda mais divertido se eu conseguisse me concentrar. Deixei o notebook de lado e abri um dos livros que tinha comprado para a aula. Na segunda página, desisti e deixei-o de lado também.

Nada daquilo penetrava na minha cabeça dura — minha cabeça dura estava repleta de imagens de Jake na noite anterior.

Pela terceira vez desde o dia de Ação de Graças, ele passara no apartamento para me ver. Deliberadamente nos mantive longe do meu quarto, então ficamos conversando na cozinha. De vez em quando, as garotas apareciam, mas, durante a maior parte do tempo, ficamos sozinhos. Como aconteceu na noite anterior.

A noite anterior me lembrou muito do antigo Jake. Embora fôssemos bons com as brincadeiras, mantivemos as conversas bem leves desde que retomamos nossa amizade. Bom, até ontem...

— Alguma coisa está acontecendo com você.

Ao pronunciamento, olhei para ele, sentado no canto da janela, as pernas compridas estendidas e apoiadas em outra cadeira. Eu estava no canto diante dele, os pés de Jake a poucos centímetros de mim. Ele estava com a cabeça inclinada de lado, seu rosto procurando alguma coisa, preocupado.

— O que o faz dizer isso?

— Quando você realmente está com alguém, você se concentra inteiramente nessa pessoa. Quando algo está em sua mente, você dá respostas rotineiras. É muito menos espertinha.

— Não sou espertinha — respondi automaticamente, meus lábios se curvando nos cantos.

Jake sorriu também, cutucando meu joelho com o pé.

— Vamos lá. O que foi?

— Não foi nada. — *Foi tudo. Meus pais ainda não querem falar sobre eu me tornar policial. Estão irritados porque estou me encontrando com você. Minha melhor amiga está em uma relação-não-relação estranha. E também tem você.*

— É a coisa do curso de direito, não é?

Minha testa franziu de consternação.

— O que o faz dizer isso?

Incomodava-me que Jake fosse o único a notar minha preocupação em relação à minha carreira.

Ele deu de ombros.

— Você está falando cada vez mais sobre ser policial. É como se tentasse plantar isso tão fundo em você que, quando for falar com seus pais que não quer ser advogada, isso vai estar enraizado demais para que eles tentem fazer você mudar de ideia.

— Odeio que me conheça tão bem — respondi baixinho, triste, sem nem mesmo pensar.

Jake deu uma gargalhada curta, aguda, a dor cruzando seu rosto.

— Acho que mereço isso.

Imediatamente me senti culpada.

— Jake, eu não quis dizer...

— Acho que quis. — Ele me deu um olhar infeliz e deprimido. — Mas queira você ou não, é verdade... eu conheço você. Então... converse comigo.

Ainda escorregando na espiral da culpa, suspirei e cedi como recompensa por tê-lo ferido.

— O curso de direito é caro.

— É isso?

— Não. Eu tenho dinheiro, mas parece burrice gastá-lo no curso de direito, em especial quando minha mãe precisa disso para a loja.

Jake me deu um sorrisinho.

— Você não quer fazer o curso de direito porque sua mãe precisa do dinheiro mais do que você? Charley, você não mudou nada.

Grunhi.

— É o que você fica dizendo.

— Não é ruim. Mas isso não é tudo, é?

— Dá para parar de fazer isso? Saia da minha mente. Já está bagunçada o bastante sem que você fique remexendo em tudo.

Eu o vi manter o rosto sério com determinação. Uma decisão sábia. Suspirando, recostei-me na parede e olhei pela janela.

— Quanto mais tento conversar com meus pais sobre ser policial, mais eles me empurram essa coisa do direito. Nunca fiz nada para decepcioná-los e, se eu não fizer o curso de direito, isso vai decepcioná-los imensamente. Eu sei que faço piada sobre isso, e provoco Rick para ser meu mentor, mas, na verdade, não sei se consigo fazer isso com meus pais.

— Se fizer o que eles querem, quem vai acabar decepcionada é você. — Jake se sentou, aproximando a cadeira de mim e segurando minha mão, exigindo minha atenção.

Não tinha para onde olhar, a não ser para seus olhos sinceros.

— Gata, desde que a conheço, você quer ser policial, e Delia e Jim sabem disso. Sim, pode ser um trabalho perigoso. Sim, eles vão se preocupar com você. *Eu vou* me preocupar com você. Mas é o que você quer fazer. Quem sabe... de repente você vai para a academia e, depois de um ano ou dois de patrulha, descobre que odeia. Mas pelo menos você vai saber. Pelo menos não vai se arrepender de não ter feito.

Inconscientemente, esfreguei o polegar na mão dele, um gesto afetuoso de agradecimento.

— Eu deveria falar com eles. Fazer com que me escutem.

— Sim. Não tenho dúvidas de que deveria fazer isso. — Ele se recostou novamente, soltando minha mão.

Desviei o olhar dele mais uma vez.

— *Você* tem algum arrependimento?

Ah, céus, por que eu tinha perguntado aquilo? Claramente, eu era masoquista.

Jake demorou tanto que não achei que fosse responder. Por fim, quando ele falou, sua voz estava carregada com... tudo.

— Sim, tenho alguns.

Ouvindo a emoção em sua voz, não pude deixar de me virar para ele. Eu *precisava* fazer isso. Quando fiz, perdi o fôlego com a angústia em seus olhos. Não havia dúvidas de que aquela angústia era por mim. Senti meu rosto arder, meu sangue acelerar com fogo em um instante. A boca seca, o pulso latejando. Eu tinha medo de me mexer, certa que, se um de nós fizesse qualquer movimento, algo aconteceria. Algo do que não poderíamos voltar atrás.

A porta da cozinha se abriu, e Cláudia entrou com uma pilha de livros balançando nos braços enquanto seguia até a mesa. Assim que seu fardo foi depositado, ela se virou para nós e tirou a touca de lã tricotada.

— Odeio estudar. — Fez biquinho, parecendo adorável com as bochechas rosadas pelo frio.

Nós só ficamos olhando para ela, ainda presos em nosso momento.

Claud fez uma careta.

— Vocês dois estão bem?

Procurei por alguma coisa no meu cérebro, qualquer coisa para dizer.

— Aqui, eles chamam estudar de "revisar". Conhece esse termo?

Jake deu uma risada trêmula e se levantou.

— Eu não sabia disso. Isso faz sentido? Se você revisa, você não está estudando?

Cláudia olhou para Jake e depois para mim, e suas sobrancelhas se juntaram em uma expressão desconfiada.

— Acho que está certa.

— Hum. — Ele assentiu e bateu palmas. — Bem, meninas, preciso ir. — Ergueu o queixo para mim e sorriu para Cláudia enquanto saía do apartamento.

Assim que ouvimos a porta da frente se fechar, Cláudia se virou para mim, as mãos apoiadas na cintura.

— Que diabos foi aquilo?

Abri a boca para mentir, mas pensei melhor. Em vez disso, gemi e deixei a cabeça cair entre os joelhos, meu cabelo chegando ao chão quando respondi:

— Acho que era Jake me dizendo que lamentava ter me deixado.

— O QUÊ? — Minha cabeça de repente foi puxada para trás, os dedos de Cláudia enrolados em meus cabelos enquanto ela me olhava com os olhos arregalados. — Espera. Diga de novo?

Segurei as mãos dela, fazendo uma careta enquanto soltava seus dedos dos meus cabelos.

— Eu não disse em tantas palavras assim.

— Explique.

E eu fiz isso, deixando Cláudia convencida de que estávamos brincando com fogo. Eu não tinha certeza se ela estava errada. No entanto, não queria parar de ver Jake. Tinha medo de estar viciada nele de novo e, já que Melissa obviamente não se incomodava que nos encontrássemos, não iria me sentir culpada sobre isso. Não era como se eu tivesse alguma intenção de fazer algo com ele. Jake podia ter admitido inadvertidamente que lamentava ter me deixado, mas não significava que amasse menos Melissa. Na verdade, eu tinha certeza de que não significava.

Sentada na biblioteca, rabisquei algumas anotações para meu seminário, desejando me concentrar.

Não fui muito longe, mas não foi minha culpa.

A cadeira diante de mim foi puxada, raspando o chão, e o barulho quase me fez dar um pulo. Jake se sentou nela. Sério, eu precisava parar de pensar nele. Aquilo o fazia aparecer magicamente em todo lugar!

Ele sorriu para mim, colocando seus livros na mesa.

— Você conseguiu uma mesa? O que fez? Chegou aqui às seis da manhã?

Pestanejei.

— De onde você veio?

— Evanston, Illinois.

Fiz uma careta.

— Espertinho.

— Ei, essa fala é minha!

Procurei algum traço de constrangimento pela noite anterior em sua expressão divertida, mas não achei nada. Nadinha. Era como se nunca tivesse acontecido.

Ignorando uma pontada de raiva, eu me recostei na cadeira, meu comportamento empertigado.

— Espero que não tenha vindo aqui para me incomodar. Estou estudando.

Jake fingiu estar ofendido.

— *Moi*? Incomodar você? Como se eu pudesse.

— Você me incomoda desde o segundo ano — reclamei.

Ele pareceu ainda mais satisfeito ao ouvir aquilo, então achei necessário chutá-lo na canela por baixo da mesa.

— Ei! — Ele deu um pulo, surpreso.

— Psiu! — uma garota sentada na mesa à nossa frente chamou nossa atenção, olhando feio.

— Desculpe. — Jake ergueu a mão para apaziguá-la. — Sou só uma vítima de violência.

Ela olhou mais feio ainda e, por fim, voltou a encarar seus livros.

— Seu charme falhou desta vez, Caplin.

— Você deveria saber que eu me machuco como um pêssego. — Ele suspirou, abaixando a voz. — Marcando meu corpo perfeito com essa sua bota ugh... terrível.

Lutei contra o riso, não querendo ser expulsa da biblioteca.

— Jake, é só uma bota. Quanto dano ela pode causar?

Ele se inclinou para coçar o queixo.

— Muito dano, claramente. Essa merda machuca.

— Você é um bebezão.

— O que foi que disse? — Ele colocou a mão no ouvido, na minha direção, de modo brincalhão. — Sou um bebezão? — Deu uma piscadinha. — Você já sabia disso, docinho.

Dei risada.

— O que aconteceu com você hoje, Jake? Está todo brincalhão.

— Quer dizer para um cara que acaba de ser acertado na canela por uma garota de quarenta e cinco quilos?

— Ah, estamos no modo charmoso hoje. — *Quarenta e cinco quilos, sua bunda.*

— Estou de bom humor. — Jake deu de ombros, e seu sorriso singelo acendeu uma faísca em mim.

Na verdade, eu gostaria que não tivesse acendido. Ele estava agindo muito como o velho Jake e, tinha que admitir, sentira falta dele.

— Não tenho permissão para estar de bom humor?

Deixei os livros de lado, sabendo que, definitivamente, não iria conseguir estudar nada com ele sentado bem diante de mim.

— Claro que tem. Só estou me perguntando o motivo de tudo isso. Você está no modo extra-Jake hoje.

— Modo extra-Jake? — Ele sorriu e deu de ombros. — O que é o modo extra-Jake?

— Não sei. — Brinquei com a caneta enquanto tentava definir o que exatamente o deixava no modo extra-Jake. — Mais leve — falei de repente. — Você está mais leve. Como costumava ser. Desde que... e mesmo agora, você parece...

— Parece o quê? — A diversão tinha desaparecido, e ele se reclinava sobre a mesa, juntando as sobrancelhas.

Eu não sabia se era sábio terminar minha frase, mas, já que tínhamos estado à beira do precipício muitas vezes ultimamente, achei que mais uma vez não faria diferença.

— Mais sério. O que é natural, com tudo o que... e você está mais velho... — parei de falar.

Ele bufou e se recostou na cadeira.

— Só o normal — ele concordou.

O silêncio caiu entre nós, e eu desejei não ter dito nada. Eu tinha estragado o bom humor dele.

— Mas realmente me sinto mais leve ultimamente.

Eu não poderia olhar para ele. Se olhasse, eu só acharia um jeito de fazer com que aquilo quisesse dizer alguma coisa, alguma coisa relacionada a nós. Sinceramente, eu precisava começar a me lembrar de que não existia mais um "nós".

— Ótimo — murmurei, pegando um livro novamente. — Fico feliz.

Quando não falei mais nada, Jake se remexeu na cadeira. Quando, mesmo assim, eu não falei nada, ele se remexeu de novo. Por fim, jogou uma caneta em mim.

— O que é? Temos doze anos? — Joguei a caneta de volta.

— Eu queria sua atenção. — O Jake garotão estava de volta.

Uma pena que eu o achasse irresistível. Cruzando os braços à frente do peito, relaxei na cadeira.

— Ok. Bem, você a tem.

— Então. — Jake se inclinou para a frente, as mãos abertas diante de si, como se estivéssemos prestes a discutir algo de grande importância. — Você percebeu o que está acontecendo entre Beck e Cláudia.

Engasguei com uma risadinha.

— Você quer fofocar comigo?

Ele abaixou a voz.

— É melhor do que estudar.

— Ok, devo concordar. — Deixei os livros de lado mais uma vez. — Eles definitivamente estão caidinhos um pelo outro, mas Beck parece relutante em começar um relacionamento.

— Isso porque Beck não *entra* em relacionamentos.

Jake gesticulou para que eu chegasse mais perto e, quando falou, era só um sussurro.

— Um histórico familiar de merda. Sou o mais próximo que ele tem de uma família. Isso bagunçou tudo o que ele pensa sobre o assunto, mas deixo isso com ele. Mesmo assim, percebi que ele anda agitado. Em particular nos últimos dias...

Assenti, compreendendo.

— Cláudia começou a sair com o tal cara escocês.

Jake suspirou.

— Eu gostaria que Beck deixasse de ser tão distraído.

— Podemos ajudá-lo?

— A ser menos distraído?

— Sim. Sei que Cláudia se importa com ele, e é óbvio que ele se importa com ela. Talvez haja um jeito de dar um empurrãozinho?

— Você gostaria que alguém desse um empurrãozinho no seu relacionamento? — Jake parecia pouco convencido.

Estremeci com a ideia de alguém interferindo na frágil amizade que eu tinha com Jake.

— Ok, bem pensado.

— Eu só queria saber se você sabe se Cláudia também se sente assim.

— Por quê?

— Alguma coisa ainda pode sair disso. Pelo bem de Beck, espero que saia. Ele precisa de alguém como Cláudia em sua vida. Ela é uma ótima garota.

Sorri com carinho.

— Ela é. É a melhor.

— Você não tinha uma amiga como *ela* no colégio.

Pensei em Lacey e Rose, e na nossa amizade de certo modo superficial.

— Não, não tinha.

— Mas, por enquanto, acho que só temos que nos sentar e assistir ao show.

Pensei no relacionamento que tinha surgido entre Cláudia e Beck nos últimos meses. Eles pareciam muito próximos, mas, como havia aquela atração animal entre eles, a amizade inteira parecia prestes a implodir. Enquanto eu olhava para Jake, ocorreu-me que nossa amizade poderia estar espelhando a dos nossos amigos.

Já que eu escolhia acreditar que tínhamos mais controle sobre nosso relacionamento, deixei aquele pensamento assustador, como uma bomba--relógio, no fundo da mente.

— No que está pensando? — Ele inclinou a cabeça para o lado, as pálpebras semicerradas.

Antes que eu pudesse encontrar uma mentira, uma sombra caiu sobre nossa mesa. Melissa estava parada ali, olhando para nós, os livros apertados contra o peito. Tudo nela era tenso, e eu sabia, quando seu olhar caiu sobre mim, que era por causa da minha presença. Mais ainda, porque eu estava na presença de Jake. Sozinha.

Hum. Eu achava que ela tinha superado isso.

— O que está fazendo aqui? — ela perguntou baixinho para Jake. Havia uma nota inconfundível de acusação em sua voz.

— Estudando — ele respondeu calmamente, mas pude ouvir o incômodo em sua voz.

Melissa olhou abertamente para nossos livros fechados.

— Vou voltar para o dormitório para estudar. Vem comigo?

Não era uma pergunta, na verdade. O rosto dela estava corado e seu semblante, irritado. Ela estava torcendo por uma briga.

Aceitando a condenação iminente, Jake lhe deu um aceno breve de cabeça e se levantou, pegando os livros. Pela milionésima vez, ignorei a dor no peito ao vê-los juntos, ambos com os cabelos escuros, altos e lindos. Eram perfeitos um para o outro.

Senti uma pontada no nariz e rapidamente abaixei a cabeça, puxando um livro na minha direção.

— Até mais, Charley — Jake falou baixinho.

Assenti, sem olhar para eles.

— Vejo você amanhã, na academia.

— Academia? — A pergunta foi áspera e feita por Melissa.

Ergui o queixo, surpresa pela resposta quase cáustica dela. Ela olhou para Jake, e ele empalideceu. A irritação tomou conta de mim, e tranquei a boca para impedir as palavras feias que eu queria lançar contra ele. Esse tempo todo eu achava que Melissa sabia que estávamos nos vendo, mas era claro que ela não sabia.

Que namorada em seu juízo perfeito concordaria que um cara passasse tanto tempo com uma ex? Eu era mesmo uma completa idiota.

Afundei ainda mais na cadeira, ouvindo-os se afastar e desejando ter chutado a canela de Jake com força o bastante para deixar marca. Ele magoara Melissa ao não ser honesto com ela, e me arrastou com ele nessa, ao me fazer sentir culpada quando eu não fizera nada de errado.

Certo?

Cláudia já tinha tido três encontros com o escocês que conhecera na biblioteca. Ele era fofo e engraçado, e ela realmente parecia gostar dele. Ele não era Beck, mas ela estava em negação e, francamente, eu estava na mesma situação que ela, então não seria hipócrita de tentar arrancá-la daquilo.

Cláudia tinha saído com o escocês, e os caras do The Stolen estavam ocupados com outros planos. Já que eu não tinha feito muito avanço com minhas colegas de quarto, acabei encolhida sozinha no quarto, com as mãos envoltas em uma caneca de chocolate quente enquanto olhava para as fotos presas na parede, imagens do nosso grupo em Edimburgo — algumas fotos ótimas de Beck e Cláudia, que pareciam incríveis juntos, de Rowena e Denver, de Matt, Lowe e Beck, de Jake e Beck, de Lowe e eu. Até mesmo uma de Jake e eu.

Eu queria dizer que não ficávamos ótimos juntos. Mas ficávamos. Não do jeito perfeito que Jake e Melissa ficavam. Não. Mas parecíamos *ótimos*.

Deixei a caneca na mesa de cabeceira e estendi a mão para pegar a foto da parede. Em segundos, ela estava espalhada na minha cama, em pedaços.

— Às vezes, eu queria odiar você, Jake Caplin — sussurrei com a voz rouca.

E, como se ele tivesse me ouvido, meu celular tocou. Era ele.

Cautelosa, atendi.

— Charley. — Jake respirou como se estivesse aliviado por eu ter atendido. — Você está bem?

— Estou — respondi seca. — Melissa não parecia tão bem.

— Sim. Ela só... ela se sente um pouco traída pela nossa história.

— É por isso que não contou para ela que estávamos nos vendo todo esse tempo? Porque eu tinha a impressão de que ela sabia.

— Mel é uma garota compreensiva, mas não sei se ela entenderia isso. Você é minha ex.

Eu não falei nada.

Jake deu um suspiro pesado.

— Olhe, eu liguei porque Mel me contou algo esta noite. Algo que você disse, e eu queria saber se é verdade.

— E o que seria?

— Você realmente disse para Mel que eu a amava porque a deixei me ajudar, e como não deixei você me ajudar, era óbvio que eu não amava você?

Senti o peito apertar. Enquanto mudava o celular para o outro ouvido, o aparelho balançou na minha mão trêmula.

— Eu disse que você não tinha me deixado ajudá-lo, mas que aceitou a ajuda dela e que, para mim, isso dizia o bastante.

— Bobagem — Jake respondeu, surpreendendo-me com sua veemência. — Você precisa saber que isso é bobagem, Charley. Não a afastei porque não amava você. Eu era louco por você. Sabe disso. Mas tudo aquilo tinha acontecido. Eu estava muito confuso. Ninguém conseguia me ajudar. Conheci Melissa muito tempo depois. Tempo suficiente para não estar mais naquele lugar sombrio.

Sentindo-me enjoada, balancei a cabeça, mesmo que ele não pudesse ver.

— Não quero falar sobre isso, Jake.

— Eu sei. É só que... me mataria se você pensasse que eu não era apaixonado por você. Ou pior... que nunca amei você.

— Jake, o que está fazendo? — perguntei, entrando em pânico. — Não há sentido em nada disso. Você está com Melissa.

— E eu a amo.

Fechei os olhos ao ouvir a declaração dele, lutando contra as lágrimas, desesperada para não ser derrotada por elas.

— Mas eu nem a conhecia quando me matriculei para estudar aqui por um ano.

Lutar contra as lágrimas significava engasgar com elas. Eu precisei de um minuto para responder.

— Você sabia que eu estaria aqui.

— Eu *esperava* que você estivesse aqui, sim.

Cobri o telefone enquanto tentava recuperar o fôlego, respirando dolorosamente. Depois de contar até dez, soltei a respiração e coloquei o celular de novo no ouvido.

— E então você a conheceu.

A respiração dele falhou na linha.

— Sim.

Eu ia desmoronar.

— Jake, preciso ir.

— Charley...

— Cláudia está na porta.

— Ah. Ok. Vejo você amanhã? — Ele parecia inseguro.

— Sim. Tchau. — Desliguei e joguei o celular na cama a tempo de conter o soluço na garganta. Engasguei enquanto tentava lutar contra o choro, minhas mãos fechadas enquanto eu continha as lágrimas. Ele não ia conseguir mais nenhuma lágrima de mim. Já tivera o suficiente no passado.

Eu gostaria de poder odiá-lo. Teria sido muito mais fácil se ele simplesmente tivesse me largado, se toda aquela merda não tivesse acontecido com ele e sua família. Eu precisava que ele fosse o cara mau, todo preto e branco, sem tons de cinza. Era o único jeito de seguir em frente.

Mas, infelizmente, essa não era a realidade, e Jake não era o cara mau. Não totalmente. Virei de lado, curvando o corpo até virar uma bola. Eu ainda encontrava desculpas para ele, quando ele tinha que saber o quanto doía me dizer que amava outra pessoa.

Estava decidido. Eu precisava parar de sair com ele.

A ideia de não falar com ele, rir com ele apertava minhas entranhas, mas eu tinha que fazer alguma coisa antes de me transformar em uma daquelas garotas choronas nas quais eu queria enfiar um espinho.

14

Indiana, janeiro de 2009

O cheiro do hambúrguer do Hub's, com cebolas fritas e café era acolhedor e familiar. Assim como a mesma *playlist* country instalada no jukebox vintage no canto. Ninguém se importava por ter que ouvir a mesma música há dez anos — o Hub's era sempre tão lotado que a conversa entre as pessoas abafava os cantores. Acho até que o povo de Lanton aguentaria unhas de gato riscando uma lousa só para provar um dos hambúrgueres do Hub's.

Quanto a mim, eu deixava de lado o fato de uma das garçonetes ter dormido com meu namorado, de tão bons que os malditos hambúrgueres do Hub's eram.

Sentei-me diante de Jake a uma mesa pequena perto da entrada, mastigando uma batata frita, e vendo-o comer seu hambúrguer. De repente, ele fez uma careta e deixou o lanche de lado, engolindo a comida antes de reclamar:

— Tem picles.

— Dê para mim. — Acenei com os dedos para ele. — O gosto sem dúvida vai me ajudar a superar minha descrença no fato de você não gostar disso.

Jake tirou os picles do hambúrguer e deu para mim. Sorri e me inclinei por sobre a mesa, fechando os lábios ao redor de seus dedos. Suas pupilas dilataram, enquanto eu voltava para o lugar, mastigando os picles.

— Sério? Em público?

Gargalhei e dei de ombros, pegando meu hambúrguer.

— Não é minha culpa se você não consegue se controlar.

A expressão dele dizia "você vai pagar por isso mais tarde", mas continuei a comer feliz, sem me preocupar muito com aquilo. O pagamento de Jake era sempre uma delícia.

— Definitivamente, temos público agora — ele murmurou antes de tomar um gole de sua Coca-Cola.

Eu não precisava perguntar a quem ele se referia. Sentados atrás de nós, mais perto do fundo do restaurante, estavam alguns dos nossos colegas de classe e minhas então chamadas amigas. Ocupando duas mesas, estavam Alex, Brett, Damien, uns dois amigos deles, assim como Lacey e Rose. Desde que Jake e eu entramos no Hub's, eles estavam nos observando. Ouvi a risada marcada deles quando escolhi um assento que não ficava no setor de Stacy, e senti o olhar ardente deles no meu pescoço o tempo todo em que fazíamos nossos pedidos.

O fato de Lacey e Rose estarem com Brett e os outros idiotas deveria me incomodar, mas, honestamente, eu não me importava. As garotas e eu tínhamos nos distanciado desde que eu começara a sair com Jake. Sim, eu passava o tempo com ele, mas, mesmo quando ainda ficava com elas, tudo o que elas faziam era me amolar pelo fato de eu também passar o tempo com Jake. Já que eu não podia me cortar ao meio, não sabia o que elas queriam que eu fizesse.

E então Lacey começou a sair com Brett.

Brett e seu pai não tinham parado a campanha de ódio contra os Caplin, então, assim que Lacey se tornou sua namorada, ele deixou claro que eu deveria ser tratada como inimiga. Ela não falava comigo há três semanas.

Eu sabia que Jake estava zangado e também sentia uma culpa inexplicável. Isso me irritava e, enquanto comia meu delicioso hambúrguer, fiquei mais incomodada pelo fato de meus sentidos serem distraídos e eu não poder me divertir completamente. O músculo saltando na mandíbula de Jake me dizia que ele estava irritado.

— O que quer estejam fazendo, ignore-os.

— Estão só nos encarando, tentando me intimidar.

Franzi o cenho.

— Mas Alex não, né?

Jake negou com a cabeça.

— Como sempre, o babaca parece desconfortável.

— Ele não é babaca.

— Ele é o melhor amigo de um babaca, e então é babaca por associação.

— Jake...

— Nem comece — ele advertiu. — Sabe que não gosto desse pessoal. São valentões, amor.

Eu concordava que Brett e alguns dos outros eram valentões, mas Alex e seus amigos do último ano não eram. Mesmo assim, não queria discutir sobre isso diante de uma plateia.

A voz dele era um sussurro quando continuou:

— Agora eles viraram suas duas melhores amigas contra você e por quê? Por minha causa.

— Amor, por mais que eles queiram, não estamos no Velho Oeste. Ignore-os.

— E quanto a Lacey e Rose?

— Ignore-as também. Desde o instante em que fez catorze anos, Lacey é desesperada para ser popular. Quando Alex e eu terminamos, ela tramou para me juntar com qualquer atleta que passasse por perto só para fazer parte dessa fantasia do ensino médio que ela criou na cabeça. Ela conheceu você e achou que seria o sr. Popular e, já que não estava interessado nela, queria que você me conhecesse. Ela falou sobre isso o verão todo, sempre que eu ligava para casa. Infelizmente, você e eu fracassamos nesse quesito, então ela se ligou a outra estrela. Realmente acha que estou chateada com alguém tão desleal?

— E quanto a Rose? Eu achava que ela era uma garota legal — Jake falou, os olhos apagados pelo desapontamento. — Odeio ser o causador disso para você.

— É drama de escola, Jake. Rose sempre fez tudo o que Lacey lhe disse para fazer. Mesmo que se sinta mal a respeito, ela faz. Se não tivesse sido você para agitar as coisas, teria sido outra coisa. Sorte minha que foi você e, sabe, eu escolheria você em vez delas em um piscar de olhos todas as vezes.

O lado direito da boca dele se curvou em um sorriso, e ele assentiu, comendo suas fritas.

Eu sorri.

— Sabe, desde que chegamos aqui, você olhou para todos os lados, menos para Stacy. Sua aversão ao Hub's e seu comportamento agora provam que você dormiu com ela.

Parecendo surpreso com a minha coragem em trazer o assunto à tona, e de modo abrupto, Jake falou:

— Quer conversar sobre isso aqui? Agora?

— Não. Só acho que deveria saber que, na verdade, prefiro saber com quem você dormiu para não me sentir uma total idiota quando estiver no mesmo ambiente que uma delas.

— E é isso? Você não fica com... ciúmes? — Ele me olhou com cautela.

Dei de ombros.

— Sempre vou ter ciúmes de qualquer garota que tenha tido essa parte de você, mas não estou preocupada com isso. Se você a quisesse, estaria com ela. Mas não está. Está comigo. Uma escolha inteligente, devo acrescentar. — Sorri de modo sugestivo.

Jake jogou a cabeça para trás, gargalhando.

— Deus, minha garota é convencida.

— Disse o roto sobre o remendado.

— O bom é que ambos somos convencidos, então, hein?

— Que bom.

Sorrimos com intimidade um para o outro antes de voltarmos nossa atenção para a comida. Nas últimas semanas, nosso relacionamento tinha ficado mais intenso. E já era intenso antes, então isso significa muito. As pessoas estavam certas quando diziam que o sexo mudava as coisas. Para Jake e para mim, tinha nos aproximado, mas também adicionado esse ingrediente de possessividade que eu não esperava. De ambos os lados. Se eu o via rindo com outra garota, sentia uma pontada no peito que não gostava, e tinha que lembrar a mim mesma de que Jake *me* amava. Era bem claro, no entanto, que Jake era suscetível às mesmas emoções que eu. Um exemplo era sua atitude em relação a Alex. Eu ainda conversava com Alex na escola e, há duas semanas, quando Jake nos encontrou rindo perto do meu armário, ele deixou claro no caminho para casa que não tinha gostado. Discutimos. Houve gritos, berros e até alguns rosnados. Minha intenção era sair de Hendrix, zangada, sem dizer tchau, mas Jake também não gostou daquilo — e provou, puxando-me do banco da caminhonete, praticamente até seu colo, para me beijar até tirar a raiva de dentro de mim.

Conversei com minha mãe sobre nossas discussões, mas ela me disse que tinha sido a mesma coisa com meu pai, quando começaram a sair. Eles batiam cabeça com frequência e suas "discussões" poderiam ficar acaloradas, mas era tudo paixão, não volatilidade. Estavam só tentando conhecer um ao outro.

Eles ainda batiam cabeça e ainda eram loucos um pelo outro, então eu não iria me preocupar com essas briguinhas com Jake.

Era muito melhor expressar meus pensamentos na próxima vez e em um lugar em que poderíamos usar para estar *sozinhos*. Esgueirar-se para fazer sexo não era fácil quando os pais de ambos levavam a sério a ideia de preveni-lo. No entanto, não era impossível. Desde nossa primeira vez, há seis semanas, tínhamos feito sexo sete vezes. Sim, eu estava contando. Conseguimos algum tempo sozinhos pelo menos uma vez por semana, mas, uma vez que o sexo estava ficando cada vez melhor e (ah, meu Deus) melhor, era difícil me concentrar em qualquer outra coisa que não fosse sexo com Jake.

Andie viera de Dublin para passar as folgas de Natal e, assim que me viu com Jake, *soube*. Tive a conversa sobre sexo seguro com ela, e agora ela estava me incentivando a tomar pílula, algo que eu sabia que Jake também queria que eu fizesse. Não que eu não quisesse — era só que, em uma cidade pequena como Lanton, essas coisas acabavam chegando no ouvido dos pais.

A ideia de conversar sobre sexo com meus pais?

Podem me chamar de Supergirl, mas eu não era *tão* corajosa assim.

Entretanto eu precisava fazer alguma coisa logo. Eu sabia disso.

Que divertido.

— Você falou com seus pais sobre Edimburgo? — Jake perguntou, limpando a boca com o guardanapo.

Eu conhecia aquele ar satisfeito em seu rosto. Era uma bela de uma mentira quando ele dizia que não gostava da comida do Hub's.

— Falei. E você?

Um pouco antes do Natal, contei para Jake que queria passar meu terceiro ano de faculdade no exterior. Andie estava se divertindo muito em Dublin e garantiu que era uma experiência que me mudaria e me ajudaria a amadurecer um pouco. Eu sempre quisera viajar, então um ano fora do país parecia incrível. Minha tia Cecília visitou a Escócia há alguns anos e, quando voltou, mostrou-nos todas as fotografias fantásticas que tirara. As de Edimburgo e seu castelo surpreendente e inspirador ressoaram em mim, e eu nunca abandonei a ideia de visitar o lugar algum dia. Por que não para um ano de estudos? A Universidade de Edimburgo tinha uma reputação fantástica como escola internacional, e o dinheiro de Cecília estava em um fundo fiduciário esperando que eu o gastasse.

Assim que mencionei isso para Jake, ele abraçou a ideia. Depois de dez segundos de conversa, ficou decidido que ele iria comigo. Foi parecida com a conversa que tivemos sobre as faculdades para as quais nos inscreveríamos quando voltássemos para casa. Decidimos nos inscrever na Northwestern, na Purdue e na Universidade de Chicago. Dependeria de quem entraria em qual, mas planejávamos estudar na mesma faculdade ou em faculdades que fossem próximas uma da outra. Pelo menos, nessas três, ficaríamos distantes poucas horas, no máximo.

— Falei — Jake respondeu. — Eles acharam uma ótima ideia. Gostam da influência que você tem sobre mim. — Ele me deu uma piscadinha, e eu desejei que esse gesto não fosse tão sexy.

— Meus pais estão resignados com a ideia, desde que eu me prepare para estudar direito.

— Eles ainda estão nessa, hein?

Delia e Jim Redford não conseguiam aceitar a ideia de a filha se tornar policial. Acho que estavam começando a perceber que não era apenas uma fase. Estavam me pressionando muito para estudar direito. Minha mãe tinha até baixado folhetos sobre o curso.

— Acho que eles aceitariam se minha intenção fosse ser delegada aqui.

Jake sorriu com afeto.

— Mas, é claro, você quer se juntar às ilustres fileiras da polícia de Chicago.

— Quero. Eu teria a chance de avançar, sabe. De me especializar.

Isso causou uma pequena ruga entre as sobrancelhas de Jake. Embora eu tivesse conversado muito com ele sobre ser policial, e ele tivesse me falado muito sobre ser engenheiro, nós encaramos a conversa como estou-ao-seu-lado-e-apoio-o-que-o-faz-feliz-mas-não-tenho-ideia-do--que-você-está-falando.

— Você nunca mencionou isso.

Dei de ombros.

— É só uma coisa na qual venho pensando mais ultimamente.

— Bem, especializar no quê?

— Não sei. Homicídios, talvez.

Jake ficou tenso e se recostou no assento.

— O quê?

Notei a preocupação em sua voz e desejei a Deus não ter que enfrentá-lo, assim como teria que fazer com meus pais, quando chegasse a hora de me inscrever na academia.

— Seus pais sabem disso?

Assenti, suspirando.

— Contei para eles algumas noites atrás. Por favor, não me diga que agora concorda com eles?

Jake esfregou a testa, pensativo, e então negou com a cabeça.

— Você deve fazer o que a deixa feliz, mas Charley... uma detetive de homicídios em um lugar como Chicago? Vai ver coisas que não vai poder apagar. Nunca. Por que vai querer ver esse tipo de merda todo santo dia?

O motivo era algo que estava no fundo da minha mente desde que acontecera. Não era algo que eu partilhara com Jake ainda, porque era muito triste, mas eu queria que ele me entendesse como ninguém mais.

— Eu sempre quis ser policial, desde que soube o que era. Eu só... — Sorri com tristeza — Queria fazer algo que importasse, algo que deixasse as pessoas seguras. Trabalhar com homicídios? Bem... há três anos, meu primo mais velho, Ethan, foi morto com um tiro em seu apartamento em Miami, por causa do notebook e de um pouco de dinheiro. A polícia nunca pegou o cara. Meus tios nunca tiveram um desfecho para o acontecido. Era um crime sem sentido, e não havia ninguém para perpetrar justiça. Ainda dá para ver isso nos olhos deles.

Minha garganta apertou, e senti o mesmo vazio dentro de mim que senti no último verão, quando passei um mês em Miami com eles. Eles suportavam cada dia por meus primos, Emily e Seth, mas era como se algo os esmagasse, algo corroesse qualquer chance de contentamento que pudessem ter.

— Acho que, se não pude dar um encerramento para eles, eu gostaria de tentar fazer isso por outras pessoas. E sei que verei coisas realmente horríveis, Jake, mas também sei que quero pelo menos tentar e ver se consigo lidar com isso.

Jake me olhou com uma intensidade que me deixou imóvel.

— Aposto que consegue. — Ele estendeu o braço pela mesa, até que sua mão encontrou a minha. Apertou-a, esfregando o polegar nos nós dos meus dedos. — Sinto muito sobre Ethan.

— O que é isso? Amor jovem? — uma voz rude zombou quando uma sombra caiu sobre nós.

Jake e eu olhamos para cima, para o intruso, e fiquei tensa. Jake apertou minha mão com mais força e, de repente, era eu que apertava a mão dele para tranquilizá-lo.

— Sr. Thomas — murmurei infeliz, olhando o rosto marcado e desagradável de Trenton Thomas, pai de Brett.

Ele deu um sorriso para a mesa do filho antes de voltar a me olhar.

— Vejo que todos os seus amigos a deixaram depois que começou a namorar o inimigo. Talvez devesse pensar nisso, Charlotte. — Ele riu, como se tivesse feito a piada mais divertida do mundo.

Eu zombei.

— Deixe de ser infantil.

Tão abrupto quanto um blecaute, a expressão de Trenton ficou sombria.

— Veja com quem está falando, mocinha. Por aqui, tratamos os mais velhos com respeito.

Então eu deveria respeitar aquele valentão de quarenta anos só porque ele era vinte e quatro anos mais velho? Eu achava que não.

— Quer respeito? *Mereça-o*.

Trenton estava praticamente mostrando os dentes para mim.

— Você é como sua mãe. Delia também era uma vaca malcriada.

Titubeando diante do insulto à minha linda mãe, tive que respirar fundo algumas vezes, concentrando-me na mão de Jake apertanto a minha. Antes que eu pudesse responder calmamente, no entanto, uma voz familiar disse:

— Delia simplesmente não gostava de você, Trenton. Foi por isso que ela disse não quando a convidou para o baile de formatura, e isso não a torna uma vaca malcriada. Isso a torna inteligente. — Hub, o dono do restaurante e um homem que mais parecia um urso de um metro e noventa, com barba cerrada e olhos gentis, estava parado ao lado de Trenton, secando as mãos em um pano de prato. Seus olhos gentis estavam atentos e cheios de advertência. — Se você é inteligente, não vou mais escutar falar sobre Delia ou sobre qualquer outra boa mulher como ela desse jeito novamente, e não verei você tentando intimidar garotos no meu estabelecimento ou em qualquer outro lugar... ou você e eu teremos problemas. Entendido?

Foi necessário todo meu esforço para não sorrir triunfante diante da expressão tensa de Trenton Thomas. Com um metro e oitenta de altura e constituição forte, não era como se o pai de Brett não pudesse se garantir, então era irritante quando dava de cara com alguém que não tinha medo dele. Em especial com alguém tão apreciado e íntegro na comunidade, como Hub.

Observamos Trenton fazer um aceno curto de cabeça para Hub, antes de dar meia-volta e sair do restaurante.

Hub suspirou e então olhou para nossos pratos vazios.

— Você gostou disso, não é?

Dei risada.

— Da comida ou do show?

Hub deu uma gargalhada e lançou um sorriso malicioso para Jake.

— Espero que consiga lidar com essa aí. Ela é tão afiada quanto a mãe.

Assim que ele desapareceu atrás do balcão, a conversa reiniciou no restaurante, e Jake puxou minha mão para chamar minha atenção.

— Posso lidar com você. Quero lidar com você agora mesmo.

Estremeci com a expressão em seu rosto.

— Seus pais estão em casa?

— Quer conferir?

— O que acha? — Dei uma risadinha e me levantei.

Jake pagou pelo jantar e eu não me incomodei em discutir com ele. Já tínhamos tido uma discussão terrível sobre isso. Eu disse para ele que era uma garota moderna e que queria pagar minhas coisas, ou pelo menos revezar, e Jake me falou que tinha sido criado em um mundo no qual era o homem que pagava. Isso parecia horrivelmente antiquado para um garoto de dezesseis anos, mas ele não voltou atrás. Hoje eu estava interessada demais em outras coisas para me irritar com isso.

Quando chegamos à casa de Jake, senti o clima na caminhonete se dissipar. O carro do pai dele estava guardado na garagem.

Jake suspirou.

— E agora?

Gemendo irritada, balancei a cabeça.

— Meus pais também estão em casa.

— Nossos pais precisam ter vida.

Dei uma risada e o segui para fora de Hendrix, até sua casa.

Assim que entramos, soubemos que havia algo errado.

Logan Caplin andava de um lado para outro na sala de estar e estava soltando fumaça. A mãe de Jake, Beth, estava parada de lado, com uma expressão sombria no rosto.

— O que aconteceu? — Jake perguntou baixinho.

— O que aconteceu? — Logan rosnou. — O que aconteceu é que vou ensinar uma bela lição para aquele filho da puta!

— Logan — Beth o repreendeu. — Charley está aqui.

— Está tudo bem — eu a tranquilizei, franzindo o cenho de preocupação. — Sr. C., o que aconteceu?

Ele parou, balançando a cabeça enquanto tentava controlar a raiva.

— Parei no escritório hoje de manhã para pegar alguns papéis que queria revisar no fim de semana. Meu escritório estava um lixo. Papéis rasgados, meu computador em pedaços e excremento de porco espalhado por todo lado.

Arfei e Jake engasgou.

— Que merda é essa?

— Jacob! — Beth o repreendeu. — Só porque seu pai está zangado não quer dizer que você possa usar essa palavra.

— Desculpe, mãe — ele falou antes de se concentrar novamente no pai. — Por favor, me diga que não foi Trenton Thomas.

— Quem mais? — Logan ergueu as mãos, uma veia pulsando de raiva no pescoço. — O xerife Muir e seus delegados encontraram algumas digitais e pegaram as gravações das câmeras do lado de fora, então logo saberemos. Mas eu não preciso de evidências. Sei que foi o maldito imbecil.

Beth empalideceu com os xingamentos contínuos, e eu empalideci por um motivo completamente diferente. Tanto Jake quanto Logan pareciam prestes a explodir, e eu não queria que eles retaliassem. Trenton e Brett Thomas não valiam a pena. Eram valentões de colégio e sempre seriam. Jake e seu pai eram melhores do que aquilo.

Beth caminhou cautelosa até Logan. Colocou as mãos gentis em seu peito e murmurou para que ele se acalmasse. Quando aquilo não pareceu funcionar, ela o pegou pela mão e o levou até a cozinha.

Mal a porta da cozinha se fechou, Jake deu meia-volta e saiu em direção à porta da frente.

— Espere aí, mocinho. — Corri atrás dele e o agarrei pelo braço, obrigando-o a parar. — Aonde acha que vai?

O rosto bonito de Jake estava tenso de fúria.

— Meu pai é um cara legal. Ele não merece essa merda toda, e não merecemos os comentários maliciosos e o isolamento que estamos tendo no colégio. Vou resolver isso entre mim e Brett.

— Não, Jake. — Eu o puxei com mais força quando ele tentou se libertar. — Não, você vai se acalmar, vai lá para cima comigo e vai esquecer tudo isso. Vamos namorar e nos beijar até ouvirmos um de seus pais subir as escadas. É Brett... ou eu. — Estreitei os olhos. — E eu pensaria na resposta com muito cuidado ou você terá problemas maiores do que os Thomas.

Jake me encarou por alguns segundos, até que senti sua tensão derreter lentamente.

— Você é um pé no saco, Redford.

Meus lábios se curvaram nos cantos, em triunfo, e eu me virei e comecei a subir as escadas.

— E você também, Caplin, mas estou presa a você.

— Sinto muito pelas dificuldades — ele me provocou.

Sorri, com o tom de voz mudado, sabendo que eu tinha vencido.

No alto das escadas, me virei e comecei a caminhar até o quarto dele, abrindo a jaqueta enquanto isso.

— Não sinta. Vou sobreviver... desde que você perca algumas roupas.

Jake sorriu e fechou a porta do quarto em silêncio. Veio até mim com propósito.

— O que quiser, gata.

Tirei a jaqueta, sorrindo quando ele parou a poucos centímetros de mim. Ele estendeu os braços, mas pressionei uma mão em seu peito e balancei a cabeça com um sorriso cheio de segredos. Quando tirei um pequeno envelope do bolso da jaqueta, Jake franziu o cenho.

— Feliz aniversário de dezessete anos, Jake.

Os olhos dele se iluminaram imediatamente, e ele pegou o envelope gentilmente das minhas mãos.

— Mas é só na segunda-feira.

Dei de ombros levemente.

— Eu sei, mas você não poderia me agradecer adequadamente diante de toda a escola se eu lhe desse isso na segunda.

Ele ainda estava sorrindo enquanto abria o envelope que lhe entreguei. Seu sorriso aumentou e ficou mais lindo ainda quando ele viu o que tinha lá dentro.

— Dois ingressos para o Blind Side? Está brincando?

Gargalhei, feliz por ele estar feliz. Blind Side era uma banda *indie* muito legal de Seattle, a qual Jake conhecera pela internet. Ele passara os últimos meses ouvindo as músicas deles.

— Comecei a pesquisar e descobri que vão fazer um show pequeno em Chicago em junho.

Jake me beijou, ainda sorrindo. Quando se afastou, gesticulou para mim com os ingressos.

— Esse é um presente bom demais. — Ele franziu o cenho enquanto estendia o braço para guardá-los na cômoda. — Só tenho que encontrar alguém para ir comigo.

— Engraçadinho.

Ele riu e me segurou pela cintura, girando meu corpo e me derrubando na cama.

— Vou demonstrar meu apreço agora.

Relaxei e lhe dei meu melhor sorriso sedutor.

— Venha.

Enquanto ele me beijava, eu me enrosquei nele, feliz em saber que não só eu lhe dera um ótimo presente de aniversário, como também o distraíra da história com Brett Thomas.

15

Edimburgo, dezembro de 2012

O Frankenstein era um ótimo pub/clube em George IV Bridge, o qual Cláudia e eu tínhamos descoberto no início do semestre. No térreo ficava o bar e a pista de dança, onde tiravam fotos ao lado da estátua de Frankenstein e os funcionários fantasiados dançavam sobre o balcão ao som das músicas do *Rocky Horror Picture Show*. Para quem quisesse algo um pouco mais discreto, o bar de esportes no porão era muito mais tranquilo. Foi onde minha turma de Edimburgo e eu nos encontramos em uma fria noite de quinta-feira, em dezembro, para jogar uma trivia de bar.

Todos nós, exceto Jake — que estava conversando com os pais e tinha prometido aparecer mais tarde —, estávamos sentados ao redor de uma mesa. Lowe estava entre Cláudia e Beck, e Claud ficava se inclinando por trás de Lowe para discutir com Beck as respostas para as perguntas do apresentador. Rowena e Denver estavam sentados à frente deles, tentando ser úteis, mas de vez em quando tinham que recorrer ao roubo de respostas da folha de Beck. Matt tinha caído no sono perto de um Lowe que parecia exasperado, querendo estar em qualquer outro lugar que não ali — preso entre o mais frustrante "não casal" de todos os tempos.

Para minha surpresa, quando nos acomodamos nos bancos, Melissa se sentou ao meu lado. Ela estava sorrindo de forma amigável para mim desde que nos encontramos todos em Cowgate. Eu não tinha ideia do que fazer com aquilo, já que, da última vez em que a vira, tive bastante certeza de que ela queria matar Jake ou a mim.

— Qual é o maior onívoro da Bretanha? — o cara no microfone perguntou. — Vou repetir: qual é o maior onívoro da Bretanha?

— Que tipo de pergunta é essa? — Beck comentou.

— A Bretanha tem onívoros? — A expressão de Cláudia praticamente espelhava a de Beck.

— Vou fingir que você não perguntou isso. — Rowena balançou a cabeça e puxou o papel em sua direção. — É o texugo, pessoal. O texugo.

Melissa colocou uma mão gentil em meu ombro, tirando-me da conversa para uma pequena bolha com ela na extremidade do banco. Levantei uma sobrancelha, questionadora.

— Você está bem?

Ela parecia determinada, mas também um pouco nervosa, a tensão visível em seus belos olhos azuis.

— Eu queria me desculpar pelo meu comportamento na biblioteca. Sei que as coisas são complicadas, e estou tentando. De verdade.

— Melissa, você não tem que...

— Não. — Ela levantou a mão para me interromper. — Eu realmente preciso explicar, porque, neste momento, sou apenas a garota com um nome que está namorando seu primeiro amor. Você não me conhece, e eu só sei de você pelo o que Jake me contou. Então preciso explicar.

Melissa se inclinou na minha direção, a voz alta o bastante para que apenas eu ouvisse.

— Quando conheci Jake, ele estava acabando de sair do que mais tarde descobri terem sido alguns anos bem caóticos. Bebidas, festas e sexo casual, e uma recusa em fazer uma conexão com alguém além de Beck. Por sorte, ele estava ficando bem entediado com essa vida e se recompondo, então, quando começamos a conversar, ele não queria um relacionamento, mas estava aberto à amizade. Eu gostei tanto dele que aceitei o que ele me deu. Assim que me dei conta de que acordava todo dia animada para vê-lo, soube que tinha me apaixonado. Ficamos próximos o bastante para que ele me contasse o que tinha acontecido... com você, com... tudo. Então, eu sei. — Ela assentiu, com um olhar gentil e compreensivo que era difícil odiar. — Sei o que você significou para ele, sei o quão especial ele acha que você é e sei que ele machucou você e que as coisas entre vocês ficaram sem solução.

Melissa tomou um gole de cerveja antes de se virar para mim.

— Mas não sou só uma garota que ele conheceu, Charley. Sou uma das melhores amigas dele. Nunca o julguei e gosto de pensar que o ajudei a perceber, por fim, que o que aconteceu não foi culpa dele... que ele não é uma má pessoa. Cada dia, desde que nos conhecemos, Jake sorri um pouco mais. Dá risada das minhas piadas estúpidas porque se importa o suficiente para fazer isso. Sei que ele não pode começar o dia sem uma xícara de café preto, que ele manda mensagens para o irmão todos os dias sobre assuntos aleatórios como uma desculpa para ver se Luke está bem, sei que ele acha que ouvir Pearl Jam é uma experiência religiosa, e sei que, quando ele dorme de costas, ele ronca. Eu o conheço. Compartilhamos os mesmos pontos de vista em praticamente tudo, nunca brigamos... bem, até você aparecer... e sei que significa muito para ele. Eu o amo e ele me ama, e eu lhe dou paz. A questão é que eu sei que ele se importa com você também e quer que sejam amigos. Não é muito fácil para mim, e imagino que minha existência não seja fácil para você. Mas nós duas nos importamos com Jake, então quero dar uma chance para a amizade. Acho que, se tentarmos ser amigas uma da outra, tanto quanto somos amigas de Jake, isso pode ajudar. — Ela sorriu. — Posso ser bem legal quando me conhecer.

Engoli em seco, sentindo tudo o que ela me disse como um pedaço de brasa na garganta.

— Entendo — respondi um pouco rouca. — E obrigada. Por ser sincera.

— Jake diz que você aprecia as pessoas que são diretas e falam logo.

Assenti, sem ter certeza do que dizer, de como responder, e agradecendo a Deus quando nosso grupo começou a fazer mais barulho ao cumprimentar alguém. Jake. Ele sorriu para nós, os olhos calorosos parando em Melissa e em mim. Ao notar nossas expressões, pareceu ficar pensativo.

— Aqui, cara, passe por aqui. — Beck começou a escorregar pelo banco.

— Deixe-me sair primeiro — falei, tentando manter o pânico afastado da minha voz. — Preciso de uma bebida. Alguém mais?

Todo mundo, exceto Cláudia, estava acomodado, então me deixaram sair e, quando me levantei, Jake se preparou para sentar. Olhar em seu rosto foi um grande erro. Aquilo fez com o que Melissa tinha dito doesse muito mais.

Ele olhou em meus olhos e estremeceu, a preocupação imediatamente enrugando sua testa com o que quer que tenha visto em mim. Seus lábios se separaram, e eu sabia que uma pergunta sobre meu bem-estar estava chegando, então corri para o bar e esperei que ele se sentasse ao lado da namorada e me esquecesse.

Apoiei-me no bar, tentando recuperar o fôlego e acalmar o tremor nas mãos.

Toda vez que pensava que não podia ficar pior, eu levava um soco bem na cara. Tudo o que ela dissera foi o suficiente para me partir ao meio e me colocar, por fim, no meu lugar. Ela lhe deu paz. Eles não brigavam ou discutiam por bobagem. Eles eram bons. Eram perfeitos juntos. Ela lhe dava paz.

Ela era a cara-metade dele.

E eu só tinha que pedir para Deus que Jake não fosse a *minha* cara-metade.

Um corpo quente se acomodou ao meu lado e ergui os olhos do lugar quebrado no qual me encontrava para ver o belo rosto de Lowe. Ele estremeceu, em uma reação bem parecida com a que Jake tivera quando olhou para mim há um minuto. Lowe passou o braço ao redor da minha cintura e me puxou para seu lado.

— Ele é meu melhor amigo e um grande cara, mas, neste instante, eu poderia matá-lo.

Recuei um pouco, com a expressão especulativa.

— Como é?

— Charley, sua cara de paisagem já era, e ele viu. Ele viu a dor em seus olhos depois do que quer que a maldita Melissa tenha dito e, se isso não é o suficiente para ele deixar de ser um maldito bastardo e se afastar para que você possa seguir em frente, então posso ser obrigado a machucá-lo. Ele quer vocês duas. Ele não pode ter vocês duas e precisa acordar e ver isso.

Tentei me afastar dele, sem querer discutir aquilo com ele, entre todas as pessoas.

— Posso lidar com isso.

Lowe me segurou com mais força, recusando-se a deixar me retrair.

— Claro. Você é durona.

— Você sabe — murmurei.

Lowe riu baixinho e me deu um apertão.

— Vamos voltar para aquela mesa e você se senta comigo, para que eu não tenha que me sentar entre Sid e Nancy de novo.

Dei risada, tentando me recompor do aperto que sentia no coração.

— Não preciso que me salve, Lowe.

— Não, mas eu preciso que você me salve de Claud e Beck.

— Parece justo.

Paguei as bebidas e voltei para a mesa, ao lado de Lowe. Sentamos no banco e me inclinei em sua direção quando ele passou o braço casualmente ao meu redor, virando para dizer algo para Beck.

Olhando rapidamente para Jake, eu o peguei me encarando com aquela pequena ruga entre as sobrancelhas de novo. Controlando-me, dei um sorriso despreocupado para ele e outro para Melissa. Ela pareceu aliviada e se aconchegou ao lado de Jake.

Ignorando-os, ri quando Beck tentou roubar um gole da bebida de Claud e levou um tapa por isso. Ele sorriu para ela, malicioso.

— É o mais perto que você vai chegar da minha língua, gata, então deixe-me tomar um gole.

Cláudia fez um som de afronta que veio do fundo da garganta.

— Se quisesse sua língua, eu teria sua língua. Deixe minha bebida em paz, seu Neandertal.

— Um pouco confiante demais em seus encantos, linda.

Minha melhor amiga lançou as mãos para o ar e se virou para mim.

— Por que deixo ele me provocar?

Gesticulei impotente, rindo.

— Não sei. Por quê?

Ela estreitou os olhos para Beck.

— Talvez porque ele tenha sido um completo imbecil nas últimas duas semanas, mas esta noite voltou a ser ele novamente, e não quero estragar isso, mas, se ele não soltar minha bebida, meu salto alto vai atravessar sua garganta.

Beck lhe deu um sorriso apaziguador e lentamente abaixou a bebida dela.

— Não vamos enlouquecer agora.

Revirando os olhos, olhei para Lowe e partilhamos um olhar de compreensão. Beck estava de bom humor porque Cláudia tinha parado de sair com o escocês da biblioteca. Era uma coisa boa porque ela estava fingindo entusiasmo com a coisa toda durante a semana anterior, e o motivo para isso estava sentado ao lado dela.

Beck e Claud precisavam se resolver logo.

Relaxei ao lado de Lowe e perguntei quando os rapazes iriam tocar de novo, feliz em deixar um cara atraente e cheiroso fazer o possível para afastar minha mente de Jake e de sua escolhida.

16

Indiana, março de 2009

Apesar dos esforços de Brett para tornar Jake e a mim *personas non grata*, Alex era um cara legal demais para escutar calúnias mesquinhas. Foi por isso que, quando Alex nos convidou para sua festa de dezessete anos, eu disse para ele que estaríamos lá. Jake não tinha tanta certeza se deveríamos ir, mas eu estava cansada do drama e não queria que meu último ano fosse tão pesado quanto o anterior. Não me entenda mal — eu passaria por tudo aquilo de novo para estar com Jake, mas não significava que não era um pé no saco desviar de certos colegas de classe e ter que pensar em respostas inteligentes quando não conseguia desviar das pessoas incovenientes.

As coisas entre Jake e Brett só tinham ficado ainda mais tensas quando Doug Clare, um dos mais antigos amigos de Trenton e seu seguidor bem conhecido, foi preso e acusado não só de arrombar e invadir o escritório de Logan Caplin, mas de vandalismo e destruição de propriedade privada. O xerife Muir sabia que Trenton tinha colocado Doug naquilo, mas não havia nada que Muir pudesse fazer sobre o envolvimento do pai de Brett. Isso significava que Jake estava o tempo todo prestes a dar um soco na cara do presunçoso e provocador Brett Thomas. Nas últimas semanas, eu tinha usado *várias* técnicas de distração para garantir que Jake se controlasse.

Alex me prometera que tinha conversado com Brett e que tinha sentido que finalmente o amigo havia deixado tudo aquilo para lá. Meu ex queria compensar todos os problemas que Jake e eu tínhamos enfrentado; eu só queria que Jake e sua família começassem a sentir que Lanton era o lar deles. Então arrastei Jake para a festa.

— Estou dizendo para você — Jake suspirou, segurando minha não — que isso não é uma boa ideia.

Sorri para uma colega de classe enquanto subíamos na larga varanda de madeira branca da casa de Alex. Seus pais viviam em uma casa imensa na divisa do bairro de Jake. Uma longa estrada nos levou até a casa de cinco quartos, e agora aquela estrada estava cheia de carros.

O aniversário de Alex, na verdade, fora há uma semana, mas a prefeita e o sr. Roster estavam de férias em Cape Cod para comemorar o vigésimo aniversário de casamento deles, então Alex tinha aproveitado a oportunidade para celebrar escondido dos pais. Era uma péssima ideia, e eu falei isso para ele. Ele sorriu para mim, com animação juvenil e um olhar que eu conhecia bem, um olhar que significava que não adiantava argumentar.

— Jake, vai dar tudo certo. Precisamos disso.

Apertei a mão dele enquanto entrávamos juntos na casa lotada. O hip-hop soava em todo o térreo, e a garotada dançava e bebia na imensa sala de estar, na imensa sala de jantar e no corredor, e corpos tomavam todo o caminho para o segundo andar.

— Ei, Jake!

Amanda Reyes apareceu diante de nós, o rosto vermelho, mas os olhos focados. Notei a lata de Red Bull em sua mão. Ela não estava bebendo, o que não era uma surpresa. Nem seu cumprimento entusiasmado para Jake. Sua queda por ele não tinha diminuído nada. Mas fiquei surpresa que ela estivesse na festa. Amanda não era parte da cena social fora da escola. Parecia que ela estava tentando mudar aquilo. Seus olhos vieram para mim e, embora o brilho neles tivesse diminuído um pouco, ela conseguiu me dar um sorriso.

— Ei, Charley.

— Oi, Amanda — respondi.

— Amanda — Jake lhe deu um aceno amigável de cabeça e então deu a volta por ela, ainda segurando minha mão.

Ele fazia isso toda vez que ela se aproximava dele. Era amigável, mas não amigável demais e, quando eu estava com ele, ele enfatizava aquilo mantendo-me por perto. Eu tinha a impressão de que a paixonite óbvia dela o deixava um pouco desconfortável.

Dei um aceno desajeitado para Amanda, e a expressão dela desabou quando viu Jake se afastar comigo.

Assim que ficamos longe o bastante para ela não nos ouvir, puxei o braço de Jake.

— Cara, precisamos encontrar alguém para ela.

Os olhos de Jake se arregalaram em concordância.

— Acha mesmo?

Dei risada.

— Você deveria ficar lisonjeado.

Ele me puxou mais para perto enquanto tentávamos passar por um grupo de garotos parados na porta da cozinha.

— Eu fico. Mas, toda vez que ela me olha com aquele ar de cachorrinho abandonado, eu quero correr. Olhos de cachorrinho abandonado de uma garota que conheço já é ruim, de uma que não conheço... — Ele deu de ombros como se dissesse "não sei o que fazer a respeito".

— Charley, Jake, vocês vieram. — Alex sorriu quando entramos na cozinha lotada. Ele se espremeu pela multidão para vir nos cumprimentar na porta. — Eu não tinha certeza se viriam.

Olhei por sobre o ombro dele e vi um Brett muito bêbado nos dar um olhar maldoso antes de passar um braço pelo pescoço de Lacey e ir para fora com ela, cambaleando. Voltando a atenção para Alex, eu o provoquei.

— E perder seu aniversário-barra-desculpa para destruir a casa dos seus pais? Como poderíamos?

Ele gargalhou.

— Ah, que seja. Será bom. Meus pais não vão voltar antes de uns quatro dias, então terei tempo suficiente para limpar toda a bagunça. Também reuni dois alunos do segundo ano para me ajudar a limpar amanhã.

Jake bufou.

— Como conseguiu isso?

Alex se inclinou na nossa direção.

— Vou pagar cinquenta dólares para cada — admitiu, como se fosse um segredo genuíno.

— Eles vão limpar a bagunça da realeza por meros cinquenta dólares? — perguntei.

— Ei, são tempos difíceis. — Alex riu e apontou para o balcão à nossa direita. — Tem bastante bebida ali. Sirvam-se. Vou à caça de uma certa aluna do último ano que colocou o número do telefone no bolso traseiro da minha calça na escola.

— Boa sorte com isso.

Ele me deu uma piscadela e se afastou.

Depois que Jake e eu pegamos algumas cervejas, ele me puxou para fora da cozinha e para fora da casa, até a varanda, onde estava um pouco mais tranquilo.

— Então você e Alex parecem estar numa boa — ele disse, mas eu pude ver a pergunta em seus olhos.

Esperando que aquilo não levasse a uma briga familiar, eu me recostei em um pilar e respondi casualmente:

— Estamos. Você sabe que estamos. No começo foi estranho para ele, mas ele já superou.

Jake assentiu, segurando a cerveja.

— Sei que nem sempre sou um grande fã dele por causa de Brett, mas acho que você pode estar certa. O cara se esforça ao máximo para ser legal comigo na escola. Estou deixando essa merda com Thomas distorcer isso.

— E se nesta noite não pensarmos em nada disso? — Eu me inclinei na direção dele, meus dedos se enroscando em sua camiseta.

Os olhos dele brilharam e ele assentiu, abaixando a cabeça para roçar a boca na minha. Sorri ainda próxima do seu rosto e me recostei de novo no pilar.

— Nós nos conhecemos em uma festa como esta.

— Há seis meses.

Eu o observei sob a luz fraca, perguntando-me como era possível que só o conhecesse há seis meses.

— De algum modo, isso não parece certo, parece? Não consigo me lembrar de como era não estar com você.

— Digo o mesmo, amor. — Ele tomou um gole da cerveja, seu afeto concentrado em mim. — É assim de agora em diante. Você e eu. Tem certeza de que consegue lidar com isso?

— Bem, vai ser meio difícil, mas o que não mata, fortalece — provoquei.

— Difícil, o caralho. — Ele envolveu minha cintura com um braço e me puxou de encontro ao seu corpo, sorrindo maliciosamente para mim.

— Ah, pessoas que conheço!

Viramos quando Lois McKinley nos viu da outra ponta da varanda, sua cerveja derramando enquanto ela arrastava seu melhor amigo Deke até nós. Lois era a editora do jornal da escola (e cansada de ouvir piadas sobre Lois Lane) e Deke era seu parceiro nerd, craque em informática.

— Ei, pessoal. — Olhei para Deke. — Não está trabalhando no Hub's esta noite?

Ele negou com a cabeça.

— Mudei de turno. Não é todo dia que se é convidado para uma festa na casa de Alex Roster.

Recostando-me em Jake, assenti.

— Parece que o garoto resolveu convidar todo mundo.

— Alex é legal. — Lois deu de ombros. — Ele não é como Brett e os outros, você sabe, que escolhem quem é digno para se conversar. — Isso foi dito com uma pequena pontada de amargura e ressentimento, algo que eu entendia, já que Brett e seus amigos idiotas azucrinavam Lois praticamente toda semana.

Ela era baixinha e, de certo modo, voluptuosa, e mostrava suas curvas em roupas vintage dos anos cinquenta. Seu cabelo escuro estava sempre arrumado como o de uma *pin-up*, e seus lábios nunca estavam sem batom vermelho-vivo. Eu achava que ela era incrível, mas algumas pessoas não entendiam que Lois tinha um estilo e não se importava se os outros aprovavam.

Grunhi.

— A mãe de Alex vai pirar se chegar e descobrir sobre esta festa.

Ficamos conversando ali por um tempo, eu com as costas apoiadas no peito de Jake, o queixo dele no meu cabelo, enquanto bebíamos e relaxávamos com Deke e Lois. Deke era quieto, mas também inteligente e perspicaz, e uma companhia muito divertida.

Cerca de uma hora mais tarde, o telefone de Lois tocou. Depois de ver Lois gemer e reclamar por quase cinco minutos no canto, ela finalmente desligou o telefone e resmungou que sua mãe tinha ligado do trabalho, no hospital, e precisava que Lois voltasse para casa para cuidar da irmã mais nova. Deke estava de carona com Lois, então, para nosso desapontamento, os dois foram embora.

— Eles são bem legais. — Virei para encarar Jake depois que eles se foram. — Deveríamos sair com eles mais vezes.

— Então faremos isso. — Ele apertou minha cintura. — Quer outra cerveja?

— Claro.

Jake me beijou no nariz, pegou minha garrafa vazia e desapareceu dentro da casa. Alguns minutos mais tarde, uma embriagada Lacey apareceu na varanda, claramente me procurando. Eu me preparei.

— Charley. — Ela me deu um pequeno aceno enquanto se aproximava. — Estava procurando você.

— Ah?

— Eu sinto tanto, mas tanto, Charley. — Ela cambaleou um pouco, e eu tive que segurá-la. — Fui uma bela de uma vaca.

Eu não podia discordar.

— Quero fazer as pazes com você, Charley. Você aceita? — Ela se inclinou para bem perto e eu pude sentir o cheiro de maçã azeda em seu hálito.

— Lacey, quanto você bebeu?

Ela juntou o indicador e o polegar e ergueu até o rosto.

— Só um pouquinho.

— Acho que foi mais do que só um pouquinho. Venha, vamos pegar água para você.

O aperto firme que ela deu no meu punho me surpreendeu.

— Não — ela disse veemente, o sorriso vacilante. — Vamos ficar aqui e conversar.

Estreitei os olhos enquanto me libertava de seus dedos.

— Acho melhor buscarmos água.

— Não! — ela exclamou, tentando me segurar. — Fique.

De repente, o sangue estava acelerado em meus ouvidos e meu coração disparou.

— O que... você está me segurando aqui?

Ao ver seus olhos pestanejantes e arregalados, e a expressão de culpa, um sentimento de inquietude tomou conta de mim.

Jake.

— Merda.

Respirei fundo e passei por ela, abrindo caminho entre as pessoas enquanto corria na direção da cozinha. O tambor em meu peito só ficou mais forte e mais rápido quando vi uma comoção perto da porta dos fundos da cozinha. As pessoas estavam olhando para fora, perguntando-se que diabos estava acontecendo.

Passei por todos eles, ignorando os gritos e reclamações enquanto forçava meu caminho para o lado de fora. A varanda dava a volta na casa toda e eu tive que empurrar todo mundo que estava parado ali, bebendo e parecendo empolgado com alguma coisa no quintal. Assim que consegui atravessar a multidão, pude ver o porquê. O quintal dos Roster era dividido em três partes. Ao fundo, ficavam a fonte e o lago, aos quais se chegava por um caminho de cascalho que atravessava o jardim. À frente, os degraus da varanda levavam a um pátio de madeira com uma grande mesa para reunir a família à direita e uma churrasqueira imensa à esquerda. Perto da churrasqueira, Jake estava de costas para mim e, cambaleando diante dele, estava Brett. Damien, Jackson e mais uns dois amigos deles estavam parados atrás de Brett, e Alex não estava em nenhum lugar à vista. Eu podia sentir a hostilidade aumentando entre Brett e Jake ainda nos degraus.

Minhas entranhas se agitaram de inquietude enquanto eu corria na direção de Jake. Os olhos de Brett se voltaram para mim, seus lábios se curvaram em um sorriso de escárnio, e Jake olhou por sobre o ombro, apertando os olhos.

— Charley, fique aí — ele me avisou, levantando a mão na minha direção.

Alguma coisa em sua voz chamou minha atenção, e eu parei. Voltando o olhar para Brett, vi a luz da casa refletir em um objeto em sua mão.

— Brett, o que você está fazendo? — sussurrei, horrorizada.

Ele segurava uma grande faca de cozinha.

— Ele não vai fazer nada, Charley. Está só conversando com seu namorado — Damien me assegurou com um sorriso arrogante.

Brett deu uma gargalhada e cambaleou com o movimento.

Eu me aproximei um pouco mais de Jake, cujo corpo estava todo tenso, pronto para agir se Brett colocasse na cabeça oca a ideia de realmente usar a arma.

— Acho que ele está um pouco bêbado demais para segurar uma faca — repliquei para Damien. — Tire isso dele.

— Não. — Brett balançou a faca na minha direção, e Jake se moveu, bloqueando-me de sua vista. — Não fale como se eu não estivesse aqui. — Ele soltou um soluço. — Isso é entre mim e seu namorado.

— Que diabos está acontecendo? — Alex desceu correndo os degraus atrás de mim, com dois caras do último ano ao lado dele. Parou abruptamente ao meu lado quando viu que Brett balançava uma faca, seu rosto empalideceu.

— Brett, o que está fazendo? Você é um merda. Me dê essa faca e pare de ser idiota.

As bochechas já vermelhas de Brett ficaram mais escuras.

— Eu sou o idiota? — Deu um passo na direção de Jake, concentrando-se tanto que, desta vez, não cambaleou. — Não fui eu quem deixou esse babaca ficar com minha garota. Ele... ele e sua família de merda não são bem-vindos. Ele precisa saber disso. — Ele balançou o braço na direção de Jake, e eu dei um passo adiante, só para ser contida por Alex.

Meu coração foi para a garganta quando Jake saltou para a esquerda, escapando por pouco da faca. Ele recuou um pouco, as mãos estendidas para tentar acalmar o oponente.

— Vamos lá, Brett, você está perdido, cara. Não quer fazer isso. Abaixe a faca. — Suas palavras eram calmas, persuasivas, mas eu podia ver a raiva ardendo em seu olhar.

— Argh. — Brett cambaleou de novo, o braço esquerdo estendido para manter o equilíbrio, enquanto o direito ainda apontava a faca para Jake. — Você merece ser furado. Fodeu com quase todas as garotas desta festa de merda. Agora está fodendo com uma peça de primeira como Charley. Não é certo. Ela não é sua. Esta cidade não é sua. Não queremos os malditos Caplin na nossa cidade. Deem o fora. — Ele sorriu, o olhar descontrolado. — Depois vou pegar sua garota desprevenida e mostrar como um homem de verdade fode.

Os dedos de Alex apertaram meus braços diante da provocação grosseira de Brett. A raiva que eu sentia fervendo dentro dele infelizmente já estava em ponto de ebulição em Jake. Balancei a cabeça, não queria distraí-lo falando com ele, mas desejava que ele permanecesse calmo, sem deixar que Brett o tirasse do sério.

Mesmo em seu estupor embriagado, Brett viu a raiva no rosto de Jake. Deu uma gargalhada.

— Sim, furar bem fundo, sabendo que das cinzas você veio, para as cinzas vai voltar, e eu vou enfiar meu pau naquela...

— Brett, cale a maldita boca! — Alex gritou, empurrando-me para trás dele, enquanto dava um passo furioso na direção do amigo.

— ... e ela vai amar cada minuto. — Brett ignorou Alex e terminou a frase pulando na direção de Jake novamente, o braço direito balançando para cima, tentando cortá-lo do estômago ao peito.

Eu choraminguei, cada parte de mim desesperada para detê-lo, mas sabendo que qualquer coisa que eu fizesse poderia piorar tudo.

Jake foi para trás, apoiando-se na ponta dos pés, desviando do corte, e então se moveu rápido demais para que o embriagado Brett pudesse calcular. Ele tentou ir atrás de Jake, balançando a cabeça, e eu vi os músculos de seus ombros se retesarem de raiva quando ele, estupidamente e sem coordenação nenhuma, deu meia-volta e correu atrás de Jake. Jake desviou para o lado mais uma vez, assegurando-se de se afastar de Damien e dos outros amigos idiotas de Brett.

Brett não conseguiu diminuir seu movimento.

Ele tropeçou nos próprios pés, caindo desajeitadamente no chão do pátio, de cara para o piso de madeira.

Todo mundo ficou em silêncio enquanto esperava, tenso, o próximo movimento dele.

Mas ele não se mexeu. Em vez disso, soltou um ruído abafado.

Eu vi o momento em que todos perceberam que tinha alguma coisa errada. Senti a mudança no ar, nenhuma respiração.

— Brett — Damien disse, dando uma gargalhada vazia. — Vamos lá, cara, levante-se. — Caminhou até o amigo e se abaixou, empurrando Brett gentilmente de lado.

As pessoas gritaram atrás de mim, e ouvi os rapazes xingando. Brett encarou Damien com expressão de medo e então abaixou os olhos para observar a faca enfiada em suas costelas.

— Tire isso daí, cara — gritou rouco, lágrimas na voz, as mãos trêmulas tentando pegar a lâmina.

— Não! — eu gritei, correndo na direção dele. — Cuidado, não o deixe tirar a...

Mas era tarde demais.

Brett arrancou a lâmina, e o sangue ensopou sua camiseta.

Caí de joelhos ao lado dele, arrancando a jaqueta, enrolando-a e pressionando-a contra seu ferimento. Ele gemeu de dor, mas eu segurei ali, mantendo a pressão. Tremendo, dei uma ordem para um Damien pálido e trêmulo.

— Chame uma ambulância!

Ele não se moveu, paralisado pelo choque.

Olhei por sobre o ombro para Alex, que encarava o amigo com um ar de descrença horrorizada. Meus olhos chegaram em Jake, cujas mãos estavam no cabelo, a desolação escrita em sua postura.

— Jake, chame uma ambulância!

Ele parecia prestes a vomitar, mas conseguiu se recompor o suficiente para pegar o celular.

— Char...

Virei para olhar para Brett, com os olhos assustados em mim, lágrimas escorrendo. Engolindo em seco, forcei minha voz a permanecer calma.

— Você vai ficar bem. Você vai ficar bem.

O calor tocou meus dedos, e minha atenção se voltou para a jaqueta. O sangue já tinha ensopado o tecido, o cheiro acre do cobre me deixando sem ar. O corpo dele começou a tremer forte sob meu toque, e ele tossiu, pequenas gotas de sangue saindo de seus lábios e se espalhando.

— Não — sussurrei, a adrenalina do pânico apertando meu peito.

Ele estava entrando em choque, e eu tinha a suspeita de que tinha perfurado um pulmão.

— Rapazes, ele está entrando em choque. — Olhando para seus amigos, eu disse com ferocidade. — Não podemos deixar que isso aconteça. Precisamos mantê-lo aquecido. Precisamos de cobertores. Me deem seus casacos, agora.

Seus amigos tiraram os casacos, desajeitados, enquanto Jake murmurava que a ambulância estava a caminho.

Ouvi Alex dizer que buscaria cobertores. Ouvi gritos, suspiros, perguntas, medo e horror atrás de mim. Ignorei tudo aquilo, inclinando a cabeça na direção de Brett, sentindo-me impotente enquanto ele estremecia e engasgava, os olhos implorando ajuda.

Os rapazes colocaram os casacos ao redor de Brett e Jackson tirou a camiseta e me deu. Eu a enrolei e rapidamente substituí a jaqueta ensopada.

Embora me rasgasse por dentro ter que encontrar o olhar de Brett, eu tinha que fazer isso. Ele me suplicava. *Suplicava.*

— Vamos tomar conta de você, Brett. Ok, vai ficar tudo bem. — Com a visão periférica, vi Damien enfiar o casaco na lateral de Brett. — Sim — sussurrei, entorpecida. — Mantenha-o aquecido.

De repente, os sons de engasgado que Brett fazia ficaram mais baixos, até que se transformaram em um assobio. Depois, acabaram virando um sussurro.

— Não. — Balancei a cabeça, aplicado mais pressão. — Brett, fique comigo. A ambulância está quase chegando, amigo.

Seus olhos estavam arregalados quando ele me encarou, e eu soube que, não importava o que eu dissesse, ele não conseguiria aguentar mais. O tremor diminuiu...

Seu corpo relaxou.

Sua respiração... parou.

O pânico sumiu de seus olhos.

No lugar, havia o nada.

— Trouxe os cobertores! — Alex gritou, os passos fazendo barulho na madeira enquanto ele corria em nossa direção.

Caí sentada para trás, as mãos tremendo e encharcadas de sangue. Sentia como se estivesse em um pesadelo. A escuridão tomava conta de mim enquanto eu me virava para olhar para Alex.

Ele ficou boquiaberto com minha expressão, os olhos seguindo para o amigo antes de se voltarem para mim, questionando entre o brilho das lágrimas.

Balancei a cabeça, as lágrimas borrando minha visão.

— Ele se foi.

—Você vai dizer que estou perguntando por ele?

A sra. C. assentiu para mim, com expressão de solidariedade.

— Vou sim, Charley.

Sentindo como se estivesse atravessando água cheia de lama, voltei para meu carro.

Por um momento, fiquei olhando a casa dos Caplin, esperando que a porta da frente se abrisse e Jake saísse pela porta antes que eu fosse embora.

O motor do carro ganhou vida. Nada de Jake.

Minhas luzes de ré se acenderam.

Ainda nada de Jake.

O carro saiu para a rua.

Nem mesmo um movimento de cortina.

Sentindo-me enjoada, fui embora, notando o carro da polícia ao dobrar a esquina. Seria por causa dos Caplin? A preocupação tomou conta de mim durante todo o caminho para casa e, quando guardei o carro da minha mãe na garagem, não conseguia me lembrar de como tinha chegado ali.

Duas noites anteriores, em uma noite de sexta-feira qualquer, em uma festa qualquer de adolescentes, Brett Thomas tinha perdido a vida. Meu colega de classe. Um garoto de dezesseis anos. Ele sangrou sob minhas mãos, de um ferimento de faca autoinfligido que perfurou seu pulmão. Ele poderia ter sobrevivido tempo o bastante para esperar a chegada da ambulância se não tivesse entrado em choque.

Eu queria culpar alguém. Queria culpar Brett por ser um completo imbecil, ou seu pai, por criar um completo imbecil e depois encorajá-lo a ser o rei dos imbecis. Mas já havia muita culpa circulando por aí e, já que meu namorado era um alvo dessa culpa, eu estava meio que enjoada de toda aquela conversa.

As primeiras horas da madrugada do sábado eram um borrão. Todos existíamos em uma neblina de irrealidade enquanto aqueles que tinham testemunhado o ataque eram levados para a delegacia de polícia. Para minha surpresa, Amanda Reyes estivera ali para testemunhar tudo. Eu nem a tinha notado. Graças a Deus ela estava lá, no entanto. Ela era uma das poucas testemunhas extremamente credíveis, já que havia pouca gente sóbria na festa. O bom também era que ela estava ao lado de Jake.

Damien e Jackson tentaram jogar toda a culpa em Jake, afirmando que Jake tinha batido em Brett, e então ele caíra com a faca. Alex, Amanda, os alunos do último ano e eu dissemos a verdade e, quando o xerife Muir pediu que Damien e Jackson repetissem seu relato como testemunhas, eles admitiram que, no fim, Brett tropeçou nos próprios pés. Mesmo assim, eles irracionalmente mantiveram a versão de que Jake era o responsável.

Jake ficou detido por mais tempo que qualquer um de nós. Mas, graças aos nossos relatos e ao dos estudantes que estavam na varanda, juntamente com os resultados dos níveis de álcool no sangue de Brett, eu soube, no domingo, que o xerife Muir não iria acusar ninguém, e era mais do que provável que o caso fosse encerrado como um acidente fatal.

Trenton Thomas estava fora de si desde sábado, dizendo para quem quisesse ouvir que era tudo culpa dos Caplin. Não adiantava o fato de o próprio cunhado de Trenton dizer que a probabilidade de um processo era mínima, por causa da falta de prova contra Jake. Agora que Muir estava prestes a encerrar o caso e ninguém tinha sido preso (entenda-se, Jake), eu sabia que o xerife e seus delegados estavam em alerta por causa da reação de Trenton. Era por isso que tinham deixado um carro de polícia perto da casa de Jake.

Olhei para minhas mãos no volante, e a imagem delas ensanguentadas apareceu diante de mim. Apertando-as no volante, respirei fundo e soltei o ar devagar.

Meu pai estava me esperando quando entrei em casa.

— Como ele está? — ele perguntou, com preocupação.

Balancei a cabeça.

— Ele não quer me ver.

Depois do ocorrido, Jake me deixou na geladeira. Não falou nada na delegacia, o que considerei resultado do choque, mas, naquele sábado à tarde, minhas ligações e mensagens de texto ficaram sem resposta. Tentei ligar para a casa dele, mas seu pai disse que Jake estava dormindo. Por fim, quase louca de preocupação com ele, resolvi fazer uma visita.

A sra. C. não me deixou passar da porta. Jake não estava disposto para receber visitas.

Visitas? Eu não era uma maldita visita!

Mas, na verdade, ele não queria me ver.

Paciência. Eu só precisava ser paciente. O que tinha acontecido com Jake, a posição na qual ele tinha sido colocado, era absolutamente horrível, e eu o conhecia. Sabia que, naquele instante, ele estava no quarto se culpando pelo que tinha acontecido. Pensar naquilo me causou uma pontada no peito, e tudo o que eu queria era estar com ele e garantir que ele soubesse que ninguém acreditava naquilo.

Claro, com exceção de Trenton Thomas, mas aquele cara era um babaca. Um babaca que tinha perdido o filho.

Caí em mim, balançando a cabeça. Ninguém, nem mesmo um babaca como Thomas, merecia passar por aquele tipo de dor.

O que quer que meu pai viu em meus olhos o fez atravessar a sala correndo e me abraçar com força. Eu me segurei nele, tremendo, mas me obriguei a não desmoronar. Minha mãe estava parada na porta da cozinha, com os olhos tristes e brilhantes dizendo que me amava e que tudo ficaria bem.

Afastando-me de meu pai, suspirei.

— É melhor eu ir para a cama.

— Sua irmã está esperando para conversar com você pelo Skype. Quer falar com ela? — meu pai perguntou.

Assenti, sentindo uma pequena rachadura aparecer em minha armadura. Era uma pena que Andie não estivesse ali. Já fazia muito tempo desde a última vez em que realmente precisei de um abraço da minha irmã mais velha.

O notebook estava me esperando na mesa de jantar, e eu sentei na cadeira da cabeceira. Depois de enviar um convite para ela, seu rosto apareceu na tela.

— Ei, Supergirl — ela me cumprimentou com tristeza —, como você está?

Dei de ombros, tentando me conter.

— Ah, querida — Andie se aproximou da tela —, precisa que eu vá para casa?

— Não. — Neguei com a cabeça. — Não estrague sua viagem. Estou bem. Só estou preocupada com Jake.

Andie fez uma careta.

— Pobre garoto. Ele vai enfrentar muita coisa.

— Ele não atende minhas ligações, Andie. Eu não falo com ele desde sexta à noite. Não sei o que fazer.

— Dê tempo para ele. Imagino que ele esteja em um lugar bem sombrio neste momento. E não se sinta mal se ele não deixa você entrar. Às vezes, as pessoas precisam de um tempo sozinhas. Não importa o quanto ame alguém, você nem sempre pode ser o que essa pessoa precisa no momento.

Agarrando-me àquilo, sussurrei.

— Você acha?

— Sim, querida, eu acho. — Ela enrugou a testa enquanto observava meu rosto. — E quanto a você? Como está lidando com isso? A mãe me disse que você estava lá. Que tentou ajudar Brett.

Os olhos dele estavam gravados em minha mente.

Meus lábios tremeram, aquela sensação aumentando no peito, a pressão, a necessidade de deixar tudo aquilo sair como uma rajada de vento.

— Eu me senti tão impotente — minha voz falhou na última palavra, e abaixei os olhos. — Ele estava tão assustado e ficava só olhando para mim, implorando silenciosamente para que eu fizesse alguma coisa. — Os soluços explodiram, meus ombros estavam tremendo, minhas costelas, sacudindo. — Não consigo tirar isso da cabeça.

— Tudo bem, querida, está tudo bem.

Balancei a cabeça, incapaz de vê-la através das lágrimas.

— Não, não está. Eu tentei ajudar e então ele se foi e... e... — Minha respiração estava trêmula. — Eu ficava pensando "ainda bem que não foi Jake".

Dei um pulinho quando senti o braço forte do meu pai ao redor dos ombros, puxando-me em sua direção. Seus lábios roçaram minha testa, e eu me apoiei nele, chorando com mais força do que jamais tinha chorado.

Encarando as homenagens colocadas aos pés do armário de Brett, eu mal ouvi o sinal tocar. Estudantes com ar chocado passavam apressados para ir à aula, enquanto eu permaneci imobilizada.

O funeral de Brett seria realizado na quinta-feira.

Saí do torpor, olhando ao redor enquanto os corredores começavam a esvaziar. Desde que coloquei os pés na escola naquela manhã, sentia-me sozinha. Vi que os olhos de Lacey estavam vermelhos de tanto chorar, mas nem uma vez eles vieram na minha direção. Ela estava envergonhada.

Provavelmente, sentindo-se culpada pela participação que tivera em tudo aquilo. Se fôssemos amigas, eu diria para ela aprender com aquilo, e não deixar que a corroesse, mas sim que a ajudasse a crescer. Mas não éramos amigas. O namorado dela estava morto. E, se tudo tivesse sofrido a mais mínima reviravolta, poderia ter sido Jake por quem todos estariam lamentando.

Eu não aguentava pensar naquilo.

Jake não tinha ido para a escola; nem Lukas. Provavelmente estavam esperando a poeira baixar.

Quando cheguei à escola, para minha surpresa, foi um silencioso Alex quem me fez companhia. Por ele, fiquei sabendo que Trenton Thomas tinha sido preso por distúrbio da paz do lado de fora da casa de Jake na noite anterior. Por sorte, os policiais estavam ali perto e o pegaram antes que ele pudesse causar muito dano. Assim que Alex me contou aquilo, mandei uma mensagem para Jake perguntando se ele estava bem.

Já era depois do almoço e eu ainda não tinha recebido nenhuma resposta.

Alex e eu tínhamos ficado sentados sozinhos na cafeteria, sem conversar, mesmo assim fazendo companhia um para o outro. Agora, Alex já não estava mais ali. Ele não estaria na minha próxima aula, nem na seguinte.

Foda-se tudo isso, pensei.

Meus pés me levaram para fora da escola, para fora dos portões, pela cidade, e, quarenta e cinco minutos mais tarde, eu estava na casa de Jake.

A visão da sra. C. de joelhos, com luvas de borracha amarela, esfregando a varanda, me fez diminuir o passo até parar, a irritação e a frustração tomando conta de mim. Meus olhos varreram a varanda, vendo sinais de claras secas e cascas de ovos.

A sra. C. levantou os olhos para mim, com a expressão cansada.

— Por que não está na escola, Charley?

Dei de ombros e gesticulei na direção da casa.

— Vocês estão bem?

— É a segunda vez que acontece desde que nos mudamos para cá. — Ela se sentou sobre os calcanhares, a boca tensa.

— Tem um bando de idiotas nesta cidade, sra. C. Vocês só precisam ignorá-los. — Eu sabia que era fácil falar. Minha casa não tinha sido atacada. — Posso ajudar?

Ela balançou a cabeça.

— Não com isso.

— Com Jake, então?

A sra. C. tirou as luvas e passou a mão trêmula pelos cabelos escuros.

— Ele diz que não quer ver ninguém, mas, francamente, já passei do ponto da preocupação agora... acho que você deveria subir. Ver se consegue fazê-lo falar.

Assenti.

— Vou tentar.

A música alta que vinha de seu quarto provavelmente significava que ele não ouviria meus passos pela escada ou pelo corredor. Quando abri a porta, meu olhar foi direto para ele, deitado na cama, as mãos atrás da cabeça, encarando o teto, ouvindo alguma banda barulhenta que jamais tinha compartilhado comigo.

Graças a Deus, porque era péssima.

Ele abaixou o olhar, e eu fiquei sem ar ao ver o vazio em sua expressão.

— Não quero falar com ninguém — ele me disse sem entonação, e voltou a encarar o teto.

Eu nunca tinha visto aquele Jake. Quando estávamos bravos um com o outro, éramos bem ruidosos a respeito. Aquele robô sem emoção me assustava muito.

Mas, por ele, eu tinha que ser corajosa.

Tirei a jaqueta ao mesmo tempo que lutava para me livrar dos sapatos. Em silêncio, cruzei o quarto e deitei ao lado dele, com cuidado para não tocá-lo. Meus olhos também encontraram o teto.

— Você não precisa falar — prometi para ele.

E ele não falou. Tudo o que eu queria era que ele se lembrasse de que não estava sozinho. De que eu estava ali se ele precisasse.

Minha esperança era de que, depois de um tempo, ele pudesse dizer alguma coisa, mas encontrei um parceiro à altura em Jacob Caplin, porque ele manteve a boca fechada por duas horas e meia, repetindo o disco da banda ruim até que meus ouvidos começassem a sangrar. Por fim, minha mãe ligou, e eu tive que admitir a derrota naquele dia e ir para casa.

— Preciso ir. — Eu me inclinei e dei um beijo suave no canto da sua boca, mas ele não se mexeu, nem mesmo um milímetro. Segurei um suspiro e me levantei. — Quando estiver pronto, estou aqui. Amo você, Jake.

Pela primeira vez... ele não disse que me amava também.

17

Chicago, dezembro de 2012

O'Hare estava cheio daquele zumbido agudo de conversas, só uma mistura de tagarelices que, se você deixasse, faria sua cabeça latejar. Melissa foi a última a pegar a mala, mas, por fim, ela apareceu na esteira de bagagem, e eu senti que os caras deram um profundo suspiro de alívio comigo. Tínhamos voado de Edimburgo para Londres, de Londres para Chicago e, juntando todo nosso tempo de viagem (incluindo a espera em Heathrow pelo nosso voo), já tinham se passado quase doze horas. Jake, Melissa, Beck, Lowe, Matt e eu estávamos exaustos, e não havia nada mais irritante do que uma esteira de bagagem quando se estava exausto.

Agora estávamos atravessando o aeroporto até o ponto de encontro onde eu sabia que meu pai me esperava. Supostamente, ele deveria esperar Cláudia e a mim, mas, uma semana antes do nosso voo para casa, para as férias de Natal, ela recebeu um telefonema da mãe, Rafaela, para dizer que iam dar uma imensa festa de Natal naquele ano e precisavam que Cláudia ficasse fora do caminho dos preparativos quando fosse para casa. Nunca ocorreu a Rafaela Jenkins que sua filha não passava o Natal sozinha em casa, então, quando descobriu que Claud não estaria lá, ficou irritada e começou a falar em um português rápido (que Cláudia não entendia uma única palavra, já que a mãe nunca tivera tempo para ensiná-la).

No fim, ela exigiu — em inglês — que Cláudia estivesse lá.

Cláudia estava zangada por não poder passar o Natal com os Redford e, tenho que dizer, eu estava desapontada também. Nós duas estávamos tão acostumadas a estar uma no espaço da outra que era como perder um braço quando ela não estava por perto.

No entanto, bem no fundo, eu achava que minha melhor amiga estava secretamente satisfeita por sua mãe ter sido inflexível em relação à sua presença em casa. Aquilo queria dizer que a mãe estava prestando atenção nela.

— Tive que estar em um continente totalmente diferente para ela me notar, mas que seja — Cláudia falou, sorrindo.

Embora eu fosse sentir saudades de Cláudia nas três semanas e meia seguintes, eu estava ansiosa por conseguir alguma distância do show Jake-e-Melissa. Por causa deles, minha cabeça estava uma bagunça, e eu sabia que minha família reconheceria isso de imediato. Isso era basicamente uma merda, já que eu não queria que nada estragasse nossa reunião.

Nós seis saímos do aeroporto, protegidos com casacos e cachecóis. Sorri quando o frio atingiu meu rosto. Na verdade, Chicago estava bem agradável para dezembro. Nenhuma neve ainda. Estava mais quente do que a temperatura que tínhamos deixado na Escócia. Os caras estavam falando de se reunir para um show no dia anterior à véspera de Natal, mas eu estava ocupada demais, virando a cabeça, tentando enxergar por entre a multidão para encontrar meu pai. Não tinha ideia do que disseram além disso.

E então eu o avistei, e meu rosto involuntariamente se abriu em um imenso sorriso.

Encostado no capô de sua SUV, meu pai observava a multidão com atenção. Ele tinha quarenta e poucos anos e, como dizia frequentemente minha mãe, com uma voz sonhadora que me fazia rir, era o tipo de homem que ficava mais bonito com a idade. Tinha alguns fios de cabelos brancos nas laterais do cabelo castanho-escuro, que eu lamentava não ter herdado. Andie tinha o cabelo e os olhos dele. Eu tinha os olhos dele, mas os cabelos da minha mãe. Eu não sabia por que os deuses da genética não tinham feito tudo direito e me dado os belos olhos azul-claros da minha mãe também.

Malditos sejam os deuses da genética. Malditos.

Ver Jim Redford me esperando encheu meu peito de carinho. Ele nunca foi para a faculdade, nem minha mãe, mas tinham trabalhado duro e se dado bem em nossa cidade pequena. Eu tinha orgulho dos meus pais. Tinha orgulho de atravessar a multidão de pessoas em um aeroporto sabendo que o belo homem de meia-idade apoiado no capô da SUV era meu pai e me amava.

Não fora necessário o dia de Ação de Graças com meus amigos, ouvindo-os falar sobre os passados tão diferentes, para que eu percebesse a sorte que tinha por ter sido criada por Jim e Delia Redford. Não. Só fora necessário ver de relance o mundo de Cláudia, crescendo em Coronado com pais que viviam de uma riqueza herdada e passavam a vida vagando pelo mundo e ignorando a única filha, para que eu percebesse o que eu tinha em casa.

Pais incrivelmente maravilhosos.

Os olhos de meu pai pararam em mim, e ele abriu um largo sorriso quando me viu, levantando-se do carro. Acenei quando ele começou a vir na minha direção.

— Já estou indo, pessoal. Vejo vocês em Edimburgo.

Lowe me puxou para um abraço, e acabei tendo as costelas esmagadas por ele, Beck e Matt. Jake e Melissa ganharam um aceno constrangido em vez de um abraço.

Quando me virei, meu pai estava bem ali.

— Pai! — falei.

Joguei os braços ao redor dele, algo que não fazia há muito tempo. Ele me ergueu do chão em um abraço de urso.

— Ei, Supergirl — ele murmurou baixinho enquanto me colocava de volta no lugar.

Minha garganta se fechou de repente, e engoli em seco, surpresa pela emoção. Eu não sabia por que me incomodava. Era uma reação perfeitamente aceitável, considerando que eu estava longe há três meses, o tempo mais longo que já tinha estado separada dos meus pais.

Meu pai olhou por sobre meu ombro, e me virei para ver que ele encarava Lowe com curiosidade.

— Pai, esses são meus amigos. Estão indo para Northwestern. Este é Lowe.

— Ei, sr. Redford — Lowe o cumprimentou de modo agradável e estendeu a mão.

Meu pai sorriu e lhe deu um aperto de mão firme.

— Prazer em conhecê-lo.

Apresentei Beck e Matt, que apertaram a mão do meu pai com cumprimentos respeitosos.

A atmosfera agradável e amigável caiu a temperaturas abaixo de zero quando meu pai se virou para cumprimentar a próxima pessoa da fila. Seu corpo ficou tenso com o reconhecimento.

— Ãh, você se lembra de Jake, pai. E esta é a namorada dele, Melissa.

Meu pai realmente se encolheu com a apresentação, seus olhos se estreitaram em Jake, passando dele para Melissa antes de voltarem para mim com uma expressão tão incrédula que ele nem precisou dizer "você perdeu o juízo?".

— Sr. Redford. — Jake deu um passo adiante e estendeu a mão. Ofereceu paz. Uma bandeira branca.

O olhar que meu pai lhe deu teria acabado com o sorriso do cara mais durão da Terra. Com um grunhido de desgosto, ele deu meia-volta, pegou minha mala e começou a se afastar.

— Vamos, Charley.

Constrangedor.

Eu não sabia para onde olhar.

— Cara — Matt soltou um riso baixinho —, eu achei que ele fosse esmagar você.

— Eu estava meio que esperando que ele fizesse isso — Lowe murmurou.

Dei um olhar para Lowe que dizia para ele parar com aquilo, mas fui simplesmente recompensada com um sorriso.

— Seu pai é o máximo.

Mas a risada que eu tentava conter desapareceu rapidamente quando encontrei os olhos de Jake, que parecia envergonhado e, pior, perdido.

Não havia nada de engraçado naquilo. A atitude do meu pai mostrava para Jake uma coisa que eu não tinha contado para ele — o quanto o fato de ele ter me deixado tinha me feito mal. Tão mal que Jim Redford, um homem que depois de um tempo aceitara Jake em nossa casa e o tratava como um filho, mal conseguia olhá-lo.

— Charlotte!

Soltando a respiração e sentindo um aperto súbito no peito, acenei para meus amigos.

— Tchau, pessoal. Tenham um ótimo Natal.

— Você também, gata. — Lowe deu um passo à frente e me deu um beijo suave na testa.

Quando ergui os olhos para sorrir para ele, Lowe deu uma piscadinha, fazendo com que eu não me sentisse tão perdida. Grata, apertei sua mão e dei meia-volta rapidamente, saindo em disparada pela multidão na direção do meu pai e para longe de Jake.

Não havia neve na estrada, e meu pai disse que faria a viagem em menos de duas horas. Duas horas no carro com meu pai que, eu não via há três meses, teriam sido uma delícia. Tínhamos muito o que conversar, mas, depois do encontro com Jake, meu pai estava quieto. Tenso e quieto.

— Como está a mãe? — perguntei por fim, farta do silêncio.

Eu estava tão cansada que podia fechar os olhos e dormir, mas tinha acabado de voltar para casa. Queria conversar com meu pai.

As mãos do meu pai apertaram o volante.

— Não consigo acreditar que ele teve a audácia de me estender a mão.

Suspirei. Na verdade, aquilo não me surpreendia. Meu pai cozinhava as coisas — cozinhava até estar pronto para servir. Ele tinha precisado de vinte minutos para cozinhar aquilo tudo até chegar na parte de servir. Maldição. Eu deveria ter fechado os olhos.

— Pai...

— Eu não concordei com ele ter voltado para sua vida, mas sua mãe me disse para deixar para lá, que você era crescida e poderia tomar suas próprias decisões... mas vê-lo parado ali, com o braço ao redor de outra garota bem na sua frente...

— Pai...

— Não, Charley. — Ele balançou a cabeça, a testa franzida com rugas profundas. — Sou realista, ok. A maioria dos adolescentes de dezesseis anos não vai acabar com a pessoa que namorava no colégio. Essa é a realidade. A maioria é só uma paixonite, um amor temporário, ou só a boa e velha luxúria. Mas vi vocês dois juntos e pensei, *bem, são como Delia e eu.*

Ele nunca tinha me admitido isso.

A dor me atravessou, e olhei pela janela do passageiro, tentando controlar a emoção.

— Eu era como Jake no colégio. Pergunte para sua mãe. Uma certa reputação por sair com muitas garotas e, sim, eu sei que você não quer ouvir isso, mas é a verdade. Então vim para casa depois de um verão na casa da minha avó em Virgínia, fui para a escola e ali estava Delia. Sentada em sua carteira, com os pés na cadeira, morrendo de rir de alguma coisa que a amiga tinha dito. Quando me aproximei, ela virou a cabeça e sorriu para mim, e, juro por Deus, aquele sorriso... fiquei fascinado. Não sei por que nunca a tinha notado antes, mas ali estava ela, e eu não conseguia olhar para outra direção. Eu era um caso perdido. — Ele suspirou. — Na primeira vez em que vi Jake sorrir para você, pensei, *diabos, aqui vamos nós de novo*. E, por causa disso, eu me vi nele e comecei a confiar nele com você. E não sou estúpido, Charley. Sei que Jake conseguiu *tudo* de você...

— Ah, Deus, pai... — gemi, mortificada.

— ... mas pensei comigo mesmo: esses dois são para sempre. Comecei a gostar daquele filho da puta. Fiquei arrasado por ele pelo que aconteceu com Brett. Então ele partiu o coração da minha garotinha. Pisoteou tudo o que ela lhe deu. Agora, está de volta e me oferece a mão enquanto, intencionalmente, mexe com sua cabeça. Exibindo outra garota na sua frente. Eu deveria dar meia-volta neste carro e matá-lo.

De algum modo, consegui permanecer calma enquanto me voltava para ele.

— Pai, eu preciso superar isso.

— Superar isso... — Ele me olhou de relance, ainda furioso. — Ele não estava lá. Não viu minha garotinha, a mais forte e mais corajosa menina que já conheci, chorar por dias quando ele partiu, e depois simplesmente ficar entorpecida. Lembro que se passaram meses até eu ouvir você rir de novo. E, mesmo então, nós nunca mais a vimos como você era. O que aconteceu com Brett, e depois com Jake, tirou muito de você, e você cresceu com este ar, este pequeno ar cínico no olhar que nenhuma criança da sua idade deveria ter.

Estremeci, envolvendo os braços ao redor do estômago.

— Pai, não.

— Vou dizer isso agora e depois este assunto morreu. — Ele me lançou um olhar duro. — Deixar este garoto voltar à sua vida é um erro. Conserte isso antes que ele destrua você de novo.

Todos os anos, uma árvore de Natal de um metro e oitenta ocupava lugar de destaque em frente à janela da sala de estar. Luzes brancas pálidas brilhavam em cada galho. Fios metálicos vermelhos e dourados seguiam de galho em galho como rendas festonadas. Dava para ver quais presentes tinham sido embrulhados pela minha mãe porque eles combinavam com a árvore. E, embora tivéssemos vinte e poucos anos, minha meia e a de Andie ainda eram penduradas na lareira. Para minha alegria, naquele ano, uma terceira meia estava pendurada no meio, com o nome de Rick.

Eu tinha que admitir que quase tinha feito xixi nas calças ao descobrir que minha mãe havia bordado o nome e pendurado uma meia para um detetive da polícia de trinta e quatro anos.

Aparentemente, Rick lhe agradecera graciosamente, a boca retorcida de vontade de rir. Andie teve que sair da sala para não envergonhar nossa mãe ao ceder a um ataque de risos.

Eu não fui nem de perto tão atenciosa.

Minha mãe sequer se abalou. Ela simplesmente não via nada de errado em ser mãe de um homem que era só dez anos mais novo do que ela.

— Você comeu *haggis*? — Rick perguntou, tomando seu chocolate quente.

Minha mãe tinha feito chocolate quente, e estávamos aconchegados no calor da sala de estar. Era véspera de Natal, a lareira estava acesa, a luz escurecendo no céu de fim de tarde. Nós cinco estávamos relaxando e desfrutando o fato de estarmos juntos. Rick tinha sido criado por sua mãe solteira — nunca conheceu o pai —, mas ela falecera há cinco anos. Ele tinha conseguido folga no Natal naquele ano e estava passando o tempo todo com Andie e conosco. Não poderia ser de outro jeito.

Eu estava deitada, com as costas apoiadas na parte de baixo da poltrona do meu pai, as pernas esticadas na direção do fogo. Bebi meu chocolate quente e assenti.

— Sim, não é tão ruim quanto você pensa, mas é difícil desfrutar completamente uma coisa quando se sabe que foi ensacada dentro do estômago de um cordeiro.

Andie fez um barulho de engasgo.

— Não acredito que experimentou isso. — Ela franziu o cenho. — Não, espere. É você. É claro que experimentou.

— Também experimentei Mars frito. Tenho vergonha de admitir, mas comi isso umas duas vezes.

— É revoltante — minha mãe bufou. — Você disse que estava comendo bem.

— Pelo menos estou comendo.

Isso mereceu um grunhido.

— Espero que não esteja bebendo demais, já que tem idade legal para isso lá — comentou meu pai, dando uma puxadinha no meu rabo de cavalo.

Inclinei o pescoço para trás para sorrir para ele.

— Eu exageraria só por causa da legalidade?

— Sim.

Rindo, virei a cabeça, minha expressão maliciosa enquanto compartilhava um olhar com Andie.

— Eu mal toquei em uma gota, pai.

— Não minta para seu pai, Charlotte. Não é do seu feitio — provocou minha mãe.

— Então não façam perguntas se não vão gostar da resposta.

— Ela pegou vocês — Rick murmurou, sorrindo perto da caneca.

Minha mãe usou o comentário de Rick para mudar o tema da conversa para netos (minha mãe conseguia mudar o tema de qualquer conversa para netos), e meu telefone tocou, distraindo-me.

Uma mensagem de Jake.

Está passando Supergirl na TV. Me fez lembrar de você. Espero que esteja se divertindo em casa.

Havia algo de apaziguador em sua mensagem. Em geral, ele me provocava ou fazia uma piada, começando uma batalha de raciocínio. Me perguntei se ele ainda estava incomodado pelo corte que meu pai lhe dera, e então pensei por que eu me sentia mal por aquilo.

Sentindo uma onda de calor de repente, levantei-me e fui até a cozinha. Reclinada na bancada fria, encarei o telefone, tentando decidir se deveria responder.

— Era Jake?

Virei a cabeça por sobre o ombro, surpresa, sem perceber que Andie tinha me seguido.

— Era.

Minha irmã mais velha apertou os lábios.

— Você parece acabada. Quero dizer, está tentando disfarçar, mas todos nós conseguimos ver.

Sinceramente, eu estava cansada de todo mundo me dizer o que eu estava sentindo. Estava cansada de todo mundo me lembrar do que Jake tinha feito e como eu reagira.

Já era difícil tentar lidar com minhas próprias emoções sem ter que aguentar também o peso dos sentimentos da minha família em relação a Jake.

— Talvez eu ficasse melhor se todo mundo a minha volta parasse de tratar meu relacionamento com Jake como se fosse uma coisa única, épica.

— Mas foi. E é. — Andie deu um passo adiante, determinada. — Eu sei que foi. É por isso que você ainda está sofrendo tanto. Por favor, não reescreva a história a fim de acomodá-lo em sua vida de novo. Olhe, é óbvio que Jake se importa com você, ou ele não estaria tão determinado a permanecer na sua vida. Mas ele tem que saber o quanto é egoísta da parte dele fazê-la passar por isso. Então, pergunte a si mesma se é uma amizade que vale a pena manter.

O que ela disse era assustadoramente parecido com o que Lowe dissera, e eu imediatamente senti uma dor de cabeça.

— Vou dar uma volta. — Segui até a porta da cozinha, colocando as botas. — Você avisa nossos pais? Vou levar o celular.

Andie assentiu.

— Claro, querida. Leve o tempo que precisar.

Saí de casa, respirando fundo o ar fresco. Meus pés me guiaram e, antes mesmo que eu percebesse, estava parada no estacionamento vazio do colégio.

Ao meu redor, só havia silêncio, mas, na minha mente, eu podia ouvir o zum-zum-zum das conversas, dos gritos, das risadas. Diante de mim, havia apenas um estacionamento vazio, mas, na minha mente, havia uma multidão parada ao redor de uma figura encolhida no chão...

18

Indiana, março de 2009

Era quarta-feira, um dia antes do funeral de Brett.

Nenhuma notícia de Jake ainda.

Embora Lukas tivesse voltado para a escola, Jake ainda não tinha aparecido. Eu recebi um cumprimento solidário de Lukas, com a cabeça, na entrada principal, na manhã anterior, mas ele desapareceu quando me aproximei para perguntar de Jake.

Eu me sentia como uma leprosa, e o único com bastante coragem para ficar perto de mim era Alex.

Naquele dia, no entanto, havia uma tensão entre todos os alunos. A sensação de luto que tomara conta de toda a escola na segunda-feira estava de volta com a aproximação do funeral de Brett, e, sinceramente, eu não queria ficar por ali. Tudo aquilo só me fazia lembrar dos olhos suplicantes e das mãos ensanguentadas.

Não me sentindo exatamente uma aluna exemplar naqueles dias, decidi sair da escola na hora do almoço e passar na loja da minha mãe. Eu precisava de um rosto amigável. E assim era minha mãe.

Assim que saí pela porta do colégio, ouvi a comoção. Meus olhos se dirigiram para o estacionamento, seguindo os sons. Vi uma pequena multidão reunida ao redor de alguma coisa. Eu ia simplesmente ignorar, mas então vi o rosto endurecido de Damien aparecer no meio da multidão enquanto ele olhava para alguma coisa ou para alguém no chão. Quando vi que Jackson estava com ele, o instinto me falou o que estava acontecendo.

A fúria tomou conta de mim quando larguei a mochila no chão e saí em disparada pela escada, até o estacionamento, empurrando quem estava em meu caminho. Foi quando vi Lukas no chão, em posição fetal, sangrando.

— Seu babaca! — gritei, empurrando Damien para trás com toda a força.

Eu o fiz trombar em Jackson. Parei perto de Lukas, posicionando-me diante dele.

— Saia da frente, Charley — Damien me advertiu. — Isso não tem nada a ver com você.

— Se você quer ele, tem que passar por mim. — Bati a mão no peito.

Ele estreitou os olhos.

— Vamos lá, Damien! — exclamei com desdém. — Você pode bater em um calouro, dois alunos do segundo ano contra um calouro, mas não pode levantar a mão contra uma garota? Que princípios mais tortos.

— Não vou avisar de novo. Saia, Charley.

— Você quer Lukas? Vai ter que bater em mim primeiro.

— Charley, não — Lukas grunhiu, e eu senti um movimento atrás de mim, enquanto ele tentava se sentar.

— Saia da frente, Charley. — Damien deu um passo na minha direção. — Ou farei você sair.

— Cara. — Jackson não parecia estar tão seguro e colocou uma mão para deter o amigo.

Damien o afastou.

— Ela está do lado deles. Brett está morto, o namorado dela foi o culpado disso, esse garoto está falando merda, e ela está tentando proteger os dois. Ela está traindo a cidade. Merece o que vai receber. — Ele deu um passo na direção de Lukas, quando o menino se levantou, mas empurrei o irmão de Jake para trás de mim, levantando o queixo, determinada.

— Estou falando sério, Damien — adverti. — Vai ter que lutar comigo antes que eu o deixe tocar em Luke. E eu jogo sujo.

— Que seja.

Eu me preparei, pronta para levar uma surra, para que Lukas não apanhasse.

No fim, nada daquilo aconteceu, porque Alex chegou de repente, o rosto em fúria enquanto empurrava Damien para longe de mim.

— Você está maluco? — ele gritou, empurrando-o com mais força.

Damien cambaleou, o susto e a traição em seus olhos.

— Eles mataram Brett, cara.

— Vá se foder, Damien. Eu estava lá. Você também. Brett caiu em cima da faca. Não foi culpa de Jake, muito menos de Lukas e — ele abaixou a cabeça encarando Damien frente a frente —, definitivamente, não foi culpa de Charley. Ela tentou salvar a vida dele, lembra? Juro por Deus, se eu vir você perto dela de novo, eu mato você.

Os dois amigos começaram a discutir em voz baixa, então eu me virei para Lukas, que segurava o lado esquerdo do corpo. Seu nariz estava sangrando, e o olho direito estava inchado e fechado.

A raiva fechou minha garganta de novo, e olhei pelo estacionamento, em busca das câmeras de segurança. Aqueles bastardos iam ver. Sem dizer uma palavra, agarrei a mochila de Lukas e segurei seu braço, pedindo gentilmente que ele viesse comigo. Ele veio, com a cabeça baixa pela humilhação.

— Não tem nada do que se envergonhar, Lukas. Eles são maiores e mais velhos do que você, e eram dois contra um. São dois patéticos.

— Aonde estamos indo? — Ele prendeu a respiração quando tropeçou no meio-fio.

Me encolhi em solidariedade.

— Ver o xerife Muir.

— Ah, por quê? — Ele parou.

— Porque, se denunciarmos na escola, o provável é que o treinador tente falar com o diretor para que Damien e Jackson saiam livres dessa. Se eu contar para o xerife Muir e também avisar que as câmeras de segurança da escola gravaram tudo, ele vai assegurar que o diretor Watts tome alguma providência a respeito.

— Está tudo bem, Charley.

— Não está tudo bem, Lukas — repliquei. — Jake está sendo arrastado na lama e é completamente inocente. Enquanto isso, esses babacas são os maiores valentões que já vi, e vão se livrar dessa. Mesmo agora... Foi Brett quem pegou a faca. Foi trágico o que aconteceu, mas ele fez isso consigo mesmo. Não Jake. E eu não vou deixar que Damien e Trenton Thomas tentem dizer qualquer coisa diferente, ou fazer com que as pessoas acreditem em algo diferente. Não na minha cidade.

Lukas inclinou a cabeça de lado, dando-me um sorrisinho cansado.

— Você é sexy quando fica zangada, Charley Redford.

Afeto, ternura e raiva pelo que tinham feito com Lukas guerreavam dentro de mim.

— Sinto muito por terem feito isso com você, Luke.

Ele se encolheu e saiu mancando ao meu lado.

— Não sinta. Você não tem nada pelo que sentir muito. Você é, tipo, uma das melhores pessoas que conheço.

E aquilo me fez querer voltar atrás e esmagar o rosto de Damien no chão.

Em vez disso, consegui levar Lukas até a delegacia. O xerife Muir tomou nossos depoimentos e chamou o sr. C. Insisti em ir com eles até o hospital mais próximo, a meia hora de Lanton. O médico acabara de nos dizer que Luke provavelmente tinha fraturado uma ou duas costelas quando senti que Jake entrava no quarto.

Eu me virei, prendendo a respiração ao ver Jake ao lado da mãe, os olhos em Luke. Seu olhar passou rapidamente por mim, antes de retornar ao irmão caçula.

Ao saber da confusão envolvendo Lukas, Jake segurava com força o pé da cama do hospital.

O sr. C. viu aquilo. Balançou a cabeça para o filho mais velho.

— Nem pense em fazer alguma coisa estúpida. Charley já se assegurou que aqueles garotos paguem por terem atacado seu irmão. Não piore mais ainda sua situação exigindo retaliação por conta própria.

— Eles não podem se safar, pai. Deveriam nos deixar em paz.

— Eles não vão se safar. Já falei que Charley cuidou disso.

— Ela foi incrível. — Luke sorriu para Jake, o olho agora totalmente fechado de tão inchado. — Ela pulou na minha frente e falou que, se quisessem me bater, teriam que passar por ela. Se não tivesse sido tão humilhante, teria sido sexy.

Sorri de volta para ele.

— Não foi humilhante.

— Cara.

Achei que aquilo significava que ele discordava.

Jake virou na minha direção, e eu me encolhi sob o ardor de seu olhar.

— Você iria levar uma surra?

— Eu sabia que eles não iriam me bater.

— Ah, eu não sei. Acho que Damien realmente teria atacado você se Alex não o tivesse impedido. — Luke fez uma careta.

O músculo na mandíbula de Jake ficou ainda mais tenso, um sinal claro de que ele estava pronto para estourar.

Jake ficou em silêncio enquanto o médico terminava de cuidar de Lukas. Foi só quando estávamos no estacionamento do hospital que Jake finalmente falou.

— Vocês podem esperar um pouco no carro? Preciso falar com Charley.

Sua família assentiu, hesitante, e se afastou lentamente, lançando olhares preocupados por sobre o ombro em nossa direção.

Sentindo-me enjoada, olhei para Jake. Ele gesticulou para que eu o seguisse. Nós nos afastamos da entrada do hospital, conseguindo um pouco de privacidade.

— Eu sei que você está zangado — comecei —, mas...

— Apenas fique quieta, Charley. — Ele suspirou, o rosto estava inexpressivo de novo.

Tentei engolir a irritação com o tom de voz dele, com sua atitude, mas não consegui.

— Jake, sei que está passando por muita coisa, mas eu realmente gostaria que você parasse de falar assim comigo. E que parasse de mandar me calar — sibilei.

— Quebraram a janela da frente de casa ontem — ele respondeu simplesmente. — Nosso telefone fica tocando, e desligam quando atendemos. Trenton e seus capangas estão ficando inquietos — ele murmurou.

Fechei os olhos, ressentindo-me de Trenton. O homem estava passando por muita coisa, mas era o maior culpado por tudo aquilo.

— Jake, sinto muito. Mas é só Trenton. Todos os demais sabem que você não atacou Brett. Sabem que foi um acidente.

— Eu deveria ter me afastado, ignorado o blefe dele. — Ele balançou a cabeça, os olhos fundos. — Ele morreu porque não fui esperto o bastante para me afastar de um bêbado. Eu não enfiei a faca nele, mesmo assim, tenho sangue em minhas mãos.

— Jake, ele atacou você. Se você se afastasse, se desse as costas, ele estava bêbado o suficiente... ele poderia ter machucado você. — Peguei sua mão e apertei, mas ele não teve nenhuma reação. — Vamos superar isso.

Ele me encarou em silêncio ao ouvir minha resposta, e senti um peso horrível no estômago mais uma vez.

— Jake?

— Tenho que lidar com isso sozinho.

— O quê?

— Não posso fazer isso com você por perto.

Balancei a cabeça, o pânico estava pressionando meu peito.

— Você está... terminando comigo?

Ele afastou o olhar, incapaz de me olhar nos olhos quando respondeu:

— Sim. Estou terminando com você.

Eu não conseguia respirar.

— E tudo entre nós... tudo o que você prometeu... acabou?

Ele ficou tenso e balançou a cabeça.

— Não estou disposto a ouvir isso.

— Não vá embora! — gritei, e felizmente a raiva despedaçou o pânico. — Você me deve!

De repente, a fúria estava de volta ao rosto dele, quando ele parou e se virou para me encarar.

— Eu devo a você? Eu devo a você? Eu participei da morte de um garoto. Sabe que merda é essa? Como me sinto fodido? Pode pensar em alguém além de si mesma por um segundo?

— Eu penso! — argumentei. — Estive pensando em você sem parar durante dias. Não parei de me preocupar. Tudo o que quero é ajudar você. Não entendo. Por que isso é errado?

— Eu disse que não deveríamos ter ido àquela festa. — Ele tinha retornado à raiva desenfreada. — Nunca deveríamos ter estado ali, e nada disso jamais teria acontecido.

Senti como se ele tivesse me dado um soco.

— Então você me culpa?

— Não, não culpo. — Ele ficou quieto. — Só estou cansado. — Jake se virou para ir embora novamente, e eu corri atrás dele, puxando seu braço.

— Não — rosnei em seu rosto, sentindo uma dor que nunca tinha sentido na vida. — Não se afaste de mim como se eu não merecesse algo melhor do que "estou cansado". Você me prometeu! — Eu o empurrei e ele cambaleou para trás. — Dei tudo para você. — Estremeci, tentando me controlar. — Cada pedaço de mim. Então, se está terminando comigo... eu mereço uma explicação.

— A explicação é que eu preciso ficar sozinho. Não dificulte isso para mim. Estou exausto. Não preciso disso... — Ele gesticulou impotente na minha direção.

Engoli em seco e passei a mão no cabelo, tentando pensar em algo para fazê-lo mudar de ideia, para impedir aquilo. No tempo que levei para fazer isso, Jake voltou a andar.

— Sinto muito pelo que ele fez com você, Jake. Sinto pelo que o pai dele ainda está fazendo com você.

Ele hesitou, então eu continuei.

— Mas estou ao seu lado, pronta para ajudar você a lidar com tudo isso. Isso não conta para nada?

O olhar que ele me deu me partiu ao meio.

— Não. Não posso ficar aqui, nesta cidade, com essa gente maldita. E você é um deles. Quando olho para você, é tudo o que vejo.

A desolação me esmagou. Sentindo náusea e os olhos ardendo com lágrimas, eu estava determinada a me controlar perto dele. Mas a percepção de que ele tinha terminado com tudo, que nós nunca mais conversaríamos, que eu nunca mais sentiria sua mão quente na minha, que ninguém jamais me olharia ou me faria sentir do jeito que ele me fazia sentir acabou comigo. As lágrimas começaram a cair, e Jake desviou o olhar rapidamente.

Secando as lágrimas traiçoeiras, curvei os lábios em desgosto.

— Você é um babaca tão grande quanto todos eles... — minha voz falhou quando a emoção foi demais. — Não posso acreditar que dei tudo a você — sussurrei.

— Sim, bem, às vezes fazemos coisas estúpidas. — Ele deu de ombros, insensível, deu meia-volta e saiu rapidamente da minha vida.

Cinco dias depois, eu soube que os Caplin tinham voltado para Chicago. Dois dias mais tarde, uma placa de "vende-se" foi colocada no jardim da frente da casa deles. Alguém, imagino que Trenton, quebrou novamente a janela que tinha sido consertada.

A partida de Jake me destruiu mais uma vez.

19

Indiana, dezembro de 2012

— Parece que faz uma vida. Como isso é possível?

Dei meia-volta com a intrusão, um sorriso suave brincando com meus lábios enquanto absorvia a visão bem-vinda de Alex Roster.

— Ei, você.

Ele sorriu e deu dois passos na minha direção, para que pudesse me dar um abraço de urso.

— Sua irmã achou que você estivesse aqui.

— É oficial — suspirei, afastando-me um pouco para olhar seu belo rosto. — Minha irmã é muito assustadora.

Alex segurou minha mão quando dei um passo para trás.

— Senti sua falta neste semestre.

Depois que Jake me deixara, me senti perdida, sem ter certeza de onde eu me encaixava na cidade que amara a vida toda. Alex se sentira do mesmo jeito depois da morte de Brett, e tínhamos nos agarrado um ao outro, terminando o colégio como melhores amigos e indo juntos para Purdue. Lá, as coisas tinham ficado complicadas, até que eu as descompliquei.

— Também senti sua falta. Como está Sharon?

— Está ótima. Está em casa, em Tampa, com a família. Ainda não chegamos ao estágio de passar o Natal com a família um do outro.

Sharon era uma aluna do segundo ano que Alex conhecera há quase doze meses. Era pequenina, atraente, barulhenta, feminina, o completo oposto do agora reservado Alex. Eu achava que eles eram ótimos juntos. Ela o fazia se soltar.

— Já faz quase um ano. A época dos feriados com a família se aproxima.

Ele passou a mão pela cabeça quase raspada e assentiu.

— Ela está falando em vir para cá comigo na primavera, então acho que você está certa. — O olhar dele foi para o estacionamento atrás de mim antes de voltar ao meu rosto, observando-me com cuidado e talvez um pouco preocupado. — Por tudo o que você me contou, acho que está aqui por causa de Jake.

Além de Cláudia e de Andie, Alex era meu confidente mais próximo. Apesar da história conturbada entre nós, eu lhe contava tudo porque, no fim das contas, ele era um dos meus melhores amigos. Isso significava que mantive contato próximo com ele enquanto estive em Edimburgo, e ele sabia como eu estava confusa a respeito de ter Jake de volta em minha vida. Embora ele sempre tivesse sido neutro em nossas conversas, enquanto me dizia, tranquilo, para seguir meus instintos, eu estava preparada para ouvi-lo me falar o que todo mundo estava recomendando: tirar Jake da minha vida.

— Está ficando muito difícil ficar perto dele e de Melissa — confessei, baixinho. — Ele me transforma, Alex. Eu me torno essa garota neurótica e chorona e não quero ser essa pessoa.

— Um: você nunca poderia ser uma garota neurótica e chorona. Dois: só porque ele faz você se sentir fraca, não quer dizer que você seja. Três: todo esse tempo você não tem sido honesta com ele. Eu sei que vocês são próximos, e sei que ele acha que te conhece, mas já passou pela sua cabeça que, na verdade, ele não tem a mínima ideia de você que ainda gosta dele? Char, ele te disse coisas imperdoáveis. Ele jogou todos os sentimentos ruins que tinha em você. Se eu fosse ele, presumiria que uma garota como você teria desencanado totalmente de um cara que a tratasse assim.

Balancei a cabeça.

— Ele sabe, Alex.

— Talvez ele saiba. Talvez não. A questão é: você sabe. É sua decisão.

Olhei por sobre o ombro, para o prédio da escola. Senti frio na barriga. Deixei-o de lado, determinada a entrar novamente nos trilhos. Quando olhei novamente para Alex, assenti.

— Sei o que tenho de fazer.

Lendo a decisão em meus olhos magoados, Alex me puxou em sua direção e me aconchegou ao seu lado.

— Vamos. Sua mãe estava tirando uma torta de nozes do forno quando passei lá, e não vou sair da cidade até experimentar aquela maravilha dos deuses.

— É bom ver você. — Me acomodei ao lado dele.

— É bom ver você também.

— Como vão seus pais?

Alex bufou.

— Irritados porque desisti da política.

— Você contou para eles?

Maldição, agora eu era a única covarde entre nós. Os Roster tinham empurrado a carreira política para Alex desde quando ele entrou em Purdue. Ele aceitou fazer mestrado em direito para apaziguá-los, mas nunca teve a intenção de entrar na política. Eu não acreditava que ele tivera coragem para contar para eles, e eu ainda não tinha conversado com meus pais sobre me inscrever na academia de polícia.

Meu amigo fez uma careta para mim.

— Por favor, não me diga que ainda está pensando nessa coisa de polícia?

Infelizmente, Alex sendo Alex, arrogante, mas carinhoso, como meus pais, nunca tinha concordado com que eu seguisse carreira de policial. Era um dos muitos motivos pelos quais eu tinha descomplicado as coisas entre nós.

— Não conte para eles — falei, cortante. — Ainda estou cuidando disso.

Ele balançou a cabeça.

— Querida, sua cabeça deve estar uma bela bagunça neste momento.

Fiz uma expressão patética e assenti.

Alex bufou em solidariedade, abraçando-me com mais força ao seu lado, enquanto seguíamos para a casa dos meus pais.

Panelas, frigideiras, travessas, talheres, papel-alumínio e restos de comida estavam espalhados pela cozinha. Rick e eu estávamos bem no meio de tudo isso. Já que minha mãe e Andie tinham preparado a ceia de Natal, Rick e eu tínhamos que lavar tudo. Meus pais e Andie estavam deitados, quase desmaiados na sala de estar, assistindo a uma comédia, enquanto eu estava lavando os pratos, e Rick tentava secar tudo, para não perdermos o controle da situação. Ao olhar para a louça, eu não conseguia acreditar que cinco pessoas conseguiam comer tanto.

— Sobrevivendo a outro Natal com os Redford, hein? — provoquei Rick.

Os lábios dele se curvaram no canto.

— Você sabe como é.

— Minha irmã adorou o presente. — E não era um eufemismo.

Os dois estavam procurando por uma casa há meses. Andie achou uma casa em Beverly que tinha amado, mas era um pouco acima do orçamento deles. Rick ganhava bem como detetive, mas não era exatamente um cara cheio da grana, e Andie talvez um dia ganhasse bem com a psiquiatria, mas ainda não tinha chegado lá. Ela ficara bem desapontada quando Rick se recusou a aumentar o orçamento porque ela tinha ficado louca pela casa e pelo lugar.

Naquela manhã, ela abrira um envelope com os documentos que comprovavam que ele tinha dado entrada na casa.

Minha irmã reservada me deu uma cotovelada no rosto enquanto se jogava no colo dele.

Ele sorriu, os olhos azuis ardendo de ternura.

— Eu percebi.

— Você também gostou da casa?

— É uma ótima casa para começar uma família. Uma boa vizinhança. Eu não teria colocado tanto dinheiro ali se não tivesse gostado.

— Mesmo assim, é tipo meia hora de carro até a cidade.

— Mais tempo na hora do *rush*.

— E você não vai sentir falta? Mora no centro há anos.

Ele deu de ombros, ainda sorrindo.

— Beverly ainda é centro... só tem mais um ar de subúrbio. E eu tenho que crescer em algum momento. Fazemos sacrifício, nos comprometemos. É assim que funciona. Você sabe disso melhor do que ninguém, senhorita pós em direito.

Fazendo uma careta, encolhi os ombros com o lembrete.

— Não.

— Charley, você precisa falar com eles de novo. Supostamente, você não deveria se matricular no curso de direito em breve?

— Supostamente, tenho que fazer os exames em junho, depois que voltar de Edimburgo. Se me sair bem, começo no outono.

— Então o que vai fazer?

Minha expressão era um pouco tímida, minha voz estava baixa quando respondi.

— O que você acha, Rick? Fiz uma bela tentativa ao fingir me comprometer com eles, porque os amo demais e não quero chateá-los, mas isso é por mim. Eu nunca fiz nada que não quisesse fazer. É exatamente por isso que fico postergando para falar para meus pais que, quando terminar a graduação de direito, vou fazer a inscrição para a Academia de Polícia de Chicago.

O sorriso do noivo da minha irmã era contagioso, e senti um calor no peito com o brilho satisfeito nos olhos dele.

— Bom para você, querida.

Assenti e, mesmo ficando nervosa por ter que contar para meus pais, eu tinha uma sensação de paz ao meu redor por finalmente ter admitido aquilo em voz alta para um membro da família.

— Então, algo que nunca perguntei porque estava tentando me manter fora do assunto para não chatear Jim e Delia... mas por que você quer ser policial?

— Por que você é policial?

Rick não hesitou.

— Porque eu era selvagem demais. Mal consegui o título de bacharel. Só ficava em festas e, principalmente, desperdiçava meu tempo. Eu era zangado e precisava de disciplina. Era isso ou o exército, mas ser policial me deixava mais perto de casa, então eu poderia cuidar da minha mãe.

— Não acho que tenho uma resposta exata de por que quero ser policial. Conheço gente que diz que é um trabalho ingrato, que envolve longas jornadas e não paga o que deveria... e, quem sabe, talvez, quando eu estiver lá, também *acharei* tudo isso. Mas não acho que será assim. É só algo que sempre quis fazer.

Rick grunhiu e eu estreitei meus olhos para ele.

— O que foi?

— Charley, você quer ser policial porque tem complexo de heroína. Por que acha que o apelido Supergirl pegou?

Enruguei o nariz.

— Não tenho complexo de heroína.

— Na terceira série, você fez um plano para prender um garoto no armário na hora do intervalo porque ele ficava roubando o almoço ou o dinheiro do almoço das crianças mais fracas.

— Henry Ames — assenti com desgosto. — A família dele se mudou para Lanton na terceira série e foi embora na quarta. Ele era um pequeno idiota. — Franzi o cenho. — Minha irmã contou isso para você?

Ele riu baixinho.

— Sim. Também me contou que, na sexta série, você liderou uma busca na cidade pela tartaruga desaparecida de uma amiga.

— A tartaruga de Lacey, Micky D. Ela desapareceu do lago. Lacey ficou arrasada. Acontece que Jackson Emery pegou a tartaruga "emprestada" e ficou morrendo de medo quando organizei a busca. Ele esperou três horas para confessar, e seus pais compraram sorvete e limonada para todo mundo que participou da busca. Custou uma pequena fortuna para eles. Jackson ficou de castigo por um mês. — Sorri.

Rick continuou a sorrir.

— No primeiro ano do ensino médio, você empurrou sua irmã da frente de um veículo em movimento. — O sorriso dele desapareceu. — No terceiro ano, você tentou salvar a vida de um garoto, depois quase levou uma surra tentando proteger outro.

Abismada, virei-me completamente para ele.

— Minha irmã faz um diário sobre mim? Porque eu vou acabar com ela...

Ele balançou a cabeça, rindo baixinho.

— Querida, ela apenas fala sobre você. Ela tem muito orgulho de você. Ela te admira. Ela acha que você vai ser uma policial e tanto.

Senti um ímpeto de felicidade pela crença da minha irmã em mim.

— E o que você acha?

Ele deu de ombros.

— Acho que terá obstáculos para superar. Triste, mas é verdade, porém, vendo o jeito como você é, vai passar por maus bocados com alguns policiais homens. Terá que trabalhar mais duro do que qualquer um para provar ser capaz, em especial quando estiver atrás de uma promoção. Não é nem de perto tão ruim quanto antes, mas ainda é.

Antes que meus ombros caíssem de desânimo, ele prosseguiu.

— Mas acho que, se alguém consegue fazer isso, é você, e estou ansioso para testemunhar.

Sorri para ele com gratidão.

— Obrigada.

— Por nada. — Ele me olhou com cuidado. — Tenho outra coisa para falar e depois prometo levar meus conselhos para outro lugar.

— *Ok*.

— Esse garoto, esse cara que está mexendo com sua cabeça...

Suspirei, cansada.

— Por favor, não, Rick...

Ele levantou a mão.

— Me escute.

Pronta para outro sermão de como fui idiota em sequer pensar em deixar Jake voltar à minha vida, o que o noivo da minha irmã me falou, na verdade, foi uma surpresa. E acabou me deixando ainda mais confusa.

— Sua irmã me contou tudo sobre Jake. E já sei como seus pais se sentem a respeito dele, acredite em mim. E eu entendo. Se estivesse no lugar de Jim e visse o coração da minha menina ser partido, provavelmente iria querer matar o cara também. Mas... — Os olhos dele estavam repletos de empatia e compreensão quando ele falou. — Lembro de ser um garoto confuso de dezessete anos, Charley. Mesmo que não fosse confuso, eu me lembro de ter dezessete anos. Parecemos esperar que as crianças cresçam rápido hoje em dia e, ao mesmo tempo, odiamos isso. Mas não importa o quão rápido pensemos que elas estão crescendo, emocionalmente ainda são crianças. Jake tinha quanto? Mal tinha feito dezessete? Ele tinha sido incomodado por meses, feito de alvo injustamente, e então um garoto morreu durante uma briga com ele. Não é uma coisa fácil de encarar, ainda mais se você é o tipo de pessoa que sentiria culpa por isso... bem, esse tipo de culpa quando se é só uma criança... ele poderia ter lidado melhor com tudo? Inferno, sim. Mas, só porque não lidou, não quer dizer que seja um cara mau, Charley. Isso faz dele um garoto falível, que provavelmente ficou dando voltas por aí carregando muito arrependimento.

Eu estava paralisada, ouvindo o ponto de vista empático de Rick, e sabendo que tudo o que ele estava dizendo era exatamente o que tinha me feito perdoar Jake o suficiente para deixá-lo voltar à minha vida como meu amigo.

— Digo isso porque fiz algumas coisas das quais me arrependi quando tinha a idade de Jake. Magoei alguém. E não posso desfazer isso. Nem Jake pode. Mas, se ele está tentando, então talvez você pudesse pelo menos dar a ele algum tempo para provar que está falando sério. Ele vai se provar certo ou errado, mas, no fim, você não vai lamentar de não ter dado uma chance para ele.

Assenti.

— Agradeço por isso. De verdade. No entanto... a questão não é dar uma chance para ele. Eu fiz isso. Só... é muito difícil.

Rick compreendeu, e sua voz ficou mais baixa.

— Você ainda...

Assenti de novo.

Antes que ele pudesse responder, meu celular tocou no bolso da calça jeans. Já que eu não tivera notícias de Cláudia depois que mandei uma mensagem para ela naquela manhã, eu sabia que provavelmente era ela. Rapidamente, grata por escapar daquela conversa, sequei as mãos no pano de prato de Rick e peguei o aparelho.

— Feliz Natal, Claud.

Uma barulheira de fundo atingiu meus ouvidos primeiro, e depois a voz baixa de Cláudia.

— Feliz Natal.

Eu não reconheci o tom de voz dela e não gostei.

— Querida, onde você está? — Franzi o cenho. — O que foi?

— Meu pai e eu brigamos. — A voz dela falhou com as palavras. — Ele estava bêbado. Ele... ele não é meu pai, Charley. Ele me disse que não é meu pai de verdade.

A surpresa me paralisou por um minuto.

— O que...

— Meus pais imbecis e promíscuos me disseram que tinham um relacionamento aberto quando se casaram. Minha mãe estava saindo com um artista. Quando eu tinha cinco anos, meu pai achou que eu não me parecia com ele, porque nem ele nem minha mãe têm olhos verdes, e o tal artista tinha. Ele fez um teste de paternidade. Há quinze anos eles sabem que não sou filha dele.

— Ah, Deus, Cláudia.

Fechei os olhos, odiando a dor na voz dela e querendo simplesmente esmagar a cabeça dos pais egoístas dela na parede.

Ela riu baixinho, o som terminando em um soluço.

— Meu pai foi tão insensível, sabe, como se o que tinha acabado de me contar não importasse. Acho que agora faz sentido por que ele foi um imbecil indiferente em relação a mim a vida toda. E minha mãe. Ela ficou andando pela casa, com aqueles olhos de cachorrinho sem dono, culpada, até que eu não aguentei mais. — Ela fungou. — Estou no aeroporto internacional de San Diego. Meu voo parte em meia hora.

Assenti.

— Qual é o número do voo? Vou buscar você.

— Sinto muito, Charley, sei que vou chegar tarde.

— Não importa — ignorei o pedido de desculpas dela. — Estarei lá.

Ela me deu o número e eu desliguei, sentindo um peso no peito por causa dela. Meu olhar solene encontrou os olhos questionadores de Rick.

— Cláudia acaba de ter um Natal dos infernos.

Quando o voo de Cláudia chegou no O'Hare, já eram quase duas da manhã. Eu estava animada à base de cafeína, então ficara acordada por toda a viagem. Rick tinha se oferecido para ir comigo, mas achei melhor pegar Cláudia sozinha. Ela não parecia estar bem, e ter alguém por perto que não conhecia muito bem poderia não ser útil.

Meus pais queriam que eu passasse a noite com ela em um hotel em Chicago, mas só queria levá-la para casa, para um lugar onde se sentisse amada e querida.

Quando a encontrei no aeroporto, abracei-a, e ela começou a chorar. Eu a segurei por um longo tempo, até que finalmente ela se recompôs e me deu um sorriso hesitante.

— Já falei que você é a melhor amiga de todos os tempos?

— Você é minha família — falei baixinho para ela, segurando sua mão e levando-a até o carro. — Nada é mais importante, muito menos dormir — provoquei.

Ela riu baixinho e entrou no carro, enquanto eu guardava sua bagagem no porta-malas.

Enquanto saíamos de Chicago e voltávamos para Indiana, ela me contou tudo. Antes, eu achava que o pai dela era um idiota — agora eu achava que ele era a escória. O cara não parecia dar a mínima para o fato de ter destruído completamente a filha. Ele achava que não era nada de mais descobrir que o homem que você achava ser seu pai, na verdade, *não era*.

Nem mesmo tinha telefonado para Cláudia, e ela já tinha saído de casa há mais de seis horas.

Escória.

Depois de um tempo, Cláudia ficou em silêncio. Olhei de relance e vi que ela rasgava um pedaço de papel, os dedos trabalhando freneticamente.

— Vai ficar tudo bem — garanti.

Ela assentiu, mas não respondeu.

Quanto tempo eu levaria para dirigir até a Califórnia? Eu me perguntava se Rick me ajudaria a cometer o crime perfeito.

O telefone de Cláudia tocou, e nós duas pulamos de susto. Prendemos a respiração enquanto ela tirava o aparelho da bolsa. Sua expressão se abateu um pouco quando disse:

— É Beck. Mandei uma mensagem de texto para ele enquanto esperava você, mas pensei que ele estivesse dormindo.

— Atenda.

Ela atendeu.

— Oi. Teve um bom Natal?

Ela aguardou a resposta e franziu o cenho.

— O quê? Não, explico depois. Estou bem agora, mas, ok... não, estou bem... olhe, foi uma bela encrenca com meus pais, mas estou lidando com isso... estou aqui, na verdade. Charley me buscou no O'Hare. Estamos indo para a casa dos pais dela... Bem, porque eu não queria incomodar você... Beck, não, estou bem... não é nada... ok, prometo... sim, prometo que ligo para você da próxima vez... mais tarde eu te conto... sim, minha garota foi me pegar... tenho certeza... Ah? O que aconteceu? Está brincando comigo?

Senti os olhos dela se arregalarem na minha direção.

— Vou contar para ela... Conversamos depois? Sim... Você também.

Meu coração batia acelerado quando ela desligou, sabendo seja lá o que Beck tivesse dito tinha a ver comigo. Cláudia soltou o ar com força, o cabelo escuro e comprido caindo no rosto. Ela o prendeu atrás da orelha e me olhou.

— Ele está chateado pois eu não liguei para ele.

— Claro que está — murmurei, começando a perder a paciência com o comportamento de Beck em relação à minha melhor amiga.

Toda a cafeína, o cansaço, o susto com Cláudia, e o fato de que eu sabia que *algo* tinha acontecido, provavelmente não ajudava muito a aplacar minha irritação.

— Além disso... Jake terminou com Melissa no dia em que vocês chegaram a Chicago.

Como se ela tivesse subido em meu peito em vez de simplesmente me dar a notícia, lutei para respirar por um instante, minhas mãos apertando o volante. Eu não conseguia falar.

— Aparentemente, ele está tentando entrar em contato com você.

Engolindo em seco, assenti.

— E...?

Olhei de soslaio para seu rosto em expectativa e neguei com a cabeça, fazendo o melhor possível para empurrar a notícia do rompimento de

Jake e de Melissa e todas as questões subsequentes para o fundo da minha mente.

— Não é o melhor momento. Você é mais importante. Vamos para casa, afogar sua tristeza em torta de chocolate. Ok?

Cláudia continuou a me olhar por um momento, a preocupação palpável, o que era doido, considerando tudo pelo que passara. Por fim, minha melhor amiga deixou quieto. Assentiu e se acomodou o mais confortável possível no banco do passageiro.

— Parece ótimo para mim.

20

Indiana, janeiro de 2013

O ambiente curioso, provocador e carinhoso da minha família ajudou Cláudia a passar o resto das férias de inverno comigo, em Indiana, mas a dor e a confusão no fundo dos seus olhos nunca chegaram a desaparecer. Quando ela finalmente contou para Beck o que tinha acontecido, o cara entrou em um ônibus para Indiana e passou a noite no sofá da casa dos meus pais. Para minha surpresa, meus pais adoraram Beck. Eu achava que eles ficariam assustados com suas tatuagens e sua devoção a uma palheta de guitarra, mas acontece que Beck era muito parecido com Jake. Podia cativar pelo charme atencioso em um instante.

Depois que Beck a levou para um passeio na cidade, para conversarem, Cláudia voltou com um brilho diferente no olhar. O que quer que ele tenha dito para ela, fez com que ela ligasse para seus pais assim que voltaram. Meu pai estava no trabalho e Rick e Andie tinham voltado para Chicago, então Beck, minha mãe e eu ficamos sentados na sala de estar, fingindo ignorar a voz elevada de Cláudia gritando pelo telefone da cozinha.

Vinte minutos depois, ela entrou na sala de estar, com um sorriso tenso no rosto.

— Bem, ele não chegou a se desculpar. — Ela deu de ombros, mas eu pude ver a dor que ela tentava disfarçar.

Eu sabia, pelo jeito que Beck fechou as mãos, apertando-as, que ele também conseguia ver.

— Mas aumentou o limite do meu cartão e se ofereceu para pagar uma viagem para mim, junto com meus amigos, antes do início das aulas.

Minha mãe parecia horrorizada.

— Isso é... bom?

Cláudia revirou os olhos.

— Tanto faz... mas... — Ela sorriu para mim. — Eu estava pensando que temos quatro dias antes de as aulas começarem quando voltarmos para a Escócia. Por que não fazemos todos uma viagem até as Terras Altas? Quero dizer, estamos na Escócia e mal saímos de Edimburgo.

— Todos nós?

Eu ainda não tinha respondido às tentativas de Jake de me contatar. Embora estivesse morrendo de curiosidade para saber por que ele terminara com Melissa no primeiro dia das férias de Natal, eu também estava apavorada em descobrir o que ele queria de mim. Confusa como estava, não tinha certeza se poderia lidar com ele ainda querendo ser "apenas amigo". Mesmo assim, eu sabia que não tinha certeza se conseguiria ser algo mais. O motivo original pelo qual eu tinha que me manter na minha não era mais uma questão aparentemente, mesmo assim... eu tinha medo de ficar perto de Jake. Eu. Com medo? Que merda era essa?

Mesmo assim, não queria ficar presa em miniférias com ele.

Cláudia assentiu e correu até onde tinha deixado seu notebook.

— Poderíamos ficar em uma cabana ou um chalé em algum lugar.

Beck concordou.

— Tenho certeza de que Lowe e os outros vão topar.

— Eu estava pensando em nós, Lowe, Matt, Denver, Rowena e Jake. Eu convidaria Maggie, Lauren e Gemma, mas não acho que somos íntimos o bastante para que não seja estranho. Além disso, Maggie tem uma queda por Beck. É um pouco irritante tê-la por perto.

— Para quem? — Beck sorria e relaxava na poltrona do meu pai. — Definitivamente, não para mim.

Os dois brincavam entre si, e eu estava ocupada demais tentando controlar meus batimentos cardíacos acelerados e o suor frio que escorria em minha pele.

Ok, eu não chegara a contar para Cláudia meus planos de evitar Jake. Ele me mandara umas duas mensagens de texto desde a chegada dela, e telefonara quando eu não respondi. Cláudia estava cozinhando com minha mãe, então não sabia da ligação, mas sabia que eu estava evitando contato com ele. Sem saber a amplitude da minha situação e ainda preocupada com seus problemas *reais*, ela não tinha me incomodado com o assunto.

Duas horas mais tarde, Cláudia encontrou um chalé em um lugar chamado Fort William, uma cidade à beira de um lago a cerca de cinco horas de trem de Edimburgo. O chalé acomodava dez pessoas e ficava em um lugar que parecia bonito e não muito isolado, mas eu não conseguia apreciar a beleza daquilo. Estava ocupada demais tentando achar um jeito de cair fora, mesmo sabendo que, no fim, eu acabaria indo, já que a ideia colocara uma fagulha de animação no olhar de Cláudia.

— Vou ligar para os caras — Beck falou, saindo da sala.

— Vocês vão tomar cuidado fora da cidade? — perguntou minha mãe, enrugando a testa de preocupação.

Cláudia assentiu.

— Claro, mãe Delia. Podemos pegar um trem direto de Edimburgo, e depois um táxi até o chalé. E os rapazes estarão conosco. Ficaremos bem.

Ah, sim. Será realmente incrível.

Eu fingi enterrar o nariz no site de fotos, para não ter que fingir um sorriso para Claud e minha mãe.

Cinco minutos depois, Beck voltou para a sala, sorrindo.

— A maioria dos caras topou. Denver vai mandar um e-mail para Rowena para ver se ela quer ir conosco, mas Jake disse que não tem certeza.

Sim! Existe um Deus!

Tentando esconder o sorriso, de repente me senti muito animada com a viagem para o norte. Dei de ombros casualmente.

— Tudo bem. Ainda vamos nos divertir sem ele.

Ignorei o olhar ardente de Beck, sentindo que ele estava desesperado para perguntar qual era o meu problema. Felizmente, minha mãe estava ali, então ele não teve chance.

Beck voltou para casa naquela noite, e Cláudia tinha conseguido evitar falar sobre seu súbito aparecimento, ao estilo cavaleiro branco, por quase dois dias, assim como eu tivera sucesso em evitar falar sobre Jake.

Estávamos deitadas na sala, assistindo a um filme da Disney Pixar, quando meu celular tocou. Estava no chão, perto de Claud, e ela o entregou para mim sem demonstrar reação.

— É o Jake.

Sentindo aquele aperto incômodo nas entranhas, peguei o aparelho e desliguei.

Cláudia me olhou por sobre o ombro.

— Você não atendeu? De novo?

Apertei os lábios e larguei o celular do meu lado, no sofá.

Em resposta, ela parou o filme e olhou ao redor.

— Você o está ignorando? Desde quando?

— Desde que voltei para casa. Eu não quis dizer nada porque você está passando por algo sério. Meu drama com Jake e Melissa não importa.

— Claro que importa. — Ela fez uma careta para mim. — E lembre-se... não existe mais Jake e Melissa, e acho que podemos adivinhar por quê. Não quer ter certeza?

— Não estou pronta para isso. Não posso ser amiga dele, e não tenho certeza se posso ser algo mais. Então... por enquanto, estou feliz em evitá-lo — respondi, baixinho.

Os olhos de Cláudia se encheram de preocupação.

— Você está confusa.

Assenti.

— Sim.

— Então... vai simplesmente ignorá-lo? Nem vai conversar com ele sobre isso?

Neguei com a cabeça.

— Para quê? Não quero abrir meu coração para ele. Olhe, sei que sinto a falta dele, sei que ainda o quero, sei que ele pode me fazer sentir no lugar mais alto do mundo e, segundos depois, no inferno. Mas também sei que não confio nele em relação aos meus sentimentos. Você está certa. É uma confusão. — Fechei os olhos. — Honestamente, acho que o melhor a fazer é me afastar. Seguir em frente. Um final definitivo. — Dei de ombros. — E você sabe que pode soar mesquinho, mas, da última vez, ele me deixou com uma explicação fuleira e nenhum final definitivo. Não devo isso para ele. Na verdade, não devo nada para ele.

A expressão no olhar de Cláudia sugeria discordância, mas ela ficou de boca calada e apenas assentiu.

— E quanto a você e Beck? — Arqueei uma sobrancelha, tentando desviar os holofotes de mim. — Ele veio correndo até Indiana, só para ter certeza de que você estava bem. Levou você para um passeio e, quando voltaram, você parecia melhor. Muito melhor. Nem eu consegui animar seu espírito como ele.

Assim que o olhar dela se apagou, quis me bater por ter tocado no assunto.

— Estou tão confusa quanto você. Demos uma volta e ele... ele simplesmente entende, sabe. A mãe dele, ou sei lá. Meus pais nunca vão me dar o que eu preciso emocionalmente, mas Beck sugeriu que eu precisava contar para eles o quanto tinham me machucado, mesmo que não adiantasse de nada. Ele disse que eu precisava desse encerramento. E ele estava certo. Eles não disseram que sentiam muito ou que me amavam, mas chegaram o mais perto de um pedido de desculpas que jamais consegui deles... aumentando o limite do meu cartão de crédito e me mandando para uma viagem de férias.

— Beck realmente se importa com você.

— Eu sei — ela assentiu, juntando as sobrancelhas. — O máximo que consegue se importar comigo. Aceitei isso. Levei um tempo, acredite. Eu ficava fantasiando sobre mudar isso por causa da nossa atração, mas Beck é muito confuso emocionalmente para conseguir isso. Talvez em dez anos, quando ele tiver amadurecido um pouco, mas agora não. Você sabe, no entanto, que prefiro tê-lo como amigo do que não tê-lo.

— Claud, o que está acontecendo entre mim e Jake não é igual. Ele é meu primeiro amor, e toda essa coisa está misturada com uma história bem feia. Há muito arrependimento e dor.

— Sinto muito, Charley — ela sussurrou. — Sinto muito que você não consiga ver o que o resto de nós vê.

— E o que é?

— Que não importa o que aconteceu no passado... vocês ainda foram feitos para ficar juntos.

— Não...

— Todos nós enxergamos isso — ela me interrompeu. — Quando vocês estão juntos, é como se o mundo todo desaparecesse. E... Beck conhece Jake melhor do que ninguém. Ele diz que nunca o viu tão feliz quanto nesses últimos meses.

Senti novamente uma pressão no peito, e ficou difícil respirar.

— Cláudia, sei que acha que está ajudando, mas não está. Por favor... pare. Ok?

— Ok, ok. Vou ficar quieta — ela suspirou e se virou para a TV. — Só acho que ainda não deveria desistir dele.

Dizer adeus para meus pais por mais quatro meses não era a melhor coisa, mas consegui conter as lágrimas. Cláudia, por outro lado, estava acabada.

Meus pais fizeram um trabalho tão bom em compensá-la pela falta de afeto dos próprios pais que ela tinha se agarrado, chorando, à minha mãe por mais de cinco minutos no aeroporto, até eu conseguir tirá-la de lá.

Quando Claud sugeriu que eu mudasse minha passagem para o único voo que ela tinha conseguido para sair de Chicago, em vez de voltar com Jake e os caras, aceitei na hora. Evitar Jake tinha quase se transformado em um jogo.

Ele tinha me ligado mais três vezes e deixado uma mensagem de voz na última vez. Eu não ouvira.

Também tinha apagado as mensagens no Facebook sem ler.

Voltar para Edimburgo seria o teste final, claro. Seria muito mais difícil evitar Jake quando ele morasse a dois minutos de caminhada do nosso apartamento.

Aproveitando a compensação financeira da culpa dos pais, Cláudia conseguira um *upgrade* das nossas passagens para a primeira classe, então aproveitei o luxo e tentei ignorar o dilema que me esperava quando chegássemos a Edimburgo. Tecnicamente, não seria um dilema até que eu voltasse de Fort William. No dia seguinte à nossa chegada, pegaríamos o trem, para as miniférias em Fort William.

Eu poderia começar a me preocupar em me esquivar de Jake depois do breve período nas Terras Altas.

Já que todo mundo tinha chegado em Edimburgo um dia antes, Claud e eu só tivemos tempo para cair na cama, tirar o atraso do *jetlag* e fazer as malas antes de encontrar os rapazes no Cowgate. De lá iríamos andando para pegar o trem, já que a estação Edimburgo Waverly ficava a menos de dez minutos de caminhada do apartamento.

— Não estou acordada o suficiente para viajar — resmunguei enquanto entrava na cozinha com minha mala pequena.

Depois de guardar um suéter, um casaco forrado de lã, minha Levi's preta, botas, cachecol de caxemira, e um gorro de lã tricotado e fofinho, eu estava pronta para encarar o inverno nas Terras Altas. Ou estaria, assim que conseguisse acordar.

— Hmmm...

A expressão “hmmm” no rosto de Cláudia foi como uma injeção de cafeína.

— O que foi?

Ela estremeceu.

— Jake vai conosco.

— O quê?! — O sangue correu mais rápido em meus ouvidos.

Jogando as mãos para o alto, Cláudia me deu um olhar impotente.

— Ele decidiu ir.

Senti náuseas.

— Isso não está acontecendo. Supostamente eu teria mais quatro dias de paz!

— Sinto muito, Char.

Pestanejei rápido, tentando pensar em um jeito de resolver aquilo. Passei quase cinco minutos pensando em uma mentira depois da outra, cada uma mais elaborada e divertida.

Por fim, gemi.

— Foda-se. Sou uma mulher crescida. Posso lidar com isso.

Cláudia estava ocupada demais tentando digitar rápido em seu celular para me responder.

— O que está fazendo?

— Pedindo para Lowe não deixar vocês sozinhos.

Ok, agora eu iria estrangulá-la. Entredentes, perguntei:

— Por que vai pedir para Lowe não nos deixar sozinhos?

— Porque você me contou o que ele disse no Frankenstein, então ele parece ser a melhor opção. Ele sabe o que está acontecendo, e está do seu lado. Vai manter Jake fora do caminho. Não que eu ache que você deva ficar fora do caminho de Jake, mas, se é o que você quer, vou ajudá-la a conseguir.

Pensando naquilo, acabei concordando relutante, acenando com a cabeça.

— Você pode estar certa.

— Ufa! — Cláudia sorriu, contente. — Crise evitada. Agora, vamos conquistar as Terras Altas.

Ela passou por mim, arrastando a pequena mala cor-de-rosa atrás de si.

21

Edimburgo, janeiro de 2013

A visão de Jake conversando com os caras na calçada na esquina da Blair Street, as mãos enfiadas nos bolsos do casaco de lã negra, a mochila pequena aos seus pés, me fez sentir como se eu estivesse saindo da minha pele. Uma onda crescente de nervoso chegou até meu estômago, e eu quase parei de andar.

— Você está bem? — Cláudia perguntou, os olhos fixos no grupo.

Denver estava parado ao lado de uma colorida Rowena, Matt brincava com Jake, e Beck e Lowe nos observavam enquanto nos aproximávamos.

— Estou bem — menti. — Vamos nessa.

As rodinhas das nossas malas sacudiam na calçada, e o som atraiu a atenção de todos.

Não olhe para Jake, não olhe para Jake.

Com obstinada determinação, concentrei toda a atenção em Lowe.

— Ei. — Ele sorriu.

— Ah, por fim, mais garotas. — Rowena sorriu. Seus olhos brilhantes se fixaram em Cláudia. — Obrigada por me convidar. Adoro viagens grátis.

— E quem não ama? — Beck sorriu e se virou para Cláudia, observando-a com cuidado. — Como está indo tudo?

— Estamos bem. — Ela sorriu para todos. — Mas atrasados, então é melhor nos mexermos se quisermos pegar o trem.

Sentindo o olhar de Jake ardendo em meu rosto, fiquei grata por Lowe rapidamente se colocar entre mim e ele enquanto subíamos a Blair Street. Isso me impediu de fazer algo idiota, como perguntar desesperadamente para Jake se ele estava bem depois de ter terminado com Melissa há três semanas. Não deveria me incomodar se ele estava bem ou não, mesmo assim, eu me importava. Ainda me importava o suficiente para não querer que ele sofresse.

— Passou um bom Natal? — Lowe perguntou, baixinho.

— Sim. E você?

— Sim, foi legal. Resolvemos pedir comida chinesa este ano. Muito natalino.

— Por favor, me diga que pelo menos compraram um bolo ou uma torta?

— Comprei cerveja.

Dei uma gargalhada.

— Me diga que a usou para molhar algum tipo de pão de ló?

— Eu gostaria de dizer que somos inventivos assim, mas meu irmão e eu somos bem básicos.

— Hmmm. Acho que no ano que vem vou guardar algumas das sobremesas da minha mãe e mandar para você. Sempre temos toneladas de sobras.

Lowe bufou.

— Não somos pobres.

— Não, só preguiçosos. — Sorri para que soubesse que eu estava provocando.

— Em relação à comida, sim. Em relação a outras coisas... — Ele me deu um sorriso malicioso. — Sou conhecido por me esforçar para fazer as *coisas* direito.

— Como é possível que você faça uma frase dessas soar sacana?

— É um dom.

Dei uma gargalhada e continuei a tagarelar com o vocalista do The Stolen, enquanto subíamos a The Royal Mile e depois descíamos pela sinuosa Cockburn Street, com seu nome bizarro.

— Não diga nada — falei rapidamente, vendo os olhos de Lowe brilharem ao notar a placa com o nome da rua.

A boca dele se retorceu.

— Eu não ia dizer nada. Não se pronuncia como parece.

— Não?

— Não.

— Bem, isso é decepcionante.

Lowe assentiu, os olhos se encontrando com os meus enquanto ele sorria com carinho. Concentrar-me na camaradagem confortável entre nós tornava mais fácil ignorar os olhos de Jake queimando minhas costas enquanto ele andava atrás de nós.

Quando chegamos à estação, ficou claro que Cláudia realmente tinha pedido para Lowe não me deixar sozinha com Jake. Ao subir no trem, senti que ele estava logo atrás de mim. Assim que Beck nos apontou duas mesas, a mão de Lowe pressionou minhas costas e ele me fez passar por Cláudia e Beck, e se sentou ao meu lado. Isso fez com que Jake fosse obrigado a se sentar com Matt, Denver e Rowena à mesa do outro lado do corredor. Lowe colocou minha mala no compartimento sobre nossa cabeça e, ao fazer isso, meu olhar, como se tivesse vontade própria, ergueu-se e encontrou o de Jake.

A tensão em sua mandíbula me disse que ele estava zangado, mas a expressão em seus olhos era, em grande parte, questionadora. Precisei de todo o esforço para manter minha expressão neutra e tranquila, enquanto afastava o olhar calmamente dele para sorrir para uma animada Cláudia.

Durante a primeira hora, aproximadamente, conversamos sobre as férias de Natal, e fingi não estar atenta a cada palavra de Jake, embora estivesse. Parece que Lukas conquistara a garota que conhecera no primeiro semestre em Boston e, já que ela também era de Chicago, Jake e seus pais a conheceram no Natal. Segundo Jake, Lukas estava completamente apaixonado por ela, e a garota, um poço de energia, era mais do que páreo para a avó linguaruda de Jake, a qual era considerada membro da família.

Ninguém mencionou o rompimento de Jake e Melissa.

Claro, se alguém perguntasse, eu fingiria que não estava ouvindo para saber o que teria sido respondido.

Na segunda hora de viagem, ficamos em silêncio, alguns de nós observando a paisagem que passava pela janela enquanto ouvia música, outros lendo, e alguns de nós (Matt) até mesmo dormindo. Enquanto isso, eu via a Escócia passar diante dos meus olhos, as colinas verdes, as ovelhas, as vacas espalhadas pelas áreas suburbanas, a vastidão viçosa mais próxima das imagens da Grã-Bretanha que eu vira na TV durante a infância. Quando começamos a subir, a paisagem se tornou mais desnivelada, as colinas mais altas, os verdes mais escuros, entremeados com rochas negras e cinzentas. Era bela e selvagem, e de tirar o fôlego com os lagos — plácidos e pacíficos nos vales entre as montanhas — refletindo o sol.

Eu olhava pela janela, com os fones de ouvido, escutando *Don't you remember*, de Adele, quando senti Lowe se mexer ao meu lado. Ele nos disse alguma coisa, mas eu não ouvi. Imaginei que ele estivesse indo ao banheiro, e senti meu coração pular ao ver o assento vazio ao meu lado. Definitivamente, meus olhos não colaboravam comigo, porque eles imediatamente procuraram Jake, que também me olhava quando Lowe se levantou. Nossos olhares se encontraram e mil coisas passaram entre nós, antes que eu rapidamente me voltasse para a paisagem na janela.

O leve agito em meu coração se transformou em um triplo salto mortal quando o assento ao meu lado foi ocupado, e o cheiro da colônia de Jake me atingiu. Seu braço roçou o meu e, embora nós dois usássemos suéteres, senti que aquele toque tomou conta de todo o meu ser. Paralisei, os músculos travados.

Senti o fone do meu ouvido esquerdo ser retirado gentilmente por Jake, e os nós de seus dedos roçando minha mandíbula quando ele abaixou a mão.

— O que foi? — perguntei baixinho, fingindo não ser afetada por seu semblante questionador e magoado.

Enquanto tentava ignorar os olhares inquisidores de Beck e Cláudia, também tentava ignorar o chamado dos olhos emotivos de Jake.

Ele ergueu uma sobrancelha com meu tom de voz.

— Só vim aqui para dizer oi.

Tirei o outro fone, de repente não querendo mais ouvir a voz triste de Adele, me implorando para lembrar.

— Oi. — E não pude me conter. — Você está bem... quero dizer... eu soube.

Jake deu um olhar rápido para Beck e Cláudia, e os dois enfiaram a cabeça no tablet de Cláudia, para ver o filme que passava lá. Jake voltou o foco para mim. Sua voz era baixa, e ele inclinou a cabeça na minha direção. Infelizmente, isso fez com que eu ficasse fascinada por sua boca perfeita, que dizia:

— Foi duro nas duas primeiras semanas, mas foi a coisa certa a se fazer. Já você, eu não entendo. Por que está me evitando? Fiz alguma coisa?

— Não.

— Não? Então por que não atendeu minhas ligações ou respondeu às mensagens? Por que não falou uma palavra comigo até agora?

Ele juntou as sobrancelhas, e pude sentir a preocupação genuína em seu olhar. Agora que estava diante dele, de repente eu me sentia muito infantil e covarde por tê-lo evitado.

Dei de ombros, afastando o olhar.

— Acho que só precisava de espaço.

A mão forte de Jake escorregou pela minha coxa, e eu quase saltei para fora do meu próprio corpo.

— Espaço?

Surpresa, olhei para ele e vi que a ruga em sua testa tinha se aprofundado, e a preocupação se transformara em ansiedade completa. Olhei para a mão quente que ele tinha colocado com intimidade na minha perna. Ao fazer isso, ele rapidamente a retirou.

Ao olhar para seu rosto, pude ver que ele nem tinha percebido que havia colocado a mão em mim.

— Espaço — reiterei, meu coração pulando com tanta força que sentia a vibração subindo pelo fundo da garganta.

— Espaço? — ele repetiu.

Enquanto nos encarávamos, percebi que estava ao mesmo tempo desesperada para que ele se afastasse de mim e desesperada para saber mais. Ocorreu-me que aquele puxa-empurra com Jake acontecia porque eu nunca tive a sensação de encerramento. Nunca tive um encerramento porque ainda não entendia completamente por que ele tinha terminado comigo. Não importava Melissa. Comigo.

— Mas além de espaço... — Inclinei a cabeça. — Por quê? Eu realmente quero saber por que você terminou comigo.

Jake olhou de relance para Beck e Cláudia antes de se inclinar um pouco mais para perto.

— Quer falar sobre isso agora?

— Preciso saber se você me culpava. Você disse que não...

Ele me observou por muito mais tempo do que eu gostaria, com uma emoção em seu rosto que eu não compreendia. Por fim, deu um suspiro profundo e assentiu.

— Ok. Sim, culpei você. Era irracional e estúpido, mas eu estava zangado. Principalmente por ter deixado que aquela merda com Brett continuasse por meses e como isso culminou na perda de vida mais estúpida que eu já... — Xingou baixinho, a cor deixando seu rosto, enquanto ele continuava. — Havia raiva de mais em mim. E ficar com raiva de mim mesmo não fazia nada para dissipar aquilo... então escolhi ficar com raiva de você. Acho que, inconscientemente, pensei que, como éramos tão próximos, se eu ficasse zangado com você, você ainda estaria ali e me perdoaria. — Ele afastou os olhos de mim, a mandíbula tensa com a emoção. — Não funcionou assim — murmurou.

Ficamos em silêncio por um minuto, tentando processar aquilo. Acho... acho que ajudou. E, ainda assim, não ajudou. Eu não sabia o que esperar, mas não esperava me sentir tão confusa quanto estava há alguns instantes.

— Jake, você está no meu lugar.

Nós dois levantamos a cabeça e vimos Lowe parado com os braços cruzados à frente do peito, um sorriso paciente nos lábios.

Jake acenou com a mão para o assento que ele tinha deixado vazio.

— Fique com o meu.

Lowe sorriu.

— Veja bem, eu passei umas boas horas fazendo minha bunda se moldar ao assento, para conseguir máximo conforto, e não quero ter que fazer tudo de novo.

Encarando-nos, a expressão de Jake tinha um ar de desconfiança enquanto seus olhos iam de mim para Lowe. Com um grunhido de irritação, ele saiu da poltrona, e Lowe se acomodou ao meu lado.

Meu corpo todo respirou de profundo alívio.

A tensa atmosfera entre nós se esticou como um cordão preso ao meu peito e ancorado no dele. Apesar das pessoas e do espaço entre nós, eu senti aquilo me puxando dolorosamente nas horas seguintes e observava atordoada enquanto a Escócia passava do lado de fora, perguntando-me como diabos sobreviveria às três noites seguintes perto de Jake.

A preocupação rodopiando no meu cérebro foi momentaneamente esquecida quando, cerca de trinta minutos antes de chegarmos a Fort William, Cláudia exclamou:

— Ah, meu Deus!

— O que foi? — perguntei, franzindo o cenho enquanto os olhos dela resplandeciam cada vez mais ao olhar o vale profundo abaixo de nós.

— Ah, meu Deus! — ela exclamou mais alto, dando um gritinho.

Estremeci junto com o resto dos nossos amigos e cerca de metade dos passageiros do vagão.

— O que foi?

Ela abaixou a cabeça em direção ao tablet e teclou alguma coisa na tela. Dois segundos depois, deu outro gritinho.

— Jesus — Beck gemeu, colocando as mãos sobre os ouvidos.

— Que diabos está acontecendo? — perguntei, preocupada que ela nos fizesse ser expulsos do trem.

Cláudia sorria para mim como uma criança.

— Estamos na ponte que levava o Expresso Hogwarts em Harry Potter!

Isso era tudo o que eu não esperava, a informação quase me fez bater a cabeça no vidro para olhar lá fora. Meus olhos viram o cenário familiar, e eu sorri.

— Isso é tão legal.

— Muito — Lowe concordou, sorrindo comigo.

— Ah, meu Deus! — Cláudia jogou as mãos para o alto, os olhos arregalados e muito sérios. — Estão nos levando para Hogwarts?

Nós a encaramos por um instante, processando sua pergunta em silêncio.

As gargalhadas irromperam entre todos que tinham ouvido aquilo. Percebendo a improbabilidade de sua questão, Cláudia corou e Beck, sorridente, colocou o braço ao redor de seus ombros e a puxou para perto, para dar um beijo em sua testa.

— Fico boba quando fico animada — ela murmurou, os lábios curvados nos cantos para que soubéssemos que estava levando nossa provocação numa boa.

Quando paramos em Fort William, eu quase tinha esquecido a dor no peito. Mas, quando descemos na plataforma, respirando o ar fresco e gelado, meus olhos colidiram com os de Jake e, simples assim, a dor voltou.

Cláudia nos tinha dado um resumo de Fort William antes da nossa chegada. Quando entramos na cidade, sabíamos que era a maior das Terras Altas, só perdendo para Inverness. Sabíamos que era perto do famoso Ben Nevis e ficava às margens do lago Linnhe e do lago Eil. Apesar de ser a maior cidade das Terras Altas, ainda era incrivelmente pequena, mas acho que eu não me importaria com isso se vivesse em um ambiente tão bonito.

O centro da cidade era pitoresco, com ruas de paralelepípedos e, um pouco como Edimburgo, edifícios bem antigos ao lado de outros modernos.

Quando pegamos dois táxis na estação para nos levar até o chalé, descobrimos que era apenas uma casa entre as várias construídas em uma montanha que se erguia longe do centro da cidade. Apesar dos cumes cobertos de neve das montanhas ao nosso redor, não havia neve nas estradas enquanto atravessávamos os pequenos subúrbios.

Para ser honesta, não ficamos muito desapontados quando descobrimos que o "chalé" ficava em uma rua perto de casas residenciais. A vista era incomparável. Seguindo pela entrada principal, um conjunto de escadas levava para cima e outro para baixo. No andar de cima ficavam a cozinha, um banheiro, dois quartos e uma imensa sala de estar, cuja parede mais distante dava para portas que levavam para uma sacada. Como estávamos bem no alto, tínhamos uma vista fantástica de Fort William e do lago reluzente lá embaixo.

Havia cinco quartos com duas camas em cada. Beck e Jake pegaram um dos quartos do andar de cima, e Lowe e Matt ficaram com o outro. Denver e Rowena escolheram um quarto cada um no andar de baixo, e Cláudia e eu ficamos com o quarto com as portas francesas que davam para um jardim privativo com terraço. Tínhamos montanhas ao nosso redor, e nenhum vizinho acima. Era tão incrivelmente pacífico que eu só queria me trancar ali, junto com o restante dos meus amigos.

Infelizmente, aquele não era o plano. Apesar da viagem de trem de cinco horas, Cláudia nos deu só duas horas para descansar antes de chamar dois táxis para nos levar montanha abaixo para jantar e beber em um pub.

Enrolada nas minhas roupas de inverno, saí ao lado de Cláudia e me mantive assim quando nosso táxi nos deixou em um pub recomendado. Lá dentro, o calor do fogo que ardia na imensa lareira de tijolos atingiu meu rosto e me ajudou a relaxar, assim como o fato de que, quando nos acomodamos à mesa, Cláudia ficou sentada à minha esquerda, Lowe à minha direita, e Rowena à minha frente. Isso tornava muito mais fácil evitar Jake.

Depois de um tempo, a animação por estarmos em um lugar novo e tão incrível se instalou, e todos nós estávamos rindo e conversando, falando sobre o Natal e lamentando nosso destino acadêmico quando voltássemos para Edimburgo.

Estávamos terminando de jantar quando meu telefone tocou. Tirei-o do bolso e vi uma mensagem de uma colega de classe, perguntando se eu tinha terminado as leituras para nossa primeira semana de aulas. Sorri por causa do zelo dela e rapidamente respondi que ainda não.

— Então você sabe como responder a essa coisa, no fim das contas — Jake observou um pouco cáustico.

Nosso grupo parou de falar enquanto eu guardava o celular no bolso, meu rosto inexpressivo diante do olhar de Jake. Fiquei envergonhada por ele trazer nosso desentendimento diante de todos, mesmo que fosse óbvio. Mesmo assim, eu não queria estragar a viagem do pessoal, muito menos a de Cláudia, só porque Jake decidiu me encurralar. O problema de encurralar uma mulher confusa e emotiva é que ela costuma mostrar as garras em defesa.

— Depende de *quem* está tentando falar comigo.

Ele ergueu uma sobrancelha para minha resposta e balançou a cabeça em magoada descrença, desviando o olhar enquanto tomava um longo gole de cerveja.

Ignorei a sensação de aperto na garganta e recostei-me novamente na cadeira.

— O que foi, afinal? — Lowe perguntou baixinho enquanto a conversa voltava. — Um encontro sexy?

— Com uma lista de leitura? Sim.

Os olhos dele sorriram, e ele passou os dentes pelo *piercing* no lábio. Meus olhos seguiram seu gesto, e ele deu um sorriso.

— Está encarando minha boca?

Afastei o olhar, pegando minha cerveja.

— Foi você quem chamou a atenção para ela.

Ele deu uma gargalhada e eu sorri para sua expressão provocadora, ignorando o olhar furioso de Jake na minha direção.

Uma hora mais tarde, Jake estava tão bêbado que Beck e Cláudia o levaram de volta para o chalé. A culpa tomou conta de mim enquanto eu observava Beck ajudar um Jake embriagado a sair do pub. Um Jake embriagado era um Jake triste, e eu sabia que era a causa de sua tristeza. Foi necessária cada gota de força de vontade que eu tinha para ficar sentada e não ajudá-lo a voltar para o chalé.

A evidência que ele ainda se importava talvez um pouco demais era mais uma prova de que havia uma imensa possibilidade de que Jake tivesse terminado com Melissa porque também não conseguia mais ser apenas "meu amigo".

Que diabos. Aquilo era uma bela confusão.

Senti dedos fortes e quentes se entrelaçarem nos meus, e olhei para o rosto de Lowe.

— Não — ele me disse, baixinho. — Você não está fazendo nada errado, Charley. Está só tentando se proteger, e eu não a culpo por isso.

Sua segurança fez com que eu me sentisse melhor, e relaxei ao lado dele, ainda segurando sua mão. Tomamos mais algumas cervejas e estávamos realmente atordoados algumas horas mais tarde, quando o dono do pub veio nos colocar para fora porque estava na hora de fechar o local.

Rowena e Denver ajudaram um quase adormecido Matt a entrar no táxi, e eu sentei-me ao lado de Lowe, minha mão ainda presa na sua. Ao chegar no chalé, descobrimos que tudo estava escuro e em silêncio, e fizemos o melhor possível para não fazer barulho enquanto levávamos Matt para dentro.

Ficamos parados no hall de entrada, Lowe e Denver ainda segurando um Matt quase desmaiado.

— Vamos colocá-lo no seu quarto, cara — Lowe sugeriu para Denver. — É mais fácil descer do que subir com ele.

Denver assentiu, Rowena e eu fizemos o máximo para ajudá-los a colocar Matt na cama sem fazer escarcéu. Por fim, eu disse boa noite para todos eles, enquanto Denver fechava a porta e Rowena desaparecia em seu quarto. Eu estava prestes a ir para o quarto que dividia com Cláudia quando Lowe segurou minha mão e me puxou gentilmente em sua direção.

Não tão coordenada como quando estava sóbria, colidi em seu peito forte.

— Ops. — Dei uma risadinha, inclinando a cabeça para trás, para encará-lo.

Ele sorriu para mim.

— Você é uma bêbada muito fofa, sabe disso?

Enruguei o nariz.

— Não sou fofa.

— O que tem de errado com ser fofa?

— É tão... fofo.

Lowe bufou.

— Ok, você é uma bêbada fofa, mas também é muito sexy.

Pensei sobre aquilo.

— Ok, melho...

Minha resposta foi interrompida pelo beijo de Lowe. A surpresa mandou meu lado racional para o inferno e... eu o beijei de volta.

— Venha para meu quarto — ele murmurou contra minha boca.

— Ah, Deus — suspirei.

— Charley? — Os olhos questionadores dele procuraram os meus e ele se inclinou para trás. — Você não quer?

Definitivamente, meu corpo gostava da ideia... mas minha mente...

— Você é amigo de Jake. Se isso fosse algo mais, valeria a pena machucá-lo, mas... não só por uma rapidinha... seja o que for.

— Está brincando comigo?

— Não.

— Charley... Jake fez você passar um inferno no semestre passado, não importa que tenha terminado com você. Eu posso ter sido o único que percebeu como foi difícil para você vê-lo com Melissa, mas não significa que você não tivesse sentido tudo aquilo. De repente, ele termina com Melissa e o quê? Você tem que correr de volta para ele?

Tentando sair da névoa da embriaguez, franzi o cenho para Lowe.

— Você não é bobo, Lowe. Deve ter visto como ele nos olhava quando estávamos conversando no pub.

— Sim, como um namorado ciumento. Mas ele não é seu namorado e não pode pegar o bolo e comê-lo também.

— Nunca entendi essa expressão. Um bolo *é* para ser comido.

Lowe grunhiu.

— Pare de ser fofa quando estou tentando ficar sério.

Ele segurou minha mão e, como eu sabia que a intenção dele não era me seduzir, acompanhei-o enquanto ele me puxava até seu quarto, no andar de cima.

Com um suspiro, sentei-me na cama de Matt, enquanto Lowe se sentava na sua cama, tirando as botas, o olhar questionador, mas paciente.

— Sei que você pensa que estou deixando que ele dite o que faço, mas, Lowe... ele é seu amigo. Sou a ex dele. Se você transar comigo, ele não vai ficar feliz. Eu não ficaria feliz se ele transasse com Cláudia. Como eu disse, se isso fosse sério, então talvez, mas nós dois sabemos que não é. Você não namora sério.

Depois de um momento de contemplação, Lowe me deu um aceno relutante de cabeça, os olhos escurecendo com sinceridade.

— Se eu fosse o tipo de cara que namora sério... seria com você, Charley.

Sorri para ele.

— Embora aprecie isso, acho que se eu fosse "a garota", você de repente seria o tipo de cara que namora sério.

— Como Jake?

A lembrança do modo como Jake me perseguiu quando éramos mais jovens jogou uma mortalha de tristeza sobre mim, mas assenti.

— A cabeça dele está toda confusa, Charley. Não estou dizendo que ele não se importe com você. O que estou dizendo é que me importo com você e não quero que seja magoada de novo.

Dei um suspiro profundo.

— É por isso que preciso de espaço. Mas estou lidando com isso de um jeito infantil. Achei que poderia simplesmente evitá-lo e enfiar a cabeça na areia, e que tudo ficaria bem.

— Mas não está. Você precisa conversar com ele.

A ideia me deixou sóbria.

— É.

Ficamos em silêncio por um tempo, cada um de nós perdido nos próprios pensamentos. Por fim, Lowe sorriu, cansado.

— Quer ficar aqui?

Em resposta, entrei embaixo das cobertas, deitando de lado para encarar Lowe, que já estava deitado embaixo do edredom em sua cama.

— Você beija muito bem.

— Eu sei.

Bufei.

— Mas, definitivamente, precisa trabalhar sua confiança.

— Estou fazendo isso.

Sorrindo, aconcheguei-me no travesseiro frio.

— Lowe?

— Sim?

— Obrigada por ser um amigo tão bom.

Ele ficou em silêncio por tanto tempo que achei que não fosse responder, então ele disse baixinho:

— Você torna isso fácil.

Eu estava quase caindo no sono com um pequeno sorriso nos lábios quando Lowe sussurrou.

— Charley?

— Sim?

— Se eu não achasse que isso me machucaria no fim... por você, eu seria o cara que namora sério.

A confissão dele ficou no ar, trazendo lágrimas para meus olhos. Uma melancolia insuportável tomou conta de mim.

Lowe era um cara ótimo. O tipo de cara pelo qual eu realmente poderia me apaixonar. Mas ele estava certo em se proteger contra mim, porque, não importava quantas vezes eu dissesse o contrário para mim mesma, ainda não tinha esquecido Jake. Estava começando a ter medo de perder tudo de bom que aparecesse na minha vida por não conseguir me libertar dele.

22

Fort William, janeiro de 2013

A luz entrava pelas cortinas finas penduradas na pequena janela no quarto de Lowe e Matt. Meus olhos descansaram em Lowe, esparramado de barriga para baixo, o braço pendurado pela lateral da cama de solteiro, os belos dedos quase tocando o chão.

Seu rosto parecia muito mais suave quando dormia, mas poderia ser que, depois da noite anterior, eu sentisse uma ternura especial por ele.

Deitada de lado na cama de Matt, os nervos acertaram meu estômago vazio com o simples pensamento de que meus amigos presumissem que Lowe e eu tínhamos dormidos juntos se soubessem que eu não estava no quarto com Cláudia. Se eu estivesse um pouco mais sóbria na noite anterior, teria percebido que dormir na cama de Matt era uma péssima ideia.

Pelo menos Jake tinha ficado tão bêbado que desmaiara antes de perceber que eu tinha desaparecido no quarto de Lowe. O relógio na mesa de cabeceira de Matt me disse que era um pouco antes das sete da manhã. Ninguém estaria vagando pela casa, então pareceu ser um plano seguro me levantar. Saindo de debaixo das cobertas, levantei-me da cama em silêncio, sem me incomodar em arrumar os cabelos ou desamassar as roupas enquanto caminhava na ponta dos pés. Ao passar pelo espelho na parede, vi que tinha os olhos manchados de rímel. Tinha a aparência de quem não tinha feito nada de bom.

Gemendo baixinho, abri a porta o mais silenciosamente possível, saí na ponta dos pés e me virei para fechar a porta devagar. Sentindo uma certa ressaca e muito cansaço, virei em direção à cozinha, querendo um copo de água e, em vez de um corredor vazio, dei de cara com Jake.

Paralisada, olhei para ele entorpecida, enquanto seus olhos iam da porta de Lowe para mim, de volta para a porta, e novamente para mim. Seu rosto já pálido ficou branco, e o copo de água em sua mão tremeu. Sua presunção se transformou em uma dor desagradável em meu peito e, antes que eu pudesse explicar, ele estremeceu como se tivesse levado um tiro, e rapidamente desapareceu no quarto que dividia com Beck.

O pânico me sufocou, e eu fiquei parada ali, presa naquele instante terrível. Minha respiração estava entrecortada quando me apoiei na parede, amaldiçoando o destino, que fizera com que meu caminho cruzasse com Jake, entre todas as pessoas, bem quando eu saía do quarto de Lowe. Escorregando pela parede, enterrei o rosto nas mãos, tentando não perder o controle.

Eu não tinha traído Jake, pelo amor de Deus! Eu mal estava falando com ele.

Por que parecia uma traição?

Por que eu estava com medo que Jake me odiasse?

Era isso que eu queria. Queria um encerramento; queria que Jake me deixasse em paz para que eu pudesse seguir em frente. Mas nunca quis seguir em frente assim e, definitivamente, não queria causar discórdia entre ele e Lowe.

Se o olhar horrorizado em seu rosto era uma indicação, eu diria que Jake nunca mais falaria comigo.

E por que aquele pensamento ardia tanto na minha garganta, quando era o que eu dizia querer o tempo todo?

O sol de inverno brilhava sobre nós quando saímos do chalé, prontos para descer até o centro da pequena cidade. Lá decidiríamos se iríamos comer antes de pegar os táxis que nos levariam à destilaria de uísque Ben Nevis.

Eu olhava a bela vista do sol reluzindo no lago Linnhe, esperando que Cláudia dissesse que estávamos prontos para ir e preocupada porque Jake tinha dito a Beck que não estava se sentindo bem, que iria ficar na cama.

Dez minutos antes, eu tinha puxado Lowe de lado e contado para ele sobre meu encontro com Jake. A boca dele ficara tensa, mas ele me dera um tapinha tranquilizador no ombro. Acho que aquilo significava que ele cuidaria de tudo.

Eu não queria que ele tivesse que lidar com aquilo.

Aquela era uma confusão e tanto.

— Jake? — Cláudia perguntou de repente, e virei para ver Jake descendo os degraus de concreto na nossa direção. — Achei que não fosse conosco.

Os olhos escuros dele estavam duros e irritadiços quando ele enfiou as mãos nos bolsos do casaco e parou na calçada ao lado dela e de Beck.

— Mudei de ideia. Decidi que o ar fresco pode me fazer bem.

Ninguém mais pareceu notar que havia algo de errado com ele, talvez colocando o mau humor na conta da ressaca, e Cláudia continuou a tentar explicar para Matt por que um punhado de gente sem experiência não poderia, e definitivamente não deveria, tentar encarar Ben Nevis.

— Só estou dizendo que é o tipo de experiência que você vai querer contar para seus netos um dia — disse Matt, com os olhos arregalados de esperança.

Lowe bufou.

— E que netos serão esses, Matt, considerando que provavelmente você já vai ter morrido no fundo da montanha mais alta de toda a Grã-Bretanha?

Ele fez uma careta.

— A mais alta?

— Eu acabei de falar isso, Matt. — Cláudia franziu o cenho para ele. — Você não me escuta?

— Honestamente, quando você fala, eu só fico encarando sua boca. Ou seus peitos.

Beck deu um tapinha na cabeça do amigo.

— Cara. — Matt esfregou a parte de trás do crânio. — Vou acabar tendo danos cerebrais antes de ter filhos do jeito que você fica me batendo. Apenas faça sexo com ela e acabe com isso.

Cláudia corou, enquanto Beck deu um passo ameaçador na direção de Matt.

Lowe entrou na frente de Matt, de modo protetor.

— Ele está só zoando você. — Sorriu. — Dê um tempo para ele. O cara está com uma ressaca séria. Estava acabado ontem à noite, quando o colocamos na cama.

— Nós? — Jake perguntou de repente, seu tom de voz exigindo resposta.

Lowe ficou tenso, fechando as mãos enquanto assentia.

— Denver, Rowena, Char e eu.

Jake deu um passo na direção dele.

— E depois, o que aconteceu?

Ah, merda. Meus pés começaram a seguir na direção deles, como se tivessem vontade própria.

A expressão de Lowe se aguçou, e ele murmurou, escorregadio, provocador.

— Então nós fomos para *a cama*.

Sem outra palavra, Jake se lançou contra Lowe com agressão feroz e lhe deu um soco tão forte na cara que Lowe deu um passo para trás e perdeu o equilíbrio.

Enquanto todos nós soltávamos um monte de palavrões e gritos de susto, eu avancei, colocando-me entre Jake e Lowe.

Tremendo, hesitei quando Lowe me olhou, os lábios sangrando e inchados, e me deu de ombros, com jeito sarcástico.

— Não olhe para ela — Jake grunhiu, tentando passar por Beck. — Levante-se.

Lowe o olhou com arrogância despreocupada, mas se levantou lentamente.

— O que está acontecendo? — Rowena perguntou baixinho, as palavras cheias de preocupação enquanto Denver agora ajudava a conter Jake.

Lowe limpou o lábio.

— Ele acha que transei com Charley.

Todo mundo se calou com esse anúncio. Até Jake ficou quieto.

Todos os olhares, exceto os de Lowe e de Jake, se voltaram para mim.

Eu empalideci.

— Ele não transou! — neguei com veemência.

Jake se agitou com a negação e virou a cabeça para mim.

— Não?

— Não, não transei com ela — Lowe respondeu por mim, os olhos fixos em Jake. — Eu a beijei. Um beijo. Nós paramos. Decidimos que era uma má ideia. Mas, já que você largou Charley há anos e exibiu para ela um novo relacionamento por meses, eu gostaria de saber por que é da sua conta com quem Charley dorme, e por que a simples ideia de algum cara de extrema sorte transar com ela leva você a uma raiva que te cega?

Os olhos dele se estreitaram e, de repente, me ocorreu que Lowe não era tão indiferente ou desencanado como deixava transparecer. Ele estava chateado com Jake. Grande momento. A voz dele estava rouca quando ele continuou.

— Então, coloque a cabeça no lugar, cara, antes que perca seus amigos, ou pior... machuque alguém que definitivamente não merece ser machucado de novo por você.

Depois de alguns segundos com uma expressão dura, os ombros de Jake caíram cansados, e ele esfregou as mãos no rosto.

Eu me sentia enjoada.

Nunca quis ser a garota que causava uma briga entre ninguém, muito menos entre amigos, e definitivamente não queria ser a garota a colocar sangue no rosto de Lowe e aquela expressão nos olhos de Jake.

— Converse com ele — Cláudia sussurrou, parando ao meu lado, seus dedos apertando os meus. — Vamos levar Lowe para se limpar e depois vamos para a cidade. Você leva Jake para dar uma volta. Vocês precisam resolver isso antes que imploda. Não dá mais para evitar.

Engolindo a náusea, assenti para ela e observei enquanto ela calmamente levava todo mundo para dentro do chalé, exceto Jake.

Cláudia me deu um último olhar de apoio e desapareceu dentro de casa.

Jake me olhou, um turbilhão de emoções tomando conta de seus olhos escuros. Senti aquelas emoções explodirem em mim e tomarem conta, implorando que eu fosse até ele. Em vez disso, virei-me na direção oposta e comecei a caminhar, na esperança de que ele me alcançasse.

Ele me alcançou.

Logo, estávamos caminhando montanha abaixo, lado a lado, a atmosfera entre nós densa, exasperante e um pouco assustadora. Nós sempre, sempre tivemos muito sentimento nos envolvendo. Jake bater em Lowe era prova disso.

— A ideia — ele disse de repente, a voz áspera, rouca —, a ideia de você ficar com ele, com alguém... eu fiquei sentado ali, tentando deixar para lá, tentando dizer para mim mesmo que não era da minha conta, mas... aquilo estava me corroendo, e corroendo, e eu tinha que acabar com aquilo.

— Batendo em Lowe?

— Eu não estava pensando.

Respirando fundo no ar fresco e gélido, minha voz tremeu um pouco quando respondi:

— Não estamos juntos. Não deveria importar com quem eu durmo.

— Mas importa.

— Jake...

— A ideia de eu ficar com Melissa incomoda você?

A questão me doeu loucamente, e parei, para que pudesse olhar para ele, desgostosa.

— Você não merece uma resposta para essa pergunta.

Jake me encarou, triste.

— Não, não mereço. Mas preciso dela.

Eu não disse nada por um tempo, mas, lentamente, sua expressão angustiada fez com que as palavras se soltassem, até que elas escorregaram pela minha língua, direto pela minha boca.

— Por que acha que comecei a evitar você? Preciso superar de uma vez o que aconteceu entre nós, Jake. E não conseguia fazer isso ficando perto de você... e de Melissa. Quando soube que terminou com ela... na verdade, não mudou como eu me sentia.

Ele abaixou a cabeça, os dedos agarrando os cabelos.

— Você disfarçou bem. Eu costumava ser capaz de ler você, mas você parecia bem. Eu ficava procurando alguma indicação, alguma coisa... — Ele deu de ombros, infeliz. — Então, a atitude do seu pai no aeroporto... eu não conseguia tirar a pergunta da cabeça. O que aquilo queria dizer? Por que ele ainda estava irritado comigo por sua causa? Você ainda me desejava? — ele suspirou, baixinho. — Aquilo causou outra discussão imensa entre mim e Melissa . Terminamos em um maldito táxi — ele suspirou novamente, triste.

Toda palavra que ele dizia ressoava com uma batida dura do meu coração.

— Ela está bem?

Ele negou com a cabeça.

— Não ficou na época. Mas agora já faz quase um mês, então... não sei. Eu nunca quis magoá-la. Nunca. Mas comecei a pensar que talvez você não estivesse bem, que estivesse apenas mentindo para se proteger.

Então, sua pergunta no trem... — Ele me olhou sob os cílios, analisando-me. — Aquilo me deu esperança. Até que você começou a me evitar de novo.

Meu corpo estremeceu com o comentário inesperado.

— Esperança?

Jake assentiu, enfiando as mãos nervosas nos bolsos.

— Eu não estava esperando nada de você. Nunca imaginei que pudesse me querer de volta. Não depois do que fiz, de como agi.

Ele se virou, começando a andar de novo, e me peguei correndo para alcançá-lo, minha respiração acelerada, enquanto a confissão de Jake se tornava meu mundo.

— Alguns meses depois que nos mudamos de volta para Chicago, eu ainda não estava bem. Eu não falava com meus pais, minhas notas caíram, passava a maior parte do tempo enfiado no quarto, ouvindo música ruim. Eu estava... fingindo muito bem estar entorpecido.

— O que aconteceu com Brett não foi sua culpa, Jake — eu o recordei baixinho.

— Sei disso — ele assentiu —, agora eu sei disso. Mas, na época, não conseguia tirar os "e se" da cabeça. Durante a maior parte do tempo, fiz um bom trabalho em associar negativamente você com tudo aquilo.

A expressão de Jake foi apologética quando me ele me viu estremecer.

— Aquilo não durou muito tempo. Três meses depois que deixamos Lanton, eu estava no meu quarto, e ainda tinha várias caixas da mudança espalhadas. Meus pais pagaram uma empresa para empacotar a maior parte das nossas coisas e transportá-las para Chicago, então, quando abri uma das caixas, não esperava ver você ali. Eu tinha me esquecido dos ingressos para o Blind Side e daquela foto que eu tinha na mesa de cabeceira

Abracei meu próprio corpo, lembrando-me da foto que Lukas tirara de mim e Jake recostados em Hendrix. Ele tinha os braços ao redor do meu corpo, e eu estava com a mão em seu peito, e sorria para seu rosto.

Jake não estava sorrindo, mas a expressão em seus olhos dizia para todos que olhavam para aquela foto que ele estava apaixonado por mim.

Eu amava aquela foto. E Jake também.

Lágrimas se formaram nos cantos dos meus olhos, e eu lutei duramente para contê-las.

— Peguei a fotografia e, enquanto a olhava, foi como uma enxurrada. Eu me lembrei. Lembrei do quanto amava você, de quão feliz você me fazia. Do quanto você me surpreendia. De como me fazia rir. E de como era quando você gargalhava ao meu lado. Como era abraçar você. Beijar você. Estar dentro de você.

Ele me deu um olhar sombrio, e eu perdi o fôlego.

— Me lembrei do que eu disse para você. Lembrei de cada lágrima no seu rosto quando terminei com você, e não conseguia acreditar que tinha sido eu quem tinha feito aquilo com você. Foi quando percebi: não tinha volta. Quando a afastei, em algum lugar bem no fundo, acho que acreditava que ficaria tudo bem porque éramos nós. Éramos sólidos. Mas a realidade se impôs diante dos fatos. Depois do que eu tinha feito? Não dava para conquistar você de volta. — Ele me olhou com cautela. — Eu me perdi. A responsabilidade, a culpa, a raiva, tudo isso me engoliu por inteiro. Meus pais me ouviram gritando e quebrando coisas e, quando chegaram ao meu quarto, eu tinha destruído tudo e cortado a mão no vidro do porta-retratos. — Ele deu de ombros, triste. — Isso faz com que eu pareça psicótico, sei disso... mas pense pela minha perspectiva. Para mim, naquele momento, era como se você também tivesse morrido. Meus pais me fizeram conversar com alguém, o que ajudou com todo o resto... com a morte de Brett, com a campanha de ódio contra meu pai, com minha responsabilidade ou a falta dela em tudo aquilo. Aceitei que o que aconteceu não foi minha culpa. Eu jamais esqueceria, mas superei tudo. Você — o sorriso de Jake era torto, hesitante e triste —, era mais difícil lidar com você. Então, em vez disso, voltei aos velhos tempos.

O que significava que ele tinha dormido com muita gente. Ignorei o aperto desagradável no estômago ao pensar naquilo.

— Então conheceu Melissa.

— Você precisa saber que me inscrevi para vir para Edimburgo, com a esperança de encontrá-la aqui e poder me desculpar, conseguir um certo encerramento. Nunca, nenhuma vez, acreditei que pudesse ter você de volta.

— Então você desistiu e seguiu em frente.

Jake parou, sua mão segurando meu cotovelo com gentileza.

— Gata, não acho que algum dia consegui superar. — Ele inclinou a cabeça, dando um passo na minha direção, os olhos escuros hipnotizantes como sempre. — E, pela primeira vez, estou me permitindo ter esperança de que você também não tenha superado.

Minha respiração falhou e, honestamente, senti meu corpo cambalear com suas palavras.

— Jake, não posso. — Eu me afastei dele.

Ignorando meu pedido silencioso por espaço, Jake se aproximou tanto que tive que inclinar a cabeça para trás. O cheiro de sua colônia me atingiu, e tive que me controlar para não cair na tentação de pressionar a boca em seu pescoço forte.

— Esses últimos meses foram uma tortura, Charley. Estar perto de você, mas não perto o bastante. Farei qualquer coisa para isso dar certo.

— Você terminou com Melissa por minha causa?

A culpa transformou sua expressão quando ele respondeu.

— Por você. Por mim. Por ela.

Meu corpo se lembrava de como era bom ser envolvida pelos braços de Jake e implorava que eu jogasse a cautela ao vento.

— Você quer isso tanto quanto eu — Jake falou com a voz rouca.

Não fazia sentido negar o que era tão óbvio entre nós, mas só porque eu me lembrava de como era lindo estar apaixonada por Jake e tê-lo apaixonado por mim também, não significava que eu tinha me esquecido de como era horrível vê-lo me dizer que não se importava mais.

— Eu quero — admiti, baixinho. — Mas não significa que quero um relacionamento com você. Não confio em você, Jake, e não sei se vou chegar a confiar de novo. Você não deveria ter largado uma garota que confiava em você cegamente por minha causa.

— Eu gosto de Melissa, realmente...

— No ano passado, você a *amava*. Agora apenas gosta dela?

— Sim, eu achava que a amava, mas é porque por um tempo me deixei esquecer.

— Esquecer do quê?

— De como é amar você. — Jake estendeu a mão para mim, os dedos roçando meu rosto com ternura.

Segurei seu punho e fechei os olhos, sem saber se estava bloqueando sua confissão ou me embebendo dela.

— Nunca parei de amar você. Se ficasse com Melissa, teria sido uma mentira, e ela merece mais do que isso. E sei que você também merece mais, mas sou muito egoísta no que se refere a você. Quero você, mesmo que eu não a mereça.

— Jake...

— Você salva as pessoas. Você me salvou. É o que faz. Tentou até mesmo salvar Brett, e fico tão orgulhoso de você e de como lidou com tudo naquela noite. Eu perdi a chance de dizer isso para você e perdi a chance de ajudá-la a lidar com aquilo também. Porque não tinha acontecido só comigo. Aconteceu conosco. Eu gostaria de voltar até aquele garoto morrendo de medo e dizer para ele ser corajoso como sua garota era. Não posso fazer isso, no entanto. Tudo o que posso fazer é compensar você pelo que passou. Quero que me dê essa chance, mas, se não der, preciso que saiba que nunca menti quando disse que você é extraordinária, Charley. Qualquer que seja sua resposta, quero que saiba que sempre acreditei nisso e sempre acreditei em você.

— Jake. — Eu estava em pânico, porque queria ceder. A garota corajosa que todo mundo achava que eu era tinha fugido para bem longe da fria montanha escocesa. — Não. — Lágrimas estúpidas desciam pelo meu rosto quando disse isso, meu estômago revirando-se de protesto pela palavra.

— Charley — ele sussurrou rouco, implorando, enquanto estendia a mão para secar minhas lágrimas com o polegar. — Por favor. Por favor, tente, porque, toda vez que olho em seu rosto, tudo o que vejo é... estou tão apaixonado por você. Então, dois segundos depois, toda vez, sem nunca falar, o fato de você não ser minha me atinge como um machado no estômago. Que não posso chegar até você... achei que pudesse aceitar isso, achei que resolveria isso, mas não posso. O que existe entre nós ainda não terminou. — Lágrimas brilharam em seus lindos olhos. — *Não pode* ter terminado.

Saber que ele sentia a mesma dor que eu todos os dias e ver sua expressão extenuada me fez lutar contra meu pânico até que tudo o que sobrou foram medo e uma esperança idiota, bem idiota.

Ouvindo sua respiração acelerar de ansiedade — e se o tremor em sua mão fosse um indicativo de medo também —, meus olhos se abriram lentamente. Encarei sua expressão ardente e apoiei o rosto em sua mão, meus dedos apertando seu punho.

— Não posso garantir nada. Sei que não esqueci você, e que ainda me importo com você, mas, Jake, precisa saber que talvez eu nunca mais confie em você e, se não confiar... isso nunca vai dar certo. — Apertei o punho dele. — Posso não conseguir dar o que você quer.

Com os olhos brilhando de alívio e determinação, Jake aproximou a cabeça da minha, para que suas palavras fossem sussurradas entre meus lábios.

— Estou disposto a correr o risco.

Encaramo-nos em silêncio, até que a tensão entre nós ficou quase insuportável. Meus olhos foram para sua boca, e tive que me conter fisicamente para não me aproximar e conseguir aquilo com o que sonhava há meses. Quando ergui os olhos até os de Jake, sua expressão era ardente, e o músculo flexionado em sua mandíbula mostrava que ele também lutava para se conter.

Meu peito se levantou e desceu em respirações rápidas, enquanto eu lutava para tomar a decisão certa. No fim, confiei no instinto e suspirei.

— Ok — sussurrei.

A atenção de Jake em mim se intensificou quando seus olhos se arregalaram.

— Ok, ok?

Assenti, agora trêmula com a decisão. Isso podia dar muito errado no final das contas.

Mas, de repente, Jake estava sorrindo, seus olhos brilhavam quando ele me puxou para mais perto e apoiou a testa na minha.

O tremor passou. Sua respiração quente acertava meu rosto.

— Obrigado, gata.

Levei as mãos até ele, segurando seu casaco na altura da cintura.

— Para onde vamos daqui?

— Preciso pegar o próximo trem para Edimburgo.

Uma mistura estranha e desagradável de culpa e ciúme tomou conta de mim.

— Para Melissa?

— Não para Melissa, mas — ele gemeu, passando a mão pelo cabelo —, se eu ficar aqui, não vou ser capaz de me controlar e acho que talvez devêssemos ir devagar. Por nós. E também por respeito. Foi há poucas semanas... — Ele se calou, parecendo ansioso com minha reação à sua preocupação com Melissa.

Na verdade, sua preocupação me convenceu de que eu deveria pelo menos tentar dar outra chance para esse cara que certa vez amei com todas as minhas forças. De algum modo, parecia grosseiro começar uma relação física só um mês depois do rompimento deles.

E então me lembrei das palavras de Melissa no Frankenstein, sua descrição do relacionamento com Jake, e senti uma onda gelada de insegurança.

— Jake... ela disse que era uma de suas melhores amigas. Que traz paz para você. Eu não sei se já lhe dei isso um dia... tem certeza de que...

— Pare — ele sussurrou com segurança. — Mel é uma das minhas melhores amigas, e machucá-la foi horrível. Quanto à paz... eu não sei o que ela disse, mas sei o que sei. Mel e eu... nosso relacionamento era confortável, tranquilo. Raramente discutíamos, e ela me apoiava e era gentil.

Sua expressão ficou mais intensa enquanto ele observava meu rosto, como se eu fosse a coisa mais importante em que já tinha colocado os olhos.

— Mas paz... isso vem com se sentir completo, e eu não me sentia assim desde que tinha dezessete anos e me afastei de uma garota que me fazia rir muito, sentir muito e arder de paixão mais do que qualquer outra pessoa no mundo. Você me dava paz, Charley. *Você* me dava. Você *me dá*.

Engolindo em seco, senti minha culpa crescer.

— Melissa... ela sabe, então?

Jake se afastou, sua expressão desconfortável.

— Quase terminamos depois do Halloween, mas eu me convenci de que poderia fazer aquilo dar certo para ela, que estar perto de você estava só me deixando confuso. A briga no aeroporto, no táxi, foi só uma de muitas nos últimos tempos. Ela sabia, Charley. Ela também sabia que seria pior para nós dois se eu continuasse fingindo.

Confusa pelo modo como as emoções dele tinham mudado tão rapidamente, soltei-o e enfiei as mãos nos bolsos.

— Você realmente se apaixonou por ela?

Ele hesitou um instante antes de responder com cuidado.

— Eu ainda a amo. Só não estou *apaixonado* por ela, Charley. — Jake negou com a cabeça, toda a admiração, o carinho e a ternura dos quais eu sentira falta por anos de volta aos seus olhos. — Eu sabia, semanas depois de ter encontrado você, que nunca iria amar outra garota como amo você. Você foi feita para mim. Livros são escritos sobre o que temos. Você sentiu isso quando tínhamos dezesseis anos... sei que sim, porque você me deu tudo, e eu vou passar as próximas semanas, meses, anos, se necessário, provando que, quando você me deu tudo, não foi porque "fazemos coisas estúpidas às vezes" — a voz dele falhou quando ele mostrou que lembrava as coisas horríveis que me dissera, palavra por palavra —, mas foi porque éramos para sempre. O que eu fiz, perder você, foi a lição mais difícil que aprendi. Agora nada vai me tirar do caminho de fazê-la feliz.

Aquilo soava maravilhoso. Soava como tinha soado antes. Uma parte imensa de mim queria pular em cima dele e beijar aquela boca que dissera coisas tão bonitas e fazê-la derreter em minha língua e penetrar fundo em mim, mas a parte destruída em mim não estava tão convencida.

Jake percebeu, e seus olhos se suavizaram.

— Amor, eu vou fazer por merecer de novo. Prometo que vou.

23

Fort William, janeiro de 2013

Antes de nos deixar, Jake pediu para ter uma palavrinha em particular com Lowe. O que quer que tenha acontecido entre eles, os dois voltaram mais em paz um com o outro. Lowe até me deu uma piscadinha para que eu soubesse que estava tudo bem entre nós.

Eu não tinha certeza de como todos reagiriam quando soubessem que Jake estava voltando para Edimburgo porque não tínhamos autocontrole.

Fiquei em silêncio enquanto Jake dizia para o grupo que precisava voltar para a cidade. Quando o táxi chegou e Jake entrou nele, fiquei observando da varanda, questionando sem parar se tinha tomado a decisão certa.

— Então, nos diga, Charley — Denver perguntou, preguiçosamente —, ele está voltando para fugir de você ou para que vocês não passem o fim de semana fodendo?

Enrijeci o corpo com a pergunta e olhei por sobre o ombro, meus olhos pousando em Cláudia primeiro. Ela me olhava com a testa enrugada de preocupação. Assenti lentamente para ela.

— A última alternativa.

Meus amigos murmuraram uns para os outros, mas não ouvi o que estavam dizendo. Estava ocupada demais vendo Cláudia se aproximar de mim com determinação. Sem uma palavra, ela segurou minha mão e me levou pelo corredor até o quarto de Beck. Fechou a porta atrás de nós e se recostou nela, dando-me um olhar que dizia claramente "conte-me tudo".

Dei de ombros, impotente.

— Ele ainda me ama.

— Bem, isso é óbvio. É óbvio há mais de dois meses.

Estreitando meu olhar, espelhei sua postura.

— E? — Ela jogou as mãos para o alto, dando-me um sorriso que me confundiu. — Me diga que isso é uma coisa boa. Certo? Está feliz?

— Sim. Quero dizer, estou assustada, e temos tanto o que resolver e superar... mas... já se passaram quatro anos, e ainda me sinto... incompleta sem ele. — Sorri triste.

O lado romântico dela veio à tona, e seus olhos rapidamente se encheram de lágrimas.

— Então você vai dar uma chance para ele?

Caí na cama mais próxima, soltando um suspiro profundo, e virei de costas.

— Vou. Disse a Jake que não tinha deixado de ter sentimentos por ele, mas que talvez nunca mais confiasse nele, porém ele quer tentar. Decidimos ir devagar, por nós e por Melissa. Aparentemente, não temos autocontrole, então ele foi embora para evitar que quartos tão próximos provassem ser uma tentação grande demais. — Virei a cabeça para poder ver a reação dela.

Cláudia mordeu o lábio.

— E Melissa? Eu estava certa? Ele não a ama?

Só a ideia de Jake amar Melissa era como se alguém passasse unhas afiadas nas minhas entranhas.

— Ele a ama. Mas não como o que temos, Claud. Eu tinha me deixado convencer de que todas as lembranças do nosso relacionamento eram, de algum modo, desproporcionais, que eu só tinha imaginado essa conexão intensa entre nós. É real. Eu não tinha esquecido, nem ele. Não posso descrever como é. É como... como uma corda que nos mantém juntos. — Sentei lentamente e terminei de falar de modo solene. — Tenho que dar uma chance para nós, ou nunca poderei superar isso.

Minha melhor amiga atravessou o quarto em silêncio e sentou-se ao meu lado. Com um sorrisinho nos lábios, ela segurou minhas mãos.

— Então estou feliz por você e estou ao seu lado para o que der e vier. É uma pena essa coisa com Melissa, mas não é culpa de ninguém. É só o momento errado. De vez em quando, o momento é uma porcaria.

Apertei a mão dela e, com meu ombro, cutuquei o dela de forma carinhosa.

— Você não precisa aguentar toda essa porcaria com tudo o que está acontecendo com você.

— Bobagem. Isso é importante, e não importa o que esteja acontecendo comigo, quero que saiba que sempre podemos conversar. As pessoas podem julgar você e Jake e escolher um lado por causa de toda essa coisa com Melissa, mas não sou "as pessoas". Sou sua amiga. Estou do seu lado.

Sentindo que estava ficando emotiva, dei um suspiro trêmulo.

— Eu amo você loucamente.

Ela riu baixinho.

— Eu também amo você loucamente.

Ficamos sentadas por um tempo, abraçando uma a outra, até que Cláudia finalmente se afastou.

— Suponho que é melhor encararmos o público. Só para que você saiba, Beck não vai ser problema. Jake conta tudo para ele, que me deu várias pistas durante todo esse tempo. Eu não disse nada, porque não queria confundir você, em especial quando tudo o que eu tinha eram as insinuações absurdas de Beck e não fatos, mas, olhando para trás, fico com a impressão de que Beck sabia o tempo todo que Jake estava apaixonado por você. Acho que ele andou torcendo por vocês. Então, você tem um aliado ali. Ter o melhor amigo do cara ao seu lado é uma das maiores conquistas.

Sorri para ela.

— Obrigada.

Em resposta, ela me fez ficar em pé e eu a segui até a sala de estar. Todo mundo se calou quando entrei e, imediatamente, assumi minha postura de durona, para que presumissem que eu não dava a mínima para o que pensavam.

Se eu estivesse simplesmente voltando com Jake, não me importaria. Mas a situação era complicada por Melissa, e eu me importava por ela ter sido magoada e por meus amigos me verem como um tipo de ogro por causa de tudo isso.

— Já não era sem tempo — Matt reclamou, sonolento. — As preliminares entre você e Jake estavam me matando. Eu estava começando a me sentir mal por Mel — ele pestanejou rapidamente. — Ei, você acha que ela sairia comigo?

— Você é um babaca — Lowe respondeu.

Matt pensou naquilo por um instante e deu de ombros.

— Particularmente, acho que não é da conta de ninguém, exceto de Charley, Jake e Melissa — Rowena falou determinada e se levantou. — Então vamos tirar Charley dessa tristeza toda e vamos até a maldita destilaria antes que feche.

Eu sabia que gostava daquela garota por um motivo.

O passeio na destilaria foi divertido, e Cláudia definitivamente tentava afastar minha mente de Jake empurrando-me amostras de uísque, mas eu não conseguia tirá-lo da cabeça.

Ficou ainda mais difícil quando ele me ligou três horas depois de partir.

Eu me afastei do grupo, indo para o estacionamento, e atendi.

— Oi — disse um pouco sem fôlego, meus nervos estavam agitados.

— Oi. — A voz profunda dele ondulou por mim, e fechei os olhos, sabendo que, apesar de toda confusão e complicação, se ele estivesse ali comigo, eu pularia sobre ele em um segundo. — Só queria conferir.

— Ter certeza de que não mudei de ideia? — provoquei, só meio brincando.

— Algo assim.

— Bem, não mudei.

— Que bom.

Suspirei.

— Você mudou?

— Tenho que admitir, gata, não estou ansioso para chegar a Edimburgo quando você está em Fort William. Quero você aqui. Não consigo acreditar que decidimos nos dar uma chance mais uma vez e, cinco minutos depois, estou em um trem, viajando para centenas de quilômetros longe de você.

— Eu sei. Mas você estava certo. Precisamos levar as coisas um dia por vez.

— Sim. — Ele respirou fundo. — Então, vocês estão na destilaria?

— Sim. Conseguimos um tour e tudo mais. Mas eu mal me lembro de um minuto do que fizemos aqui. Minha mente está meio que vagando...

Jake ficou em silêncio por um momento antes de me falar baixinho.

— Me sinto o maior merda do mundo neste momento porque estou triste por Melissa e me sinto culpado como o inferno, mas também estou muito animado por termos voltado.

— Sei o que quer dizer.

— É?

— Claro, Jake. Se não fosse assim, eu não teria dito sim para você.

— Que bom, gata. Fico feliz.

— Ainda temos muito o que conversar...

— Eu sei — ele respondeu, tranquilo. — Por enquanto, só me deixe dizer que, quando você voltar no domingo, vai me encontrar no Milk às nove, para que possamos recomeçar.

Sorri, trêmula.

— Posso fazer isso.

Naquela noite, deitei na cama ao lado de Cláudia e encarei o teto. Tentei contar carneirinhos, cantar mentalmente, listar coisas que precisava fazer em um esforço para me entediar até cair no sono. Mesmo assim, não conseguia dormir. No fim, tudo no que conseguia pensar era em Jake, e se eu tinha agido muito impulsivamente ao concordar em voltar com ele.

— Não consegue dormir, consegue? — A voz de Cláudia me surpreendeu.

Assustada, virei o rosto para ela.

— Aparentemente, você também não.

— É porque você está pensando alto demais.

Sorri.

— Não consigo evitar.

Minha amiga virou de lado, enfiando as mãos embaixo do travesseiro.

— Quer que eu tire sua mente de tudo isso?

— Ah, sim, por favor.

A expressão de Cláudia era séria, quando ela disse:

— Minha mãe ligou enquanto você estava tomando banho.

Sentindo que era algo importante, virei de lado também, para encará-la, para que ela soubesse que tinha minha atenção.

— Ela me contou o nome do meu pai de verdade. Foi atrás dele por minha causa.

Ergui uma sobrancelha.

— Ela fez isso? Uau.

Cláudia assentiu, sua boca retorcida em um biquinho.

— Aparentemente, ela é mais humana do que eu pensava. É o botox... ele confunde as coisas. De todo modo, o nome dele é Dustin Tweedie.

Pestanejei.

— Conheço esse nome. Por que eu conheço esse nome?

— Porque ele foi um artista bem famoso, mas se aposentou há dez anos. Pesquisei no Google. A arte dele era estranha, mas as pessoas ricas adoram merdas estranhas. Eu já sabia disso. Vivo com dois deles.

Precisei de muito autocontrole para não pegar meu celular e colocar o nome dele no Google.

— Sabe mais alguma coisa sobre ele?

— Só que ele cresceu na Inglaterra. Minha mãe descobriu que ele ainda é solteiro e vive em Barcelona agora.

— Meu Deus, Claud. Você está bem?

O ombro dela subiu até a orelha.

— Não sei. Estou pensando se deveria esquecer a existência dele. Seguir em frente. Ele não sabe que eu existo e mora em Barcelona, então... é burrice... eu nem mesmo...

Ouvindo a confusão e a hesitação em sua voz, eu saí de debaixo das cobertas e atravessei o quarto até a cama dela, meus pés protestando contra o chão frio. Cláudia se afastou, levantando o edredom, e eu deitei ao seu lado. Encaramo-nos e segurei a mão dela.

— Leve o tempo que precisar pensando no que quer fazer. Só saiba que não é burrice se estiver pensando em entrar em contato com ele. Todos pensariam o mesmo se estivessem no seu lugar.

Ela assentiu, mordendo o lábio, as lágrimas reluzindo em seus olhos.

— Estou tão cansada de sentir como se estivesse constantemente procurando algo que nunca tive. Não sou mais criança, Charley. Preciso crescer e aceitar as coisas que a vida me dá.

— Não. — Balancei a cabeça. — Nunca aceite as coisas que a vida dá se não forem as coisas que você quer. Você merece mais do que isso. Merece vencer. Tire toda essa merda da cabeça e pense só no que você quer.

Ela apertou minha mão com tanta força que quase senti dor.

— Você contou para Beck?

Ela balançou a cabeça.

— Ele fica muito zangado com toda essa história...

Porque o idiota está apaixonado por você!

— ...e eu não quis estragar a noite. Ele anda de muito bom humor.

— Vocês dois ainda são... platônicos? — perguntei com cuidado.

— Ah, não. — Ela balançou a cabeça. — Não venha bancar o cupido só porque você e Jake estão a caminho de se acertar. Não, não, não.

Ri baixinho.

— Eu só quero ver você feliz.

Cláudia fez uma careta e respondeu alegremente.

— Estou sempre feliz.

Apertei a mão dela e sussurrei.

— Não feliz de mentira. Feliz de verdade.

— Sabe — ela sussurrou em resposta —, não sou *infeliz*. Tenho você e tenho Jim e mãe Delia e Andie e, sim, Beck e eu podemos ser completamente disfuncionais, mas também o tenho. E talvez um dia eu tenha meu próprio Jake. Não sou infeliz, Charley. Só estou tentando ter esperança e espero que ter esperança não me torne infantil.

— Você não é infantil, Claud. É só humana.

Nós nos aconchegamos mais perto uma da outra, nossas cabeças apoiadas uma na outra.

— Tem sido uma viagem e tanto, hein? — ela provocou.

Em resposta, comecei a rir, até que Cláudia estava rindo descontroladamente, nossa crise de risos abafada pelos travesseiros, para não acordar nossos amigos.

24

Edimburgo, janeiro de 2013

Verdade seja dita, eu sentia como se estivesse indo para meu primeiro encontro.

Por algum milagre, consegui aguentar o resto da viagem em Fort William. Honestamente, como não estávamos lá para escalar montanhas ou fazer alguma coisa remotamente relevante no local nem tínhamos carro para visitar as áreas ao redor, estávamos bem entediados no fim da nossa estadia, prontos para voltar para a cidade. Eu estava mais ansiosa do que qualquer um.

Eu tinha ido e voltado, para a frente e para trás em meus sentimentos, até perceber que toda vez que pensava em pegar o celular para ligar para Jake e falar que cometi um erro, meu peito queimava em negação. Eu iria fazer aquilo. Tinha que aguentar firme e aceitar minha decisão.

Uma vez que enfiei aquilo na minha cabeça dura, fiquei bem animada em voltar com ele. Sim, eu estava nervosa e sim, não tinha ideia do que o futuro nos guardava, mas isso seria igual em qualquer relacionamento.

Voltamos para Edimburgo perto das cinco da tarde. Lowe seguiu ao meu lado enquanto voltávamos para nossos apartamentos e, assim que chegamos a The Royal Mile, ele sorriu para mim.

— O que foi? — Franzi o cenho para ele.

— Você. Está uma pilha. Está morrendo para voltar para ele.

— Não estou — grunhi petulante.

Lowe deu uma gargalhada.

— Está, sim. Já falei que Jake Caplin é o filho da mãe mais sortudo que já conheci?

— O que eu sou agora? Sua cobaia para galanteios? Se sou, dou dois joinhas para você por esse.

Gargalhando, Lowe passou o braço ao redor dos meus ombros.

— Tão fofa.

Franzi o cenho.

— Você fica me chamando assim porque sabe que odeio, certo?

— Isso mesmo.

Apesar de rosnar para ele, irritada, no fundo, eu achava mais fácil e tranquilizador que Lowe estivesse agindo normal. Não tínhamos conversado muito nos dois últimos dias, e eu estava preocupada que pudesse ter estragado nossa amizade. Não havia motivo para preocupação. Com Lowe, o que você via era o que você tinha, e ele falava sério quando dizia que estava torcendo por mim.

Cláudia, Denver, Rowena e eu nos despedimos dos rapazes em Cowgate, meus olhos seguindo para o edifício deles antes de me apressar para seguir meus amigos até o nosso. Não esperava ser recebida por uma Maggie com os olhos arregalados assim que Claud e eu entramos na cozinha.

— Bem, é verdade? — Maggie perguntou, empurrando para o lado os papéis que tinha diante de si com animação. — Jake Caplin terminou com Melissa Bouchard por sua causa?

Pestanejei rapidamente, sentindo a cor abandonar meu rosto. Como as notícias se espalhavam tão rapidamente?

— Ah, meu Deus, ele terminou? — Se fosse possível, os olhos dela teriam se arregalado ainda mais. — Gemma não vai ficar feliz. Você sabe que ela e Melissa são amigas, certo?

Na verdade, eu não sabia daquilo. Fabuloso. Agora eu teria que conviver com Gemma me olhando torto pelos próximos quatro meses. Soltando um suspiro entre os lábios, fiz cara triste para Cláudia.

— Preciso de uma bebida.

Cláudia tentou não rir por causa do beicinho tão incomum que fiz, mas fracassou.

— Acho que temos vodca em algum lugar.

— Serve.

A sensação de leveza das duas doses de vodca tinha desaparecido, provavelmente porque eu estava uma pilha de nervos quando o relógio deu nove horas. Acontece que todo mundo iria se encontrar no Milk porque os caras iam fazer um show.

Segui Cláudia pelo bar, em direção ao fundo da sala em forma de arco, e sacudi as mãos, tentando lutar contra o aperto no estômago. Eu não era uma pessoa nervosa por natureza, e realmente odiava que Jake pudesse me deixar naquele estado.

No entanto, assim que nossos olhos se encontraram no salão, o nervoso se transformou em frio na barriga, e Cláudia sorriu para mim. Atravessamos o lugar lotado, desviando de cadeiras e dando a volta em mesas e, todo o tempo, meus olhos não abandonaram Jake. Ele se levantou quando nos viu, e Denver, o único membro do The Stolen que não estava no palco, seguiu seu olhar ao mesmo tempo que Rowena.

Tudo e todos, exceto Jake, desapareceram enquanto ele dava a volta na mesa e parava a alguns centímetros à minha frente. Eu levantei o rosto e lhe dei meu melhor sorriso sedutor.

— Então você é o cara misterioso com quem supostamente eu iria me encontrar — disse, lembrando da primeira coisa que ele me dissera quando nos conhecemos.

Reconhecendo a frase, os olhos de Jake brilharam.

— O misterioso recém-chegado. Jake. — Ele me estendeu a mão, me provocando.

Eu a aceitei, sentindo a paz tomar conta de mim enquanto apertávamos as mãos.

— Charley.

— Eu sei. Você é famosa. Supergirl.

Dei risada, obrigando-me a não me inclinar em sua direção para um beijo. Estávamos indo devagar, no final das contas, e mantendo nosso relacionamento um assunto mais discreto em público, pelo bem de Melissa. Olhando fundo nos olhos de Jake, soube que ele sentia o mesmo, e ele me deu um sorrisinho de lamento antes de acenar com a cabeça em direção à mesa.

— Sentem-se. Vou pegar uma bebida para vocês.

— Cerveja. — Sorri em resposta e dei a volta na mesa para me sentar no lugar vazio ao lado da cadeira que ele acabara de desocupar.

Enquanto Jake estava no bar, Denver se juntou à banda, bem quando o gerente do Milk subiu no palco e coçou a barba espessa com um sorriso divertido nos lábios.

— Quem ainda não sabe quem são esses caras não costuma vir muito aqui. Há uma boa quantidade de garotas visitando o Milk nesses últimos meses, o que acho que tem mais a ver com o efeito que esses caras têm em suas calcinhas do que com meu charme inesgotável.

Todos gargalharam, e senti um orgulho imenso tomar conta de mim pelo The Stolen. Meus amigos eram realmente incríveis e, ao olhar para Cláudia do outro lado da mesa, sorrindo para o palco, eu soube que ela sentia o mesmo orgulho.

— Mas não deixem que essa fachada de bons garotos engane vocês. Esses caras são fenomenalmente talentosos. Então, sem mais, voltando da viagem que fizeram para os Estados Unidos, o Milk apresenta The Stolen.

Nós gritamos e assobiamos, enquanto o gerente sorria para os rapazes e seguia para os bastidores. Matt tocou a bateria, levando a banda para uma das minhas músicas favoritas, que Beck tinha feito em parceria com Lowe. Ouvindo a voz suave e profunda de Lowe, fiquei perdida por um instante, até que senti os olhos dele em mim. Virando a cabeça de leve, encontrei o olhar de Jake, que se aproximava com cervejas nas mãos. Ele entregou a de Cláudia com cuidado, os olhos ainda em mim, e deu a volta na mesa. Jake se sentou ao meu lado e casualmente aproximou a cadeira. Colocou o braço no encosto do meu assento e, simplesmente, perdi a concentração, e a voz de Lowe se tornou um zumbido abafado em meus ouvidos.

Jake não estava sequer me tocando, e cada parte de mim estava absolutamente ciente de cada parte dele. Ficamos sentados assim por quatro músicas, e então os caras fizeram uma pausa.

Nesse momento, eu já estava com dificuldade para respirar e, quando arrisquei olhar para Jake, seus olhos escuros estavam ardendo. Estar tão perto, sabendo que ambos queríamos estar mais perto ainda, e fazer o melhor possível para sermos respeitosos... bem, era um tipo doentio de tortura.

— Os caras estão ótimos esta noite — falei alto o bastante para que ele escutasse.

Jake assentiu e se inclinou mais para perto.

— Eles sempre são ótimos. — Dei um sorriso provocador diante da devoção dele, e ele deu de ombros. — Sou como uma groupie. Você sabe... sem o sexo.

— Bem, é uma pena. Eles teriam sorte em ter você.

Ele sorriu.

— É verdade. E todos eles me querem. Mas permaneci estritamente amigo de todos para não estragar a dinâmica da banda. É particularmente difícil para mim. São todos muito bonitos.

Com os lábios tremendo de vontade de rir, assenti com seriedade.

— Uma bela tentação. — Inclinei-me mais para perto. — Mas deixe-me mais a par do seu segredo. Quem você teria escolhido, groupie?

Sem se abalar, Jake ergueu uma sobrancelha.

— Achei que seria óbvio. — Ele acenou com a cabeça na direção do palco, onde os rapazes estavam conversando e tomando água. — Matt. Olhe para ele. Há um magnetismo animal puro bem ali.

Quando me virei para olhar para Matt, ele estava esfregando uma toalha nas axilas suadas.

Joguei a cabeça para trás gargalhando e me virei para Jake, para encontrá-lo sorrindo para mim daquele jeito — do jeito que ele costumava fazer. Do jeito que dizia me adorar completamente.

Com medo que aquele olhar derretesse cada uma das minhas defesas, olhei de novo para o palco... e imediatamente franzi o cenho. Beck tinha descido da pequena plataforma para conversar com uma loira que se aproximara da banda. Beck falou algo, inclinando a boca com charme, e a garota levou a mão ao peito dele e gargalhou, aproximando-se de seu corpo. Com o olhar iluminado, Beck continuou a conversar com a garota e sua mão foi até o quadril dela, para puxá-la mais para perto.

Olhei para Cláudia. O desconforto tomou conta de mim ao ver o rosto pálido e o olhar baixo da minha amiga.

Se eu, uma pessoa do lado de fora daquele relacionamento bizarro, achava que Cláudia e Beck tinham ficado mais próximos nas férias de inverno, não era nenhuma surpresa que Cláudia também sentisse isso. Infelizmente, Beck era egocêntrico, e eu jamais o entenderia. Para um cara que parecia tão preocupado com os sentimentos de Cláudia, ele certamente tinha achado uma boa maneira de pisotear neles.

— Ela o apavora — a voz profunda de Jake chegou aos meus ouvidos e, apesar da raiva que eu sentia por Beck, Jake ainda conseguia fazer com que os cabelos da minha nuca se arrepiassem.

Virei rapidamente para ele, franzindo o cenho.

— O quê?

Jake acenou com a cabeça na direção de Beck.

— Ele se importa mais com Cláudia do que com qualquer outra garota. Sempre. Sei que isso é fato. Também sei que ele é bem confuso no que se refere às mulheres. Ele não pretende magoá-la.

Balançando a cabeça, lancei outro olhar preocupado para minha amiga.

— Ela vai ter que se afastar antes que ele parta o coração dela.

Dedos fortes e quentes se entrelaçaram nos meus e apertaram minha mão.

— Espero que ela dê uma chance para ele primeiro.

Olhando os olhos sinceros de Jake, eu soube que ele não estava falando só de Cláudia e Beck. Engolindo em seco a emoção na garganta, assenti, gentil.

— Sei que ela vai tentar.

Rapidamente ficou claro que Jake e eu tínhamos pouquíssimo autocontrole. Ou pelo menos não éramos bons com a tentação.

Nossa decisão de ir devagar significava que sairíamos com nossos amigos do jeito que tínhamos feito nos últimos meses. Nada de beijos, abraços ou qualquer coisa remotamente sexual. Ok, não vou mentir... havia muitos olhares ardentes entre nós.

A primeira semana passou rapidamente e sem incidentes. Mais ou menos. Voltamos para as aulas e, todos os dias, na universidade, eu tinha medo de encontrar Melissa. E sabia, pela minha colega de quarto, Gemma, que Melissa estava passando por maus bocados. Gemma me informara da condição da amiga de maneira hostil, antes de tentar me tratar como Hester Prynne de *A letra escarlate*. Se eu entrasse na cozinha e Gemma e uma das outras garotas estivessem lá, ela parava de falar como se eu não fosse boa o bastante para participar de suas conversas.

No *campus*, eu passava por ela entre as aulas, e ela me encarava antes de murmurar alguma coisa para suas companheiras, o que fazia com que as outras garotas virassem o nariz para mim, como se eu cheirasse mal.

Ignorei aquele comportamento infantil e bobo, porque, francamente, eu não dava a mínima para o que ela pensava. Infelizmente, eu me importava com o que Melissa pensava, então, quando fui devolver uma pilha de livros no terceiro andar da biblioteca e dei de cara com ela, praticamente desejei estar em *qualquer* outro lugar do mundo, menos ali.

Nossos olhos se encontraram quando Melissa levantou a cabeça do livro que estava lendo. Ao ver sua expressão machucada e quebrada, senti como se ela tivesse enfiado a mão em meu peito e apertado meu coração.

Sentindo-me enjoada, pela primeira vez desde que conseguia lembrar, a coragem me faltou, e tremi um pouco quando Melissa guardou o livro na estante e caminhou lentamente na minha direção. Nenhuma vez pensei em desviar o olhar. Eu devia aquilo para ela.

Melissa parou diante de mim, e eu parei de respirar ao ver os círculos escuros ao redor de seus olhos, a nitidez das maçãs do rosto, que não existiam antes das férias de Natal.

Era como se nos olhássemos por uma eternidade, os sons das páginas sendo viradas, os cliques nos mouses dos computadores, os murmúrios de conversas, os passos suaves, tudo parecia incrivelmente alto na atmosfera tensa.

Melissa pestanejou, os cantos de sua bela boca curvando-se para baixo.

— Eu... — Ela balançou a cabeça, os olhos apagados de dor enquanto continuava, baixinho: — Eu realmente queria odiar você.

Lembrando-me dos dias depois do meu rompimento com Jake, da dor e das pontadas de dor em cada nervo, osso e músculo, da sensação sufocante que tomava conta de mim cada vez que eu testemunhava o relacionamento de Melissa e Jake, a única coisa que eu consegui dizer foi:

— Eu sei.

Uma lágrima escorreu pelo rosto dela como resposta e, antes que eu pudesse dizer qualquer outra cosia, ela a secou e se afastou rapidamente de mim.

Depois de sua partida, inspirei profundamente e me recostei na estante, desejando que a vida não fosse tão complicada.

Mais tarde, naquela noite, contei para Jake sobre o encontro enquanto íamos para o cinema. Nós dois ficamos quietos a noite toda e, durante a semana seguinte, foi um pouco mais fácil não ceder à tentação que um sentia pelo outro.

O que não queria dizer que a atração entre nós ainda não fosse intensa.

A fim de evitar a atração de algum modo, Jake e eu paramos de passar muito tempo juntos. Três semanas depois do retorno de Fort William, no fim de janeiro, decidimos ir novamente ao cinema, porque isso significava pelo menos duas horas nas quais podíamos fingir não estar concentrados um no outro.

Tínhamos nos apaixonado por um pequeno cinema em estilo art déco na área conhecida como Morningside, cerca de trinta minutos de caminhada da universidade. O cinema oferecia poltronas reclináveis de couro e sofás de couro grandes e confortáveis, além dos assentos normais de cinema. Jake e eu, em geral, ficávamos nas reclináveis, para não ficarmos sentados muito perto do espaço do outro, mas naquela noite em especial, depois de cinco dias separados, só conseguimos um sofá juntos.

Assim que nos sentamos no pequeno sofá, eu soube que era uma má ideia. Passamos as últimas semanas ignorando a química sexual entre nós, o que significava que basicamente estávamos ignorando nosso relacionamento e continuávamos agindo como antes das férias de Natal. Cláudia me disse que entendia que estávamos tentando ser gentis com Melissa, mas estivéssemos ou não dormindo juntos, nada mudaria o fato de que Melissa presumia que estávamos.

Honestamente, eu concordava com Cláudia nesse ponto, mas, assim como Jake estava disposto a se provar para mim, eu estava disposta a respeitar a memória do relacionamento dele com Melissa, por ele.

Por isso que essa coisa do sofá era uma ideia tão ruim.

A tensão era tão densa entre nós que era como se nossa atração tivesse se manifestado fisicamente em um grande elefante sentado sobre meu peito, me esmagando, de modo que eu não conseguia nem respirar direito.

Nossos braços roçaram um no outro, e o de Jake bem que podia ser uma chama lambendo minha pele. Meu rosto ardeu e eu murmurei:

— Desculpe.

Quando as luzes se apagaram para o filme, ficou insuportável. Eu podia ouvir a respiração acelerada de Jake no mesmo ritmo da minha. Sob a luz fraca, eu vi sua mão abrir e fechar sobre suas coxas. E, como eu estava fazendo o possível para não pensar em sexo, tudo o que eu conseguia pensar era em fazer sexo com Jake, em como era bom antes e agora provavelmente seria até melhor.

Descobri que estava suando. Meu corpo era como uma fornalha.

— Foda-se — Jake sussurrou de repente e se virou para me olhar enquanto a luz que vinha da tela o iluminava. — Existe fazer as coisas devagar e existe deixar as coisas na geladeira.

Meus lábios se curvaram no canto.

— Vamos parar com a geladeira?

Os olhos dele ardiam na escuridão.

— Acho que estamos fazendo um trabalho muito bom em derreter o gelo entre nós.

— Você também sente?

— Maldição, sim. — Ele se inclinou mais perto, os lábios a milímetros dos meus. — Gata, sinto isso com você desde que tinha dezesseis anos.

Ele diminuiu o espaço entre nossa boca, os lábios mornos roçando nos meus, o formigamento descendo pelo meu corpo. Ele passou os lábios pelos meus uma, duas vezes, e então mordiscou meu lábio superior gentilmente, antes de passar a ponta da língua no mesmo lugar. Eu gemi, e o barulho erótico foi engolido por sua boca, quando ele a colocou sobre a minha. Jake passou a mão pelo meu pescoço, até meu cabelo, puxando-me com cuidado, para que eu sentisse seu beijo, minhas mãos apoiadas em seu peito.

Seu beijo foi suave no início, quase hesitante, mas, assim que comecei a mover os lábios contra os dele, dizendo que eu queria aquilo, o beijo mudou. Senti sua língua se enroscar na minha, e meus dedos agarraram sua camiseta em resposta. Ele me provocou com aqueles movimentos até que eu estava me contorcendo por mais, meus braços escorregando ao redor de seu pescoço, meus dedos agarrando seus cabelos, enquanto eu abria ainda mais a boca para ele e lambia sua língua em um beijo profundo e molhado que destruiu qualquer pouco controle que ele ainda tivesse.

Nosso beijo ficou forte e faminto, e os braços de Jake circundaram minha cintura, para que ele pudesse me esmagar de encontro ao seu peito.

O couro do sofá rangia com nossos movimentos, mas eu mal teria notado se não fosse por uma voz feminina zangada à minha esquerda que sussurrou incomodada:

— Isso não é um quarto de hotel.

Jake e eu nos afastamos um do outro, nossa respiração pesada, meu rosto vermelho, enquanto nos olhávamos.

Sabíamos que estávamos muito ferrados.

De algum modo, conseguimos aguentar o filme todo, e então Jake me levou de volta ao meu edifício. Não conversamos muito, e todo o tempo eu me perguntava se tínhamos parado com essa coisa de ir devagar e finalmente restabelecido nosso relacionamento. Ocorreu-me, agora que eu tinha uma recordação de como as coisas pegavam fogo rápido entre nós, que eu não tinha certeza se era o que queria ou não. Ir devagar significava que não tínhamos discutido de verdade as coisas que importavam ou os problemas que ainda existiam entre nós. Se finalmente entrássemos em algo sério e verdadeiro de novo, significaria me abrir completamente para Jake.

Era uma ideia preocupante.

No entanto, quando chegamos ao meu apartamento, Jake parou e passou uma mão trêmula pelos cabelos.

— Se vamos continuar com toda essa coisa de ir devagar, talvez não devêssemos sair sozinhos nos próximos dias.

Parte de mim queria perguntar para ele por que de repente não estávamos só levando as coisas devagar como quase parando com tudo. No cinema, ele parecia estar bem convencido de que era ruim ficar na geladeira.

Senti minha testa enrugar. Ele tinha terminado com Melissa há quase dois meses. Já não era um tempo respeitável?

Mesmo assim... outra parte de mim estava quase aliviada. Era um adiamento do momento de deixar Jake entrar.

Então assenti, dando-lhe um sorriso trêmulo, e fui para meu apartamento sentindo-me mais confusa do que nunca.

25

Edimburgo, fevereiro de 2013

Tudo chegou a um ponto crítico cinco dias depois.

O The Stolen estava tocando em um dos lugares do centro acadêmico — The Pleasance. Ficava a dez minutos de caminhada saindo de Cowgate. Embora tivesse conversado com Jake pelo telefone, eu não o via há dias. De certo modo, era bom para Cláudia e para mim ficarmos um tempo ininterrupto sem os rapazes, mas eu tinha que admitir, ao entrar no bar e ver Jake rindo com Rowena enquanto a banda se arrumava, causava uma agitação animada em meus nervos.

Quando me aproximei de Jake, ele segurou minha mão e me puxou em sua direção. Inclinou-se para murmurar em meu ouvido:

— Deus, como senti sua falta.

Sorri e me afastei um pouco, assentindo para ele, para mostrar que também tinha sentido falta dele.

Quando os rapazes começaram a tocar, Jake colocou os braços ao redor da minha cintura, e eu me recostei nele, minhas costas apoiadas em seu peito. Ele apoiou o queixo em meu ombro, traçando padrões delicados com a ponta dos dedos na minha barriga, sobre a camiseta fina. Eu estava perdida naquelas sensações que ele causava, no cheiro de sua colônia, no som de usa voz vibrando em mim enquanto ele cantava baixinho junto com Lowe. Não foi de estranhar que eu não tivesse escutado o primeiro aviso de Rowena, até que ela começou a cutucar Jake atrás de mim, falando em voz alta e nervosa.

— Pessoal, a porta.

Nos afastamos um do outro com a interrupção, a respiração um pouco acelerada, e então viramos a cabeça para a porta, Jake imediatamente largando minha mão com a visão que nos recebeu.

Melissa.

Ela estava parada como um farol em meio à multidão, cercada por duas amigas. A dor em sua expressão me fez querer sumir dentro de mim mesma. Olhei para Jake em busca de alguma orientação, mas ele já estava seguindo por entre os estudantes, na direção de sua ex-namorada.

Quando ele parou ao lado dela, ela estourou com ele, os olhos cheios de lágrimas enquanto gesticulava zangada na minha direção. Jake estendeu a mão para acalmá-la, e ela o puxou pela camiseta, sua expressão, de repente, suplicante. Ele passou a mão pelo cabelo e assentiu, empurrando-a de leve em direção à saída. Antes de sair com ela, ele falou um sinto muito, de longe, na minha direção e ergueu a mão como se dissesse "volto em cinco minutos".

E, desse modo, nosso encontro foi destruído e toda minha alegria foi devorada viva pela culpa.

— Você está bem? — Rowena perguntou com suavidade.

Ela estava parada ao lado de Cláudia, e as duas me olhavam com preocupação.

Dei de ombros.

— Estou bem. Ele vai voltar logo.

Infelizmente, Jake não voltou logo, e eu não recebi nenhuma mensagem ou ligação sobre o motivo disso. Quando o show do The Stolen terminou, eu ainda não tinha notícias dele e começava a me preocupar.

— Eu acompanho Cláudia até em casa — Denver se ofereceu quando ficaram prontos para deixar o agora silencioso bar. — Você vai com os rapazes para a casa deles. Tenho certeza de que ele estará lá.

Decidindo que era a melhor coisa a se fazer, ou eu acabaria tendo outra noite insone, segui Lowe, Beck e Matt para o apartamento deles. A sala comum era surpreendentemente limpa, considerando que um grupo de rapazes morava ali, mas eu me lembrei de que Beck tinha dito que Lowe era um pouco maníaco por limpeza.

Jake não estava ali, entre toda aquela limpeza.

Lowe deu de ombros, pegou uma garrafa de água da geladeira e me deu.

— Fique conosco até ele voltar.

Sentindo minha irritação crescer, assenti, mas peguei o celular e mandei uma mensagem para Jake, perguntando o que estava acontecendo.

Não tive resposta.

Os caras tentaram manter minha mente longe do caminho que sabiam que ela estava trilhando — pela terra do ciúme irracional, em que Jake estava ficando com a ex —, mas, lá pela uma da manhã, eu comecei a ficar irritada. E mais preocupada.

— Vocês acham que aconteceu alguma coisa com ele?

Beck franziu o cenho e negou com a cabeça.

— Não. Eles provavelmente estão só acertando as coisas.

— Eles acertaram as coisas há semanas. O que mais precisa ser dito?

Meus ombros caíram, e todos eles olharam para qualquer lugar, menos para mim.

— Olhem, não sou uma sacana, ok? A expressão no rosto de Melissa essa noite... sim. Odeio fazer parte disso. Mas nem mesmo estamos juntos direito, e ele já está... — *Me sacaneando*. Acenei para eles com o telefone, sem dizer em voz alta o que eu estava pensando.

Quando o relógio marcou duas da manhã, eu já tinha deixado de me sentir mal por estar zangada e estava basicamente louca. Que diabos ele estava fazendo com ela às duas da manhã?

Fiquei em pé.

— Preciso ir — murmurei, pegando o casaco.

— Acompanho você — Lowe insistiu.

— Não, está tudo bem. São só dois minutos.

— Não me importa se são cinco segundos. Vou acompanhar você.

Decidi ceder ao cavalheirismo dele e me sentia frágil enquanto saíamos. Eu não acreditava em como a noite tinha sido terrível, uma noite pela qual eu ansiara a semana toda. Um mês em nosso "relacionamento" e Jake já me decepcionava.

Mal tínhamos dado dois passos na calçada quando Jake apareceu na esquina. Viu que estávamos saindo do prédio e veio correndo em nossa direção.

Meus olhos se estreitaram ao vê-lo, odiando que ele parecesse tão bem, corado pelo frio, os olhos emotivos e examinadores enquanto se aproximava de mim.

— Gata...

— Pode parar — repliquei, balançando a cabeça e continuando a caminhar.

— Eu a acompanho até em casa — Jake falou com seriedade atrás de mim.

Eu parei e me virei.

— Não vai, não. Lowe já está me acompanhando.

Os olhos de Jake se estreitaram perigosamente.

— A menos que você queira que Lowe e eu tenhamos problemas, vai me deixar levá-la para casa.

Lowe ergueu as mãos em um gesto de rendição.

— Desculpe, Charley, mas estou exausto. Vou deixar Jake acompanhar você.

— Traidor — resmunguei nas costas de Lowe, quando ele correu para dentro.

Meus olhos se voltaram para Jake e eu o presenteei com minha expressão mais sombria para encobrir a dor. Com um grunhido de irritação, girei sobre os calcanhares e comecei a descer Cowgate, em direção ao meu prédio.

Jake correu para me alcançar.

— Charley, deixe-me explicar...

— Explicar como você desapareceu com sua ex-namorada até as duas da manhã? Bem, isso precisa ser bom.

— Não seja assim — ele respondeu, e a aspereza em seu tom de voz me disse que ele estava chateado. — Mel está com dificuldade para superar. Estava tentando me convencer a voltar com ela. Eu não podia deixá-la desse jeito. Não foi exatamente confortável.

Lembrando da expressão no rosto de Melissa, meus ombros caíram.

— Não imagino que seja — falei, cansada. — Mas até duas da manhã? E eu mandei mensagem para você. Você não respondeu. — Abri a porta do prédio e comecei a subir as escadas rapidamente.

— Não deu. Ela estava acabada. Eu estava tentando resolver.

— Você estava tentando ser um cara legal. Aposto. Mas terminou com ela há dois meses e se foi definitivo como você disse que foi, e explicou tudo como disse que explicou, Melissa não teria aparecido esta noite implorando para voltar. O que me leva a crer que seu rompimento deve ter sido um pouco morno e, se foi um pouco morno, então o que diabos estamos fazendo aqui... indo devagar? — sibilei para ele, enfiando a chave na porta.

Vi a expressão dele antes de entrar no apartamento, apressando-me pelo corredor até meu quarto. Não fui rápida o bastante para destrancar a porta, entrar e fechar na cara dele. Jake me seguiu e fechou a porta atrás de si.

— Tenho companheiras de apartamento — lembrei com sarcasmo.

— Neste momento, não dou a mínima — ele rosnou. — Vamos voltar à parte em que você acha que eu não quero isso com você.

— Tudo bem. Vamos fazer isso.

— Sabe o que eu acho? — Ele se aproximou ameaçadoramente, o ar entre nós ficando espesso de ira e de alguma coisa muito mais poderosa. — Acho que esta noite eu magoei você de novo, e você sabe que não quis fazer isso porque sabe que eu tinha que ter certeza de que Melissa entendeu que terminamos, e que fiz isso do jeito mais gentil possível. Não acho que esteja zangada por isso. Acho que, nas poucas horas em que estive fora, você se deixou entrar em pânico, com medo de que eu a machucasse de um jeito muito pior do que nesta noite. Você começou a entrar em pânico porque ainda não confia em mim.

Não pude dizer nada. Mal conseguia respirar. Como antigamente, Jake tinha lido meus sentimentos, me desequilibrado, e eu não sabia se queria puxá-lo para perto ou mandá-lo embora.

— Sabe de uma coisa? Sei que tenho muito o que provar, mas ainda estou chateado porque tinha certeza de que você sabia uma simples verdade.

— E qual é? — perguntei, meu corpo vibrando com a proximidade de Jake.

— Esta. — A boca dele esmagou a minha, seu beijo duro, brutal e contundente, enquanto ele passava a mão pelo meu pescoço e me puxava de encontro ao seu corpo.

O gosto familiar dele correu por mim, e meu corpo imediatamente se acendeu para ele.

Enquanto eu beijava Jake em resposta, seu beijo ficou mais suave, mas não menos quente, não menos faminto, e de repente estávamos tirando a roupa um do outro, desesperados para misturar pele com pele.

Nossa boca se separou enquanto tirávamos os suéteres. O meu mal tinha sumido quando as mãos fortes de Jake seguraram minha cintura, acariciando meu corpo, moldando-me, como se estivessem memorizando minhas formas. Eu o puxei de volta para meus lábios, meus dedos mergulhando na pele macia e dourada de seus ombros largos, minha língua lambendo a dele, instigando-o a controlar o beijo, a aprofundá-lo.

Ele respondeu à minha súplica silenciosa, nosso beijo molhado e frenético, guiado pela pura necessidade de provar um ao outro o mais profundo possível. Arfei em sua boca, tentando recuperar o fôlego enquanto ele abria meu sutiã. A peça deslizou lentamente pelos meus braços até o chão.

Arrepios cobriam meus seios, meus mamilos eretos no ar frio. Estremeci, mas, quando Jake ergueu o rosto para me olhar, um calor correu rapidamente pela minha pele. Eu o observei em uma névoa sensual enquanto ele raspava seu lábio inferior com os dentes, observando-me com tanta intensidade que a atmosfera entre nós desapareceu.

Lentamente, ele estendeu as mãos e segurou meus seios, apertando-os gentilmente antes de esfregar os polegares nos mamilos. Eles endureceram sob seu toque, a excitação descendo pela minha barriga e entre minhas pernas. Lembrando como eu era sensível, Jake inclinou a cabeça e cerrou a boca sobre meu mamilo esquerdo. Gemi, abaixando a cabeça, meus dedos escorregando pelos cabelos dele para mantê-lo perto de mim.

Fiquei molhada... totalmente pronta para ele.

Meus quadris ondularam no ar enquanto eu choramingava seu nome.

Jake perdeu o controle.

Sua boca estava de volta na minha, e seu beijo era duro novamente, exigente, mordendo meus lábios, quase punitivos, e eu lhe dei o melhor que tinha, sugando com força sua língua. Jake estremeceu contra meu corpo, murmurando um xingamento entre meus lábios enquanto me empurrava rudemente para a cama, seus dedos abrindo minha calça jeans com habilidade. Com um puxão rápido, ele deslizou a calça pelas minhas pernas, junto com minha calcinha e então se deitou na cama, separando minhas coxas enquanto olhava meu rosto. Eu nunca o vira olhar para mim daquele jeito. Desesperado, possessivo, *necessitado*.

E, como eu estava me sentindo exatamente do mesmo jeito, meu corpo estava frenético para responder à necessidade dele.

Abrindo meus lábios com um suspiro apressado, deslizei os braços para cima da cabeça, de modo que meus seios se arquearam na direção dele.

Em resposta, Jake se inclinou sobre mim, as mãos circundando meus punhos enquanto ele pressionava sua ereção ainda coberta pelo jeans contra meu corpo nu.

— Você é minha — ele sussurrou rouco contra minha boca. — Sempre.

— Jake — gemi, louca por ele.

Sua mão direita soltou meu punho para abaixar o zíper da calça. Ele abaixou o jeans o suficiente para soltar seu membro e então voltou a mão para me prender na cama. Senti que ele pulsava quente e duro contra minha coxa interna.

Então qualquer pensamento se perdeu quando ele entrou com força dentro de mim, antes que eu pudesse respirar. Gritei em uma expiração, na dor-prazer que tomou conta de mim.

Minhas coxas prenderam os quadris de Jake instintivamente, enquanto ele recuava, só para arremeter ainda com mais força. Seu ritmo era acelerado, definitivamente mais rude do que qualquer outro sexo que fizemos antes. O desespero de sentir cada centímetro um do outro nos guiava. Eu *conseguia* sentir cada centímetro dele e, mesmo assim, ansiava por mais.

— Jake, mais forte — implorei enquanto ele entrava em mim, suas feições ferozes e tensas com a luxúria.

A cama batia contra a parede enquanto Jake me fodia até me levar ao clímax. Quando o orgasmo irrompeu dentro de mim, rasgando-me em pedacinhos, gritei seu nome tão alto que tenho certeza de que o prédio inteiro ouviu.

Flutuando de volta à Terra como confete, senti os quadris de Jake estremecerem contra meu corpo. Ele jogou a cabeça para trás quando gozou, e eu o vi com os olhos semicerrados, sentindo meus músculos internos se contraírem ao redor dele quando o clímax o tomou. Por fim, ele estremeceu e parou, apoiando a cabeça em meu ombro. Suas mãos relaxaram ao redor dos meus punhos enquanto ele me beijava e pressionava o rosto grudento na minha pele suada.

— Amor — ele gemeu. — O que foi isso?

Envolvi os braços ao redor de seus ombros.

— Isso foi uma perda de controle — sussurrei, ainda lânguida e atordoada.

Os dedos de Jake seguraram meus quadris enquanto ele erguia a cabeça para me olhar nos olhos, com uma expressão subitamente cheia de remorso.

— Eu machuquei você?

Neguei com a cabeça, um sorrisinho brincando em meus lábios.

— Você me exauriu, mas não machucou. — Passei um polegar carinhosamente sobre sua boca. — Isso foi... uau.

— É — ele concordou, parecendo tão atordoado quanto eu. — Eu... eu nunca quis alguém do jeito que quero você.

Sorri para ele, protegendo-o do meu encolhimento interno enquanto ele saía de mim.

— Só para que você saiba, eu tomo pílula — murmurei casualmente, já que ele obviamente tinha se esquecido de qualquer proteção em sua determinação para me possuir.

Jake gemeu quando me movi para abrir espaço na cama de solteiro.

— Fui um gênio esta noite.

— Fomos bons — garanti para ele, e ele sorriu quando eu bocejei. — Desculpe. Você acabou comigo.

Ele me beijou com suavidade, a ponta de sua língua apenas tocando a minha.

— Vou deixar você dormir.

— Hmmm, acho que paramos com essa coisa de ir devagar.

Ele riu baixinho, envolvendo-me em seus braços. Jake se aconchegou em mim, e eu decidi que, por aquela noite, não pensaria em nada sério demais ou preocupante demais, e apenas desfrutaria da satisfação lânguida do sexo alucinante que derreteu meus membros.

Eu estava relaxada, em paz pela primeira vez em muito tempo, quando Jake pressionou a boca em meu ouvido e sussurrou:

— Amo você, Charley Redford.

Enrijecendo o corpo com a confissão, precisei de alguns segundos para controlar a respiração. O medo tomou conta de mim, me paralisou, e as palavras que eu tinha certeza de sentir ficaram presas na minha garganta.

Eu não podia falar também.

Eu não estava pronta.

Em vez disso, me aconcheguei mais nele, esperando que ele entendesse meu silêncio.

Os dedos de Jake correram gentilmente por meus cabelos.

— Eu posso esperar.

26

Edimburgo, fevereiro de 2013

Alguma coisa pesada estava apoiada em minhas costas, pernas estranhas se enroscavam nas minhas, e me senti presa no colchão por um segundo antes de entender o que estava acontecendo.

Abri os olhos, fazendo uma careta com a luz que atravessava as cortinas finas na minha pequena janela. Depois de um tempo, minha vista se adaptou, e eu vi minha mão no colchão ao lado da minha cabeça e percebi dedos masculinos enroscados em meu punho.

A noite anterior me inundou novamente, e a lembrança de Jake entrando em mim fez minhas entranhas se contorcerem de desejo. Virei o punho em seus dedos quentes e ouvi um ronronado contra meu ombro.

Jake estava dormindo encostado nas minhas costas, o rosto pressionado em minha pele, o torso metade em mim, metade no colchão, e o joelho dobrado entre minhas pernas.

Ele se mexeu, despertando do sono satisfeito.

Eu nunca tinha dormido e acordado ao lado de Jake, depois de uma noite de sexo. Durante nosso relacionamento de oito meses, éramos jovens demais para ter esse momento. Sentindo-me estupidamente emocionada com isso, disfarcei, resmungando contra o travesseiro.

— Se você vai ficar entre minhas pernas, pelo menos eu poderia poder aproveitar um pouco disso.

A risada dele ressonou no peito e se moveu de encontro às minhas costas de um jeito deliciosamente íntimo.

— Bom dia para você também.

— Hmmm, bom dia.

Ele soltou meu punho e colocou a mão na lateral do meu corpo, seu toque trêmulo e suave, enquanto acariciava minha bunda, e então deslizou gentilmente dois dedos dentro de mim. Gemi, abrindo as pernas.

— Gata. — O membro de Jake endureceu contra a parte externa da minha coxa. — Você já está molhada.

Enrosquei os dedos nos lençóis.

— Não pare.

Ele continuou deslizando os dedos para dentro e para fora, lenta e torturantemente, aumentando a tensão enquanto sua boca espalhava beijos pela minha pele. Parando seu ataque sensual, Jake me virou de costas. Seus olhos escuros brilhavam na luz da manhã, enquanto ele brincava com mechas dos meus cabelos ondulados entre o indicador e o polegar.

— Senti falta dos seus cabelos. — Ele os beijou, soltando-os para pegar minha mão, para poder dar beijos nos nós dos meus dedos. — Senti falta de tudo relacionado a você.

— Senti sua falta também — confessei baixinho, sorrindo entre lágrimas. — Tipo muito.

Ele sorriu também, antes de voltar sua atenção para beijar cada centímetro do meu corpo. Passando mais tempo entre minhas pernas do que em qualquer outro lugar, o uso habilidoso de sua língua no meu clitóris me fez partir em pedaços. Bem alto. Ele ergueu o corpo, apoiando-se sobre mim e, enquanto minha metade inferior ainda estremecia em clímax, Jake se moveu para dentro de mim lentamente. Suspirei de prazer, e minhas mãos seguraram sua cintura, enquanto ele se mexia gentilmente. Ele inclinou a cabeça para me beijar profundamente, de forma significativa e reconfortante.

Naquela manhã, Jake passou muito tempo me fazendo gozar, me deixando atordoada, e fazendo amor comigo. Era um grande contraste com o sexo rápido e furioso da noite anterior e muito, muito mais lindamente assustador.

Não saímos do meu quarto até o início da tarde, esperando até termos certeza de que minhas colegas de apartamento tinham saído. Eu havia sido bem barulhenta e estava com um pouco de vergonha. Em especial Gemma, que provavelmente não seria muito gentil com sua colega de apartamento fazendo sexo barulhento com o ex da amiga.

Servindo café preto para Jake, enquanto ele se acomodava na cadeira perto da janela da cozinha, estremeci quando me lembrei do meu comportamento na noite anterior. Ao levar o café para ele, tentei ignorar a expressão ardente e satisfeita em seus olhos quando me aproximei. Isso só me distrairia, e nós realmente precisávamos conversar.

— Sinto muito sobre meu comportamento ontem à noite — falei para ele baixinho, entregando-lhe a caneca. — Sei que você só estava tentando ser um cara legal.

Estendendo a mão para a cadeira mais próxima, eu estava prestes a me sentar no canto oposto quando Jake me puxou para seu colo. Isso me levou para perto dele, e minhas narinas se agitaram levemente com o cheiro do meu perfume nele.

Algo primitivo e possessivo tomou conta de mim ao perceber isso. Jake era meu novamente.

Perdi totalmente o fôlego.

— Você não precisa se desculpar. Ninguém precisa. É uma situação de merda — ele me assegurou. — Mas prometo que foi a última vez que a priorizei em vez de você. Eu só... devia a noite passada para ela. Devia ser paciente e gentil com ela. Mas devo ainda mais para você, Charley. Prometo que não vai acontecer de novo.

Assenti, compreensiva.

— Melissa finalmente entendeu o que está acontecendo?

Seus olhos perderam um pouco o brilho quando ele assentiu.

— Ela ainda está bem fora de si. Ficava falando em círculos, tentando me convencer... depois de um tempo, eu tive simplesmente que deixar isso de lado. Disse para ela que era apaixonado por você e sempre fora assim. Disse para ela que sentia muito, mas que nada do que ela dissesse me faria mudar de ideia.

Fechei os olhos, lembrando de como era horrível perdê-lo.

— Eu sinto muito por ela.

Ele segurou minha nuca, logo atrás da orelha, enquanto seu polegar pressionava levemente a veia no meu pescoço. Meus olhos se arregalaram quando ele inclinou o rosto na minha direção.

— Você não tem motivos para se sentir culpada, ok? Eu não quero ver isso em você.

A lembrança da primeira vez que Jake me segurou assim — no caminho de casa, voltando da escola — surgiu apenas para ser destruída pela lembrança de ele segurar Melissa do mesmo jeito no centro acadêmico.

Uma dor que pensei ter ido embora me atravessou, e eu libertei minha cabeça de sua mão.

— Não.

Ele franziu o cenho, um lampejo de desconforto atravessou seus olhos.

— Não o quê?

Tentando entender minha própria reação, balancei a cabeça. Minha única hipótese... eu ainda não tinha superado completamente o que ele teve com Melissa. Eu também tivera um relacionamento, então não era isso (embora precisássemos conversar sobre isso, e eu não estava particularmente ansiosa para contar os detalhes para Jake). Era só que eu nunca fora tão próxima de alguém exceto de Jake, e ele... bem, ele definitivamente era próximo de Melissa. Apesar de sua declaração de amor e do meu silêncio sobre o assunto, percebi que, bem no fundo, eu estava preocupada por sempre ser um pouco mais apaixonada por Jake do que ele por mim. Isso não era bom. Nem um pouco.

Deixando a ideia ridícula de lado, dei de ombros.

— Não gosto que segure minha nuca assim. — Sorri para ele, tentando transformar em piada. — É tão macho alfa.

Mas Jake não sorriu. Ele me observou, ficando um pouco sombrio.

— Char...

A porta da cozinha se abriu, interrompendo-o. Cláudia entrou, conversando com Beck por sobre o ombro. O olhar de Beck veio em nossa direção, atraindo a atenção de Cláudia.

Por um instante, ela ficou só nos olhando, e então um sorriso maroto se espalhou em sua boca.

— Obrigada por não me deixarem dormir, pessoal.

Corei, colocando a mão na boca para resmungar, enquanto Jake ria baixinho e passava o braço ao redor da minha cintura. Ele moveu meu corpo gentilmente para onde queria que ficasse, e então apoiei as costas contra seu peito, seu queixo em meu ombro.

Cláudia balançou a cabeça.

— Olhe para eles, enjoativamente fofos juntos.

Apoiei a mão na perna de Jake, ficando mais confortável.

— Para alguém que não dormiu muito noite passada, você parece bem alegre.

Ela deu um longo olhar para Beck, e ele assentiu para ela. Com um suspiro profundo, ela se virou na minha direção, apoiando-se no balcão da cozinha.

— Contei para Beck tudo o que minha mãe me disse sobre meu pai verdadeiro.

Depois do incidente com a groupie no Milk, na noite em que voltamos de viagem, Cláudia tinha esfriado em relação a Beck, não contando mais nada para ele e saindo menos com ele. Isso o deixou maluco, e ele ficou atrás dela, até ela começar a deixá-lo se aproximar novamente. Não sei qual dos dois eu queria chacoalhar para ver se tomava juízo. Tudo o que eu sabia era que não gostava da ideia da minha amiga deixar um cara — não importa quão gentil ele fosse — atropelar seus sentimentos vez após outra. Cláudia ficava um pouco na defensiva sobre o assunto, então decidi deixar que ela resolvesse e ficar ao seu lado quando o relacionamento deles enfim se resolvesse.

Jake endureceu o corpo atrás de mim e, de repente, me ocorreu que ele não sabia nada sobre a situação da família de Cláudia que deve ter percebido a mesma coisa, porque contou a história para ele de um jeito muito mais descuidado do que realmente sentia.

— Ah, no Natal meu pai jogou a bomba que não é meu pai de verdade. Acontece que meu pai de verdade é um artista aposentado, Dustin Tweedie. Ele mora em Barcelona.

— Merda — Jake murmurou. — Um Natal e tanto.

— Exatamente — Cláudia respondeu seca. — De todo modo, contei para Beck e ele me ajudou a tomar uma decisão. Então liguei para minha mãe.

Ergui uma sobrancelha, sem saber aonde ela iria chegar com aquilo.

— Ok?

Ela sorriu, mas o sorriso era trêmulo, nervoso, mas também animado.

— Ela vai pagar para que eu, você, Beck e Jake possamos ir para Barcelona nas férias de primavera... então poderei conhecer meu pai de verdade.

Fiquei boquiaberta com a notícia. Então, Jake me deu um apertão de leve, tranquilizador, quando sentiu que meu corpo ficou tenso contra o dele.

— Tem certeza de que é isso o que você quer?

Cláudia assentiu bruscamente.

— Preciso fazer isso. De outro modo, isso vai me corroer. E eu convidaria todo mundo, mas não quero todo mundo lá. É pessoal demais. Só preciso de vocês comigo. Se estiverem dispostos a ir, lógico.

— É claro — assenti.

— Fico feliz em ir também — Jake respondeu com suavidade, enquanto meus olhos procuravam Beck.

Sem ter certeza se isso era uma boa ideia, eu meio que o culpava por encorajá-la.

Não vou deixar nada acontecer com ela, ele me prometeu em silêncio.

Estreitei os olhos. *Então somos dois.*

— Bem — Cláudia soltou um suspiro —, isso é ótimo. E também vai ser divertido. Quero dizer, Barcelona. — Ela sorriu, tentando acabar com a tensão. — Ainda vai demorar alguns meses. Algo pelo que ansiar. Seus pais vão concordar com isso, certo?

Fiquei tensa novamente com a menção aos meus pais.

— Hmmm... sim.

Entendendo meu súbito desconforto, Cláudia arregalou os olhos.

— Ah, você ainda não contou para seus pais sobre Jake. Vai ser divertido. — Ela fez uma careta.

Jake ficou parado atrás de mim.

— Merda — murmurei.

Jake me perguntara algumas vezes no último mês sobre minha família e a reação deles ao fato de termos voltado. Fui deliberadamente vaga a respeito porque... bem... eu não tinha contado. Eles sabiam que alguma coisa estava acontecendo, porque eu fora um pouco cautelosa em nossas conversas, mas eu não tinha sido capaz de falar sobre Jake com eles.

A verdade era que eu não sabia como contar para eles, como fazê-los compreender, quando ainda estava tentando resolver a coisa toda para mim mesma.

Pela tensão do corpo de Jake contra o meu, pude perceber que ele não estava satisfeito com a notícia. Ele tinha contado para sua família. Aparentemente, eles estavam felizes por ele, por nós.

Merda.

— De todo modo — Cláudia me deu um sorriso de desculpas antes de prosseguir —, Beck e eu viemos pegar minha bolsa para irmos ao cinema.

— Cinema?

Gostei da ideia, de repente não querendo ficar sozinha com Jake, porque sabia que ele era como um cão com um osso e me interrogaria sobre minha família, depois me perguntaria sobre a coisa da "nuca" novamente até que eu contasse a verdade.

Cláudia franziu o cenho.

— Vocês querem vir?

— Claro. — Virei o rosto para sorrir para Jake. — Cinema?

Ele me observou cuidadosamente, e eu sabia que ele não tinha gostado do que viu em meus olhos. Mas deixou para lá e assentiu lentamente.

Saí de seu colo, ignorando a tensão entre nós. Puxando sua mão de maneira brincalhona, o tirei da cadeira. Saímos da cozinha atrás de Beck e Cláudia, pegando nossos casacos na porta. Cláudia e Beck saíram para o corredor, e eu estava prestes a segui-los quando a mão de Jake apareceu sobre minha cabeça, segurando a porta, e a fechou.

Girei o corpo, surpresa, e o encarei enquanto ele pressionava a boca na minha.

— O que você está fazendo?

Havia um ar cauteloso em seus olhos quando ele respondeu.

— Não estou muito a fim de cinema neste momento.

— O quê?

— Tenho algo muito mais ativo em mente.

Aliviada que ele não quisesse conversar, e também já excitada, banquei a convencida.

— Você acredita que vou achar satisfatoriamente entretida?

— Estou pensando em alucinante.

— Alucinante? — Ergui uma sobrancelha. — Você vai ter que trabalhar duro para alucinante.

Ele sorriu para mim, os olhos entreabertos de desejo.

— Acho que aceito o desafio.

— Vai ter...

Ele me interrompeu, mas não me importei quando ele fez isso com tanta habilidade. Seu beijo foi exuberante, lascivo e muito viciante. Eu me segurei nele como se minha vida dependesse disso, enquanto ele me beijava até me deixar sem fôlego. Depois de um tempo, quando ele parou para respirar, eu ofegava contra sua boca.

— Alucinante definitivamente pode ser o suficiente para mim.

Jake me deu um sorriso convencido e segurou minha mão, levando-me pelo corredor até meu quarto.

— Não fique muito confortável — ele me disse com suavidade. — Sexo primeiro. Perguntas e respostas depois.

Apertei a mão dele com mais força com esse anúncio e, apesar do medo de que Jake descobrisse o quão frágil minha decisão sobre nosso relacionamento era, eu o segui corajosamente para dentro do quarto.

Posso não estar pronta para deixar que Jake me leve novamente para as profundezas, mas não significava que eu não estava disposta a deixá-lo tentar...

Continua.

Leia o capítulo bônus (ponto de vista de Jake)

Jake

Edimburgo, setembro de 2012

Sentado no Library Bar, cutucando nervosamente a madeira macia da mesa sobre a qual se apoiava, Jake olhou para o relógio sobre o bar e se perguntou pela décima quinta vez se Charley realmente apareceria, ou se o deixaria esperando de propósito. Uma forma de vingança.

Pela primeira vez em muito tempo, o estômago dele se contraía de nervoso.

Ele sempre esperara que, se chegasse a cruzar com Charley na Universidade de Edimburgo, tivesse finalmente a chance de se desculpar pelas coisas horríveis que dissera e fizera. Mas, na verdade, vê-la pela primeira vez desde Lanton foi muito mais esmagador do que ele esperava.

Ao vê-la do outro lado da sala, na festa de Denver, ele tinha ficado sem fôlego, e todos os demais, incluindo sua namorada, tinham desaparecido. Quando Charley fugiu dele sem sequer dizer uma palavra... bem, aquilo doeu. Mais do que deveria.

Ele ficou com um humor horrível nos dois dias seguintes, algo que Melissa não deixou de notar, e ela era inteligente o bastante para saber o motivo. Não era justo com ela. Ele precisava falar com Charley sobre isso, precisava encerrar a história para poder seguir em frente, como provavelmente ela tinha feito, e depois compensar Mel por ele ter sido tão idiota.

Todos os pensamentos sobre seguir em frente foram empurrados à força para fora de sua mente quando Charley Redford finalmente entrou no Library Bar. A primeira coisa que ela fez foi dar um sorriso sedutor para o garçom. Jake sentiu uma pontada de ciúme possessivo ferver seu sangue. Fazendo cara feia para o rapaz, era como se tivessem voltado três anos e meio novamente — como se Charley fosse dele, e ele estivesse irritado porque ela sorriu para o idiota do Alex Roster, que deixava claro que morria de vontade de ficar com ela.

Jake se recriminou mentalmente.

Não estavam há três anos e meio. Era o presente. Ela não era dele, e ele não tinha que se importar para quem ela sorria.

Supostamente.

Engolindo em seco, Jake a viu atravessar o salão com um balanço leve e natural dos quadris do qual não achava que ela estivesse ciente. Essa era a questão com Charley. A garota sabia que era inteligente, confiante e capaz, mas não tinha a menor ideia de que era sexy. Isso só fazia com que todas essas coisas a deixassem mais sexy ainda.

Que diabos ela estava vestindo? Estava tentando matá-lo?

Seus cabelos longos e loiros caíam nas costas em ondas claras, platinadas agora, em vez do loiro-acinzentado natural. Ainda eram um lembrete constante de um sexo incrível. Ela sempre estava descabelada, como se tivesse acabado de sair da cama. Ele amava aquele cabelo. Ver seu cabelo todo dia era um lembrete de que tinha a honra distinta de conhecê-la mais do que qualquer outra pessoa no mundo.

Naquele instante, o cabelo estava balançando nas costas, deixando os seios perfeitos dela desobstruídos para todos os olhares masculinos, naquela blusa verde apertada da Harley, que mostrava um pouco da barriga lisa. Jake não queria nem olhar para o jeans preto e para as botas baixas.

Seu pau se agitou no jeans, e ele se mexeu desconfortável, o desejo e a culpa brigando para controlá-lo.

A culpa venceu, e ele se concentrou no rosto dela, lembrando-se de que estava lá para poder seguir em frente.

— Jake — ela o cumprimentou, a voz totalmente sem emoção.

Uma dor aguda irradiou por seu peito com a indiferença dela, e ele teve que se conter para não esfregar o local a fim de afastar a sensação fisicamente.

Encontrando a voz, ele respondeu com a mesma calma:

— Charley. — E então levantou a mão para que o imbecil do garçom viesse servi-los.

Eles fizeram os pedidos enquanto o rapaz olhava Charley como se quisesse devorá-la. Foi necessário muito esforço para não falar para o cara se mandar.

Um silêncio do qual Jake não gostou caiu entre eles enquanto esperavam as bebidas. Nunca houvera silêncios constrangedores entre eles. Nunca. Ele fora capaz de sentar-se no mais completo silêncio com Charley, nenhum dos dois dizendo uma palavra porque não precisavam encher cada minuto com conversa. Nunca tinham sentido a necessidade de provar para o outro que estavam interessados. Eles simplesmente... combinavam.

Merda. De repente, ocorreu a Jake que ficar perto de Charley poderia ser uma má ideia, mesmo que fosse só por causa de seu relacionamento com Melissa. Mas, quando os cafés chegaram, ela olhou para ele com aqueles olhos castanhos espetaculares, os mesmos olhos que o tinham atraído desde o instante em que trombara com eles perto da fogueira, e Jake era um caso perdido.

Um contentamento que não sentia há muito tempo começou a tomar conta dele, e ele relaxou no assento, tomando o café.

— Seu cabelo está muito mais claro. Ficou bom.

Ela o olhou sem reação nenhuma, e ele sentiu o peito se apertar de novo.

Quando conheceu Charley, foram seus olhos que chamaram sua atenção, não apenas porque eram fisicamente impressionantes, mas pela maneira direta como olhavam para alguém. Se Charley encarasse alguém, essa pessoa dificilmente afastaria o olhar.

Ele nunca vira os olhos dela ignorarem-no. Nenhuma vez.

Quando ela não estava sorrindo ou rindo com ele, seus olhos estavam. Se não estavam rindo, eles estavam dizendo silenciosamente que ela o adorava, que faria qualquer coisa por ele, que ele era tudo para ela. Mesmo quando estavam discutindo por alguma coisa e havia muito fogo naquele olhar, a adoração nunca desaparecia. Uma adoração e uma vulnerabilidade que só tornavam tudo mais especial porque ela nunca olhava para mais ninguém daquele jeito. Nunca. Pela família, havia afeição e amor. Por seus amigos, uma lealdade franca. Por Jake, todas as portas ficavam abertas.

Ver que aquilo tinha sumido e saber que era o responsável doía mais do que ele estava preparado para aguentar.

Jake limpou a garganta, precisando se desculpar e explicar.

— Sei que ferrei tudo de um jeito incrível.

Aparentando um tédio imediato, Charley suspirou.

— Foi para isso que vim aqui, Jake? Para ouvir você declarar o óbvio?

Um pânico apertou a garganta de Jake quando seus piores temores e previsões dolorosas se confirmaram. Ela tinha seguido em frente. Não queria nada com ele. Era o que ele deveria querer. O que ele tinha certeza de que queria para ambos, e para ele e Melissa, mas, agora que Charley estava sentada diante dele, admitia para si mesmo que mataria para que ela sorrisse para ele. Mataria sem pensar.

— Estou tentando. Você costumava admirar a sinceridade. Isso mudou?

— Sou mais mesquinha agora. Uma lição que aprendi com você.

Merda! Merda! Merda! Controlando a raiva dirigida para si mesmo, Jake se inclinou para mais perto dela, esperando que ela pudesse ver sinceridade em seus olhos quando lhe falou:

— Fui um canalha com você. Não posso desfazer isso. Mas posso me desculpar. Posso tentar explicar.

O leve aceno que ela lhe deu destravou a tensão em seus músculos.

— Eu estava perdido em algum lugar dentro da minha cabeça quando aquilo aconteceu, Charley. Não conseguia enxergar nada ou ninguém. Estava zangado porque tudo tinha saído do controle e culpei a mim mesmo. Acabou sobrando para você.

Ainda tranquila, aparentando somente curiosidade, ela respondeu:

— Eu nunca virei as costas para você. Não entendo por que você *me* culpou.

Incapaz de admitir a verdade — que irracionalmente ele a culpara pelo que aconteceu porque precisava ficar zangado com alguém, além de consigo mesmo —, Jake lutou contra a dor surpreendente que sentiu ao refazer a história com ela.

— Não culpei você. Disse coisas que não queria dizer. Tudo que eu queria era sair dali e deixar aquilo para trás. Quando finalmente olhei para trás, era tarde demais. Eu não podia mudar o que tinha feito com você. Não podia mudar o que eu tinha destruído. Achei que era melhor simplesmente deixar você seguir em frente. Éramos apenas crianças, Charley — disse aquilo porque era o que achava que ela queria ouvir.

Mas não era verdade. Não para Jake. A idade deles não tinha nada a ver com aquilo. Eles se amavam. O despertar de seu pesadelo três meses depois de deixar Lanton para perceber que a perdera para sempre fora, junto com o dia da morte de Brett, o pior dia de sua vida. Felizmente, tinha pais que o compreenderam e o ajudaram a superar. Há muito tempo, o pai de Jake tinha deixado que o trabalho tomasse conta de sua vida, negligenciando a esposa e a jovem família. A mãe de Jake o deixara. Isso apavorou Logan Caplin, e ele lutara desesperadamente para reconquistá-la. Significava que Logan compreendia e que faria o que fosse preciso para o filho superar aquilo.

Jake ficava feliz pelo pai ter conseguido seu final feliz.

Pelo menos um deles tinha conseguido.

Observando Charley enquanto ela processava o pedido de desculpas dele, Jake analisou cada centímetro de seu rosto. À primeira vista, alguém poderia dizer que ela não era tão linda como sua amiga Cláudia, mas ela era muito bonita, com feições delicadas. Mas, quando se olhava novamente, havia alguma coisa em Charley que ia além da beleza, além do encanto. Ela era perfeita para ele, mesmo quando não era.

As sobrancelhas dela se juntaram quando ela perguntou baixinho:

— Você queria se afastar de mim? Ou deles?

Com os pensamentos seguindo na direção completamente errada, Jake decidiu responder honestamente dessa vez.

— Deles. De você também. Você era parte daquilo, por mais que eu não quisesse que fosse.

Pela primeira vez desde que ela se sentara, Jake conseguiu detectar um sinal de irritação em sua voz, quando ela finalmente respondeu.

— Então foi bom que não tenha voltado, se você ainda enxerga assim.

Por mais que ficasse satisfeito em observar alguma reação emocional nela, rapidamente ficou claro para ele que queria vê-la novamente, e isso não aconteceria se ela se irritasse. Achava que ela só iria vê-lo de novo se ainda sentisse um pouco de alguma coisa, qualquer coisa, por ele.

Na festa de Denver, a reação dela deixara implícito que ela não tinha ficado imune à situação, mas sua atitude na noite anterior, no Teviot, e agora novamente, sentada diante dele, sugeria o contrário. Confuso, Jake escolheu as palavras com cuidado para ver se conseguia fazer com que ela admitisse uma coisa ou outra. Definitivamente, era muito mais fácil saber o que ela sentia quando estavam juntos.

— Charley, tudo que me lembro agora de você são as coisas boas. Deixei todas as outras merdas para lá. Você foi a melhor amiga que já tive. Sinto sua falta. Sempre senti sua falta e lamentei o jeito como parti. Mas na festa... o jeito como você me olhou... aquilo foi duro. De algum modo, eu tinha convencido a mim mesmo de que você seria indiferente a... a tudo aquilo. Você rapidamente me dissuadiu disso.

Para seu alívio, Charley relaxou na cadeira.

— Sei que não foi fácil para você e sua família, Jake. Sei que é o maior eufemismo do século... eu tentei, no entanto, tentei entender e, por mais que eu queira, não posso deixar para lá o que você fez comigo por causa do que aconteceu. Não significa que seu pedido de desculpas não ajude. Ajuda. Obrigada.

A ternura por ela cresceu dentro dele, e ele se pegou sorrindo para ela. Apesar de toda arrogância e esperteza, Charley sempre fora uma das pessoas mais gentis que ele já conhecera. Ela tentara ficar ao lado dele depois que Brett morreu. Deus, ela tentara ajudar o garoto quando tudo aconteceu, e ele tinha ficado tão orgulhoso com o jeito como ela tinha lidado com tudo e tentando salvar a vida de Brett. Ela era a única pessoa do mundo que não merecia a merda que ele fizera com ela. Nada poderia mudar o que ele tinha feito, ou tirar a sensação horrível que ele tinha a esse respeito. No entanto, agora ele tinha a chance de tentar compensá-la o máximo possível, de ser amigo dela e provar que não era o cara horrível que ela achava que ele era.

Ele ainda era o mesmo Jake.

Antes que pudesse se impedir ou pensar nas consequências, ele falou abruptamente.

— Quero que sejamos amigos.

— O quê?

Em vez de usar a descrença dela com a sugestão dele para desistir de algo que sabia que Melissa definitivamente teria dificuldades para aceitar, Jake continuou, na esperança de persuadir a ex a lhe dar tempo para provar a si mesmo.

— Nós dois vamos estar aqui o ano todo. Já fomos grandes amigos...

A esperança dele foi rapidamente frustrada quando Charley se levantou e jogou o dinheiro do café na mesa.

— Olhe, Jake, sinto muito por ter reagido daquele jeito ao vê-lo na festa, e prometo que, de agora em diante, se o encontrar por aí, serei educada. Você não merece mais merdas na sua vida. Mas já faz tempo. Somos pessoas diferentes agora. Vamos apenas deixar tudo como está.

Antes que ele pudesse dizer outra palavra, ela se virou e se afastou dele, inconscientemente linda e conscientemente fora de alcance.

Um golpe de dor pura e inalterada fez seu peito se contorcer de dor, e Jake ficou sentado, sem fôlego. Apoiando os cotovelos na mesa, a cabeça entre as mãos, lutou para respirar novamente.

Jesus.

Ele ainda estava apaixonado por ela.

Com as mãos trêmulas, Jake pegou a caneca para tomar o último gole de café, para aplacar a garganta repentinamente seca.

Ele ainda estava apaixonado por ela.

Ainda estou apaixonado por ela.

Seu interior parecia sufocar. Jake não sabia nem como descrever aquilo.

Era uma coisa boa que ela não quisesse nada com ele. Sentir-se dessa maneira não era justo com Melissa e, no fim, não traria nenhum bem para eles.

Charley fizera a coisa certa.

Respirando fundo, Jake se levantou, pegou a carteira e jogou uma nota de dez libras na mesa, dando uma gorjeta imensa para o garçom irritante sem nem mesmo perceber. Em vez disso, saiu do Teviot em meio a uma névoa.

Da próxima vez que visse Charley, faria o que ela queria, iria deixá-la em paz e lhe daria um aceno educado de cabeça.

Jake esfregou a mão no cabelo, ignorando a dor aguda no peito com a ideia, e sabendo, com certeza, que, da próxima vez que visse Charley, provavelmente iria fazer tudo o que estivesse ao seu alcance para persuadi-la de que passar o próximo ano de faculdade em sua companhia não era tão má ideia.

Xingando internamente, Jake enfiou as mãos nos bolsos da calça e seguiu para New Town, onde se encontraria com Melissa, sua namorada. Uma garota doce, uma garota gentil, uma garota fofa, e a amiga que ele amava.

Ele levara um tempo para tomar a decisão de começar a namorá-la sério, mas finalmente chegara àquela conclusão depois de perceber que nunca iria se *apaixonar* por uma garota do jeito como se apaixonara por Charley. Se ele não poderia ter Charley, tinha que se contentar com atração e afeto.

Lutara com aquela decisão porque achava que Melissa merecia mais, mas ela o convencera de que queria estar com ele, não importava como.

Nenhum dos dois tinha pesado as consequências do reaparecimento de Charley na vida dele. Por um tempo, ele tinha se deixado esquecer de como era estar perto dela.

Era paz. Era guerra. Era empolgação. Era contentamento. Era alegria. Era reconforto. Era calor. Era calma.

Era tudo.

Traindo a namorada em pensamentos, Jake rangeu os dentes, desejando poder deixar Charley para trás de uma vez por todas. Mas, ao passar pelo edifício dela, olhou para sua janela e deixou de lado seu último desejo, para desejar a chance de passar mais tempo com ela.

Acontece que Jake Caplin era um pouco masoquista.

Ou talvez não importasse que as evidências dissessem o contrário, ele não poderia desistir da ideia de que sempre haveria Jake e Charley.

Agradecimentos

Um dia, a história de Jake e Charley me atingiu como um trem de carga, e a conexão deles era tão épica que tive que largar tudo para escrever. Quero agradecer à minha mãe por me ouvir tagarelar sem parar sobre a história deles e por me dar o *feedback* tão necessário da primeira versão.

Um agradecimento imenso para minha agente, Lauren Abramo, não só por trabalhar de modo sempre incansável por mim e minha obra, mas por me dar valiosos conselhos criativos a respeito deste livro. Seu apoio e entusiasmo nunca deixam de me surpreender, Lauren.

A edição final deste livro não seria nem de perto tão bem-acabada se não fosse o olho de águia da minha talentosa editora, Jennifer Sommersby Young. Jenn, obrigada! Você aguentou minha obsessão por advérbios com tanta paciência, e sua colaboração para dar forma a este trabalho foi inestimável. Você sacode meu mundo!

Também quero agradecer ao pessoal da Hellcats, não só pelo apoio, mas pelas opiniões enquanto eu estava escolhendo as fontes para a capa. Vocês foram tão pacientes e gentis, amo vocês!

Sempre gosto de agradecer a pelo menos um blogueiro. Quero dizer, agradeço a todos porque são todos fenomenais, mas gostaria de agradecer especialmente a Natasha Tomic do *Natasha is a Book Junkie*. Natasha, você vai para o alto e além, seu entusiasmo e apoio realmente significam muito para nós, autores. Obrigada.

E, finalmente, para meus leitores, obrigada por tudo. Amo vocês também.

Primeira edição (junho/2019)
Papel de Capa Cartão Triplex 250g
Papel de Miolo BO Evory 65g
Tipografias ITC Berkeley Oldstyle Std,
Latin Modern Mono e League Gothic
Gráfica LIS